U0142879

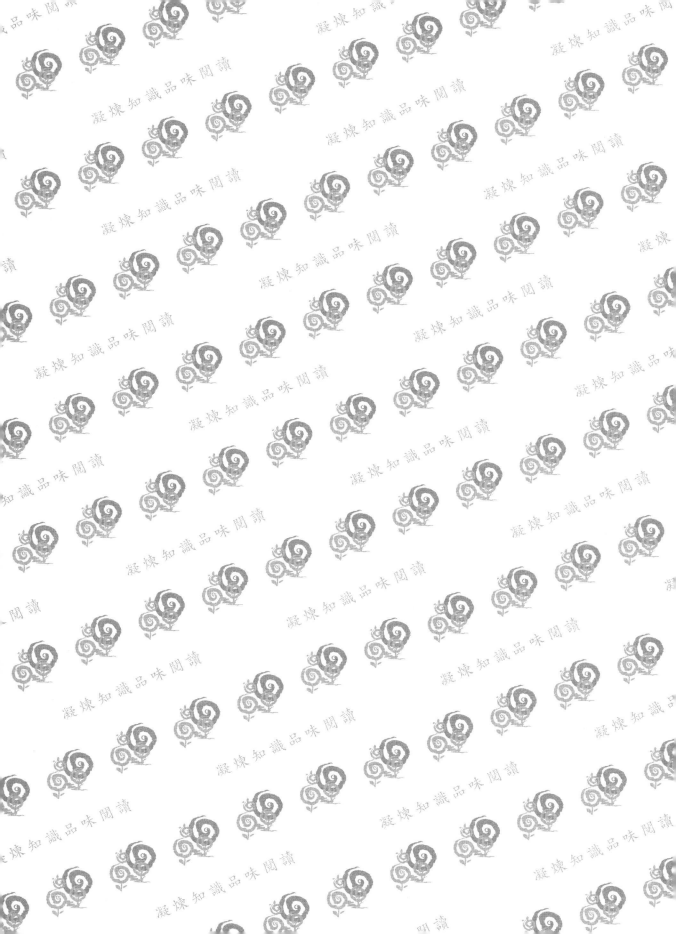

研究&方法

厲害了！
學位論文撰寫與問卷調查統計分析 | 第三版 |

胡子陵 著

108小時救急

五南圖書出版公司 印行

第三版序言

　　本書自初版至今，時間飛逝已過了三年，對於依據本書編排的順序內容研讀本書，已經順利畢業取得博碩士學位的讀者，只要一步步照著書上的步驟去做，發現論文問題的產生，其實是因為不敢去碰觸，缺少自信，但研讀本書後發現只要放膽去嘗試，把整個論文想像成自己正在寫一本有豐富情節的「故事」書，在寫完之後重新回顧檢視一番，確實可以對認識自己論文的整個格局有極大的幫助。

　　雖然自然科學的實驗研究，在嚴謹的實驗設計中可取得對人類物質需求的豐碩成果；然而社會人文科學的調查研究，也能夠獲得大量的資料訊息，並且適合於發現事實的現況，在心靈層面同樣可獲得提升人類精神文明的果效，筆者要特別強調指出：本書雖短短近三百頁左右的篇幅，但第三版經過了筆者全書重新仔細的檢視修正了錯誤處及補充新的概念作法，讀者只要把建構研究架構藍圖、問卷設計、抽樣方法、調查實施以及統計資料分析等技術問題，按部就班地跟著本書第 3、4 章的節奏，約莫半年至一年的時間，你的學位論文將會像葡萄成熟時結出甜美的果子。當前調查研究的分析技術日新月異，操作只會愈來愈簡單，而這一本書即是用客觀與科學的方法撰寫而成，也許就是你寫作論文的救急手冊！

　　本書也特別推薦給缺少專業統計相關學歷的大學院校教師，可以從研讀本書的前兩章理論篇與後兩章實務篇的課程章節中，很快的抓住指導研究生問卷調查研究的精髓，並隨手可找到需要的章節，仔細對照研究生論文使用，另值得一提的是：熟習第 2 章可補強輔導研究生的指導教師在統計分析理論的背景，因為一本好的問卷調查學位論文，不能沒有推論統計所提供論述的基礎，若是第 2 章能夠融會貫通，再多統計檢定的問題都能迎刃而解。熟讀本書，絕對值回票價！筆者另一本著書《不再是夢想！搞定論文題目、研究架構與寫作技巧》則有更多論文撰寫的實務範例可供參考。

　　本書雖然精簡，但在 SPSS 統計軟體的使用上，一步步跟著書本的步驟說明去做，即可完成論文所需問卷調查的各種統計分析操作！除了介紹量化方法常用的母數分析，如獨立 t 檢定或相依 t 檢定、單因子變異數分析、相關分析等；同時也介紹了當樣本數較少時，相對應的無母數分析方法，如對應於獨立 t 檢定的曼惠二氏 U 檢定法或對應於相依 t 檢定的 Wilcoxon 符號等級檢定、對應於單因子變異數分析的克瓦

二氏檢定、對應於相關分析的斯皮爾曼等級相關檢定等，這對於在進行 30 個以下樣本數研究的研究生甚至做訪談研究者來說，不需要再去尋找深奧難懂的無母數分析參考書籍，且本書使用了不少學位論文範例來解說，使讀者短時間內能得心應手地進入問卷調查或強化訪談研究的統計分析的實務應用。

以質性研究為主的研究者，由於加入個人主觀意識，雖然在使用大量的訪談技巧而能深入窺探個案內心的世界，但卻無法推測到其他人的身上，殊為可惜。而本書所介紹的無母數分析方法及範例，或許是一個可突破訪談主觀侷限框架的解決方案；對於因故使用質性研究中訪談的讀者，若研究對象達 10 人以上，即可考慮本書 4.2.7 節所介紹的無母數方法，補足質性研究成果在客觀上的缺漏，使質性研究者所呈現社會事實的論述，在添加量化研究所強調用資料驗證所測量的事實後，使質性研究的成果更臻完整。

若你的論文初稿撰寫完成，接著便要進入收成的最後階段——論文口試，論文口試的英文名稱為 Thesis Defense，也就是論文口試者要進行口頭答辯 Oral Defense，在第三版中，筆者已完成全書的翻新，也特別加入了口試論文結構檢視要點、論文中答辯要注意的事項，另外在論文口試時使用之 PPT 的簡報製作，也展示列出各種論文結構的實務範例，使讀者在短短的 20～30 分鐘簡報中能製作出精簡扼要且命中論文靶心，具體呈現研究的成果，來加深口試委員對於簡報者肯定的印象。

最後感謝筆者指導過的多位研究生提供了個人論文撰寫及分析的實例，也將本書獻給愛妻秀雪及小女貴華滿周歲的寶貝外孫女世羅，還有臺南市全勝教會的辜美珍牧師的禱告祝福，也將撰寫本書所結的果子與榮耀全歸給上帝！

胡子陵

2022/07/04

導 讀

　　進修博碩士的風氣，隨著國人生活的品質提升，有愈來愈多的趨勢，全國各國立私立大學近幾年也如雨後春筍般地開了許多博碩士班或專班，進修博碩士的年齡也逐年大幅提高，其中不乏中壯年族群，尤其當中也有不少的長青族進修，社會上普遍有進修的意願是國民追求知識學問的「質」的提升，是社會永續學習極好的展現。無論是進修後增加了薪資級別或改變了個人氣質，在「人生有夢」的學習之旅，肯定留下了不少精彩的回憶。

　　研讀本書，標榜 108 小時，正是以兩學期各 18 週，每週撥出 3 小時閱讀時間來研讀，讀者可以從前三章獲得進修博碩士撰寫學位論文的整個流程與概念，花點時間去吸收消化，可以減少對學位論文及研究的恐懼。在第 3 章建立了問卷預試的信、效度分析後，在第 4 章則可以大步邁進，依循本書論文章節編寫的順序，我們將一步步帶著大家體驗領略正式問卷的統計分析與論文的撰寫技巧。

　　依據每個人的學習方法與效率，本書基本的統計分析方法都足夠寫出合乎標準的博碩士論文，本書只介紹了一些較深入的分析方法，其他則幾乎是問卷調查必須使用的基本統計技巧，若讀者覺得統計學很難讀，也不用擔心，因為「統計學」的知識領域要完全弄懂精通，絕非一、兩年的事，只要照著本書章節有規劃的實務引領，很快地，讀者也可以寫出一篇自己喜愛的博碩士論文喔！

　　隨著個人進行研究的進度，研讀本書時，只要覺得本書可以吸收消化，進度可以加快並無限制，融會貫通了，撰寫論文時，拿著本書來對照參考，事半功倍。

　　讀者若就讀博碩士班或專班，想要同時修習專業必選修學分外，同時完成博碩士論文者，以下是本書建議可以多加使用的章節：

第 1 章：全部章節**需研讀**，需 6 小時研讀

第 2 章：2.1～2.2，2.5～2.6，2.8～2.9 **需研讀**，全部需 24 小時研讀

第 3 章：全部章節**需研讀**，需 24 小時研讀

第 4 章：4.1 之 4.1.1～4.1.7，4.2 之 4.2.1～4.2.2，4.2.4～4.2.5，4.3～4.5 **需研讀**，全部需 54 小時研讀

　　其他未列「**需研讀**」之章節，讀者可視論文分析與撰寫之需要選讀。

目　　錄

理論篇

第1章　學術論文撰寫　　　　　　　　　　　　　　　　　3

第2章　統計分析基本概念　　　　　　　　　　　　　　19

實務篇

理論篇

第 1 章
學術論文撰寫

什麼是學術論文？在報章雜誌發表的文章，可以做為博碩士論文的一部分嗎？相信大家在撰寫論文都有這些疑問，閱讀完這一章，讀者應該會有一個清楚的概念——「博碩士論文就是學術論文的一種」。

1.1 　什麼是學術論文

學術論文與一般的議論性文章不一樣，「學術論文」一詞包含的意義較為嚴謹，有一定之撰寫格式；而評論性文章在報章、雜誌、網路部落格⋯⋯，處處可見，展現的風貌極為多元精彩。本書僅針對學術論文進行整理探討，大致而言，學術論文的種類有以下幾種：

1. 研究報告：讀書報告、調查報告、實驗報告、實習報告等，字數約二千至六千字。
2. 期刊論文：學術性期刊如學報、學刊及各類專業領域的發行期刊等，字數約六千至二萬字。
3. 學術會議論文：通常有各專業領域徵稿、審稿之研討會，會前或會後伴有出版論文集，字數約六千至一萬五千字。
4. 專題研究論文：如申請科技部的專題研究計畫案，字數約二萬至八萬字。
5. 學位論文：碩士論文、博士論文，碩士論文字數約三萬字以上；博士論文字數約五萬字以上。
6. 學術論著：如教師升等論文，字數可達三十萬字以上。

1.2 　學位論文寫作程序

在進行學位論文寫作前的準備工作，有一定之程序，如何去找到最合適的論文題目去研究撰寫，需要依據有系統的科學方法，一步步建立，並採取最有效率的論文寫作技巧，讀者可依據以下程序來完成論文撰寫的準備。

1. 決定研究方向或範圍：個人興趣、性向及平日比較喜歡接觸的專業領域或學術的問題。
2. 擬定論文題目：在上述出現的問題，是決定論文題目的焦點。
3. 蒐集有關文獻：如關鍵的文獻資料、相關議題資料、網路資源、國家圖書館資料等都可加以利用查詢，若發現前人已寫，則可修正或改變研究方向。

4. 研讀文獻：文獻閱讀和研判，以掌握其與論文題目之性質及重點，或作為取捨的依據。

5. 整理文獻：針對上述取捨後之文獻資料進行全面整理、分析、比較、註記及歸納之，並分門別類。

6. 擬出論文大綱：從文獻整理分類中，設計規劃出論文研究架構，再把這些重要的研究變數，擬定為論文大綱細目，務使論文題目、研究架構與大綱細目層層相扣。切記，必須依據以下三原則。
   (1)依據研究架構的構想。
   (2)依據文獻的主題性質。
   (3)依據論文題目的內涵。

7. 進行論文撰寫：將上述所擬定之論文大綱細目，以整理蒐集之文獻，或比較、對照、敘述、提出問題等，加上有條理的探討分析文獻資料，論述個人見解。

1.3 學位論文撰寫原則

學術性的論文有一定的格式及專業，因此學位論文的撰寫，必須考慮以下所列的一些原則：

1.3.1 研究架構清楚

1. 各章節的層次分明，組織架構清楚易懂。
2. 各章節均有清楚的標題。
3. 各章節的比重應做適當的調整，使其達到均衡。

1.3.2 邏輯論述合理

1. 文內所有的關鍵字在整篇研究報告裡均要一致，例如：構面、量表；層面（面向）、分量表；知識、認知；叢集、集群、群落；人口變數、人口學變數……。
2. 研究目的、研究問題和研究假設及資料處理等應能相互呼應，前後連貫。
3. 文獻探討和所研究的變數應有所關聯，而不是塞一些無用的資料。
4. 研究假設應該根據研究目的和文獻探討而定，而不是隨意設定。

1.3.3 力求公允客觀

1. 在做文獻探討時，應將正反面的資料忠實報導出來，不能只引用自己喜好的資料，或是斷章取義。
2. 所得結果應客觀陳述出來，不管有無支持研究假設，都應忠實報導。
3. 在研究時所出現的問題，也應提出來討論，不能故意隱瞞。

1.3.4 文字簡潔順暢

1. 論文的文字應力求簡潔，避免用誇大的用語，或是過於華麗的詞藻。有幾分結果說幾分話，這是研究者基本的原則。
2. 在引用其他學者的研究結果時，僅提其姓名和年代即可，如郭為藩（1975），不必加其職銜或其他的稱謂（如博士、教授、恩師、部長等）。
3. 引用外國學者的研究時，直接用其英文的姓和年代即可，如 Bell（1991），不必將其翻譯成中文。

1.3.5 符合用法慣例

1. 各個領域都有其慣用的撰寫方式，因此研究者應該用該領域最常使用的方式來撰寫，若引用中國大陸的專有名詞與臺灣現有不一致，仍須尊重其使用習慣，如大陸用「可持續性」，臺灣用「永續性」，在引用時予以說明即可。
2. 圖表的呈現應標示編號，以便在解釋或討論時，能方便指出第幾個圖表。
3. 當研究者提及自己的觀點時，應自稱「研究者」、「實驗者」或「筆者」，而不用「我」這個字眼。

1.4 學位論文內容的撰寫方式

　　針對學位論文的主體而言，包括了前言、文獻探討、研究方法、結果與討論、結論與建議等五大部分，每一部分的比例分量則依據研究主題之特性及需要，自行調整變動，但唯一不變的是，任何學術論文的發表，即使主題項目不完全相同，應該都涵蓋了以上的所有內涵。以下將針對這五大部分，進一步加以舉例說明。

1.4.1 前言

前言是所有論文著作對於整篇論文的內容作簡單扼要地介紹，與緒論意義相同，可以讓讀者了解著作的背景、動機及目的。包括以下**研究動機、研究目的、研究問題**及**名詞解釋**等部分。

1. 研究動機主要是針對所要探討的問題加以陳述，並提及此問題在這個研究領域的重要性，如下例都可引出研究動機：

   (1)經濟發展與人口快速增加，能源使用量激增，致使地球能源快速枯竭及生存環境的破壞。

   (2)解決之道，除了要積極開發再生能源之外，更需從節能著手。

   (3)能源永續觀念的建立與實踐，需從教育著手，並從小扎根，國小能源教育將是極重要之關鍵。

2. 研究目的主要在探討研究方向，它和研究動機在強調研究的背景及其重要性是有差別的，如下例：

   (1)了解國小學童溼地生態保育知識的主要來源、溼地保育認知、溼地保育態度、溼地保育行為之概況。

   (2)探究國小學童不同背景變項與溼地保育認知、溼地保育態度、溼地保育行為間之關係。

   (3)建立溼地生態保育行為之預測模式。

   (4)提供國小及社區文史協會在管理、教育及保育方面相關教育活動之參考。

3. 研究問題是針對研究目的所條列出來較具體的問題，通常一個研究目的有時會引伸出數個研究問題，如下例：

   (1)了解國小教師對生態旅遊的認知及發展生態旅遊的態度為何？

   (2)了解國小教師在不同背景變數上，對生態旅遊認知，及推展生態旅遊態度上是否有顯著差異？

   (3)了解國小教師以生態旅遊進行戶外教學之意願及影響因子為何？

   (4)探討國小教師之生態旅遊認知、態度及以生態旅遊進行戶外教學意願是否有關係？

4. 名詞解釋是對此項研究有關的重要研究變數，做概念性的定義和操作性的定義，如下例：

(1) 低碳生活認知

　　指對低碳生活的了解與認識程度。本研究指的是受試者在本研究所編製的「國小教師低碳生活認知量表」中填答的總分。得分愈高表示對低碳生活的認知愈好，得分愈低則表示對低碳生活的認知愈差。

(2) 低碳生活態度

　　態度是指個體對人、事及周圍世界所持的一種持久性與一致性之傾向（張春興，1996）。本研究所指低碳生活態度，乃是在本研究所編製的「國小教師低碳生活態度量表」得分情形。

1.4.2 文獻探討

　　文獻探討有兩個目的，一是讓閱讀者能了解此論文研究的理論基礎，二是做為提出研究假設的依據。事實上以上兩個目的，其實都在為建立**研究架構**做準備！

1. 文獻探討可根據需要分成若干章節，但每一小節都必須做一個結論，一方面是對有關的理論和研究做歸納，以幫助讀者了解此部分的文獻；另一方面，研究者可以藉此機會對這些文獻提出一些評論，並為自己在此研究所用的研究方法或所做的假設提出說明。

2. 引用文獻重點不外文獻的**理論**、**方法**、**結果**及**發現**。

3. 站在讀者的立場來設想，文獻探討最後一節可列出此項研究的假設，如下例：
根據前述之研究問題、文獻探討與研究架構，本研究擬提出下列研究假設加以檢定：

　　H_1：教師的生態旅遊認知會因人口變數不同而有顯著差異

　　H_2：教師的生態旅遊態度會因人口變數不同而有顯著差異

　　H_3：教師的生態旅遊認知與生態旅遊態度具有顯著相關

　　……

1.4.3 研究方法

　　研究方法的目的是在說明兩項重要的工作，一是資料（data）是如何蒐集到的或如何衍生出來的，另一則是資料要如何分析。因此可從抽樣設計、研究架構、研究流程或實驗步驟、研究工具及資料處理等以下幾個部分來說明：

1. 抽樣設計主要是說明所選樣本的人數、特性、樣本選取的方法及樣本的來源，如下例：

　　本研究以目前臺南市國小正職普通教師為研究對象。依據臺南市教育局統計資料顯示臺南市國小有 212 所，教師人數有 6,736 人（臺南市教育局網站，2012），採分層比例抽樣方式，以學校規模為分層單位，按各學校規模教師占全體教師之比例抽樣，抽樣分配表，如下表：

臺南市國小與教師數量分布之抽樣樣本分配表

學校規模	學校數（所）	教師數	所占全市教師比例 %	抽樣學校數	每校抽樣數	教師實際抽樣數
12 班以下	107	1,176	17.5	26	3-4	96
13-48 班	83	3,380	50.0	20	13-14	275
49 班以上	22	2,180	32.5	5	35-36	179
合計	212	6,736	100	51	–	550

2. 研究架構通常是用圖示的方法來表示，如次頁圖：

　　研究架構是論文進行中的整個中樞靈魂，此一架構圖可以呈現研究的重要變數及變數之間的關聯，也可以從研究架構中，一窺研究主題、研究假設、研究方法等重要線索。

　　研究架構圖中有幾項構成特徵，包括背景資料變數以及研究變數，本例中有三個研究變數，即地層下陷認知、環境知識及國土保育態度，各變數間再以單箭頭或雙箭頭聯結，表示變數之間的關聯。

　　研究架構與前一節之文獻探討幾乎是接續完成。事實上，論文的前言、文獻探討及研究架構若都已經就緒，即為下一步驟的資料蒐集做準備。

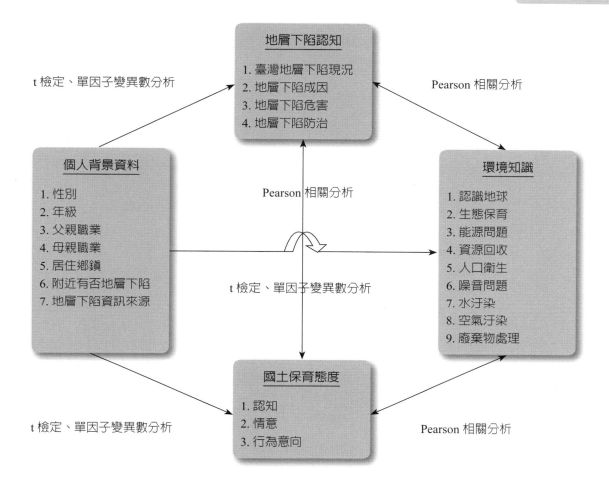

3. 研究流程是研究者在進行此項研究時的流程，如下圖：

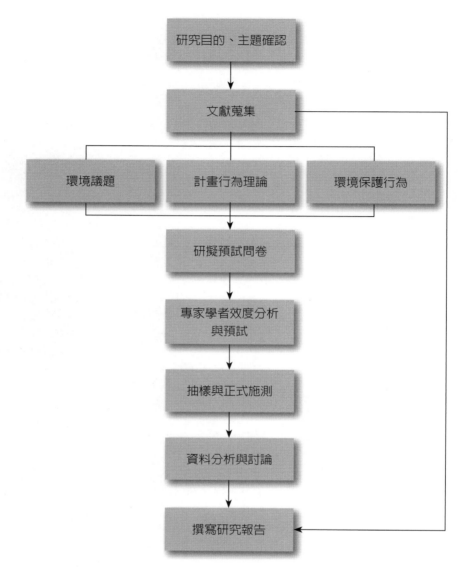

4. 研究工具是指在此項研究中所用的儀器、問卷、量表或心理測驗等。研究者有必要將所用的儀器的廠牌、型號、量表或測驗名稱及作答方式等加以說明，如下例：

以自編之問卷為調查研究之工具，分成四部分：

(1)學童環境知識量表。

(2)學童地層下陷認知量表

地層下陷現況認知、地層下陷成因認知、地層下陷危害認知及地層下陷防治認知等四個部分。

(3)國土保育態度量表

對國土保育的認知、對國土保育的情意及對國土保育的行為意向等三個部分。

(4)學童社經背景

性別、年級、父親職業、母親職業、居住鄉鎮、住家附近是否有地層下陷，以及地層下陷資訊來源等七個變數。

5. 資料處理主要是寫出各項研究假設的統計分析方法，如下例：

使用 SPSS FOR WINDOW 28 中文版統計套裝軟體進行樣本資料的統計與分析：

(1)信、效度分析。

(2)一般描述性統計。

(3)獨立樣本 t 檢定。

(4)單因子變異數分析。

(5)Pearson 積差相關分析。

(6)多元逐步迴歸分析。

1.4.4 結果與討論

結果與討論建議合併為一章，但也有撰寫者分為獨立兩章，可視研究者的需要。

1. 結果的呈現主要是將統計分析後的資料用表格或圖示的方法表示出來，其呈現的順序通常是按照研究假設的順序逐一介紹，如下例：

如以下為多元線性迴歸分析的統計分析結果，呈現出三個自變數，即主觀規範、態度及知覺行為控制對於依變數標準化係數的影響權重，結果顯示主觀規範的影響程度要比態度及知覺行為控制大。

投入變數順序	多元相關係數 R	決定係數 R^2	增加解釋量 $\triangle R^2$	F 值	標準化係數 (β)
主觀規範	.604	.364	.364	412.816**	.381
態度	.652	.425	.061	265.689**	.291
知覺行為控制	.658	.432	.007	182.307**	.100

* 表示 $p < 0.05$，** 表示 $p < 0.01$

2. 先將描述統計的資料，即各研究變數的平均數、標準差及人數等資料列出，以讓

讀者了解此項研究的各種基本資料；再呈現推論統計的分析結果與詮釋，如下例：

鄉土環境態度量表分數分布情形表

量表與因素	題數	總分	平均數	標準差	題項（平均數）
鄉土認同	5	25	20.20	3.17	4.04
珍惜愛護	3	15	13.16	2.07	4.39
社區參與	4	20	15.83	3.03	3.96
族群融合	4	20	15.81	3.19	3.95
鄉土環境態度量表	16	80	65.1	9.28	4.06

N=292

3. 討論的部分，研究者一方面必須對此結果探討其支持研究假設或不支持研究假設的原因，另一方面還必須和前人的研究加以比較。對於所得結果所代表的意義也應在討論時陳述出來，並將結果加以評論、分析、比較，甚至將結果加以引伸、推論，如下例：

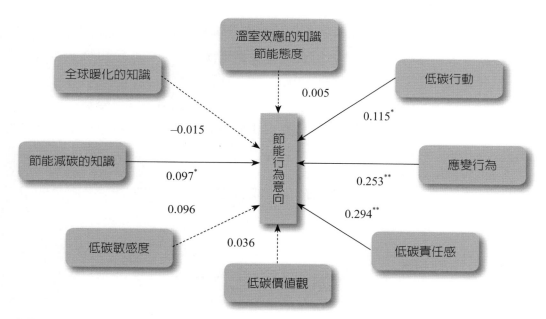

* 表示 $p < 0.05$，** 表示 $p < 0.01$

低碳環境素養面向對節能行為意向路徑分析圖

　　若單獨以「低碳態度」的面向對節能行爲意向進行迴歸分析，影響節能行爲意向最重要的面向爲「低碳責任感」；若單獨以「低碳技能」的面向對節能行爲意向進行迴歸分析，影響節能行爲意向最重要的面向爲「應變行爲」，與全部八個變數一起投入逐步迴歸分析，結果此兩變數分占第一與第二有異曲同工之妙。

4. 討論的最後一部分可加上「研究限制」一節，研究限制不要還沒開始做前，就寫下諸如本研究受限時間與人力，無法全盤檢視云云，這樣子還要做研究嗎？每個可以完成的學術研究論文就是找到它最適合的研究方法、最經濟有效的研究歷程，把研究結果呈現出來，不是嗎？茲舉如下二撰寫實例：

(1)研究工具方面，本研究低碳知識部分採是非題型，研究樣本於填答時若對於不甚清楚之答案，則容易陷入個人習慣之猜測方向，例如：偏向回答「是」，或是偏向回答「錯」。因此，未來相關研究者可以採選擇題型、自覺式題型或是非題型與選擇題型並行方式，交錯分析以提供對照比較。低碳態度只就三個構面：低碳敏感度、低碳價值觀與低碳責任感三項來進行研究，期望未來的研究上，可以再採取其他不同的構面與分析方式來進行研究。

(2)本研究針對生態旅遊認知與態度之探討，由於認知與態度此一問題各層面常常並不容易截然區分，一般文獻中對於態度之定義也多涵蓋了認知（cognition）、情感（affection）與行爲（behavior），這對本研究來說多少造成了一些困擾。即使本研究在操作定義上已經嚴謹的區隔了兩者，在問卷設計上也多加考量，但仍有其難處，再加上受訪者主觀的意見與判斷下，所得出的研究結果可能會流於主觀陳述。

1.4.5 結論與建議

　　結論與建議爲論文中最後完稿收工的段落，應該要簡潔有力的結束。

1. 結論的部分是將研究結果做一個總結，其撰寫的方式通常是比較屬於摘要式或是條列式的型式，如下例：

> 結　　論
>
> 一、彰化縣國小教師配合減碳行動，意願最高者爲自備環保杯與餐具，意願最低則爲汽車共乘。
>
> 二、在獲取相關低碳資訊來源方面，電視、報紙及網站是彰化縣國小教師最主

要的訊息管道。

三、彰化縣國小教師低碳環境素養的整體表現良好，有中上程度之水準，其中以低碳技能表現最好，而參加過相關研習活動或具備環保活動經驗之教師在此一方面表現優於無相關經驗者。

四、國小教師低碳態度表現亦屬中上程度，其中教師服務於鎮級表現優於鄉級，服務學校規模愈大者表現愈優，參加過相關研習活動教師低碳知識表現上較優，且男性教師相關研習經驗比女性豐富，低碳知識的表現也較好，相對而言，女性國小教師在低碳知識方面仍有改善成長空間。

五、低碳環境素養的三個構面彼此之間呈現正相關，對於節能行為意向皆具正面影響。迴歸模式顯示，整體低碳環境素養對節能行為亦有良好之預測解釋力，其中又以低碳態度的解釋預測力最佳，其次為低碳技能。

2. 建議部分可將此項研究結果的應用（或研究結果的價值）及未來研究的建議分兩部分提出，如下例：

建　　議

研究對象方面，本研究現階段對象只限於彰化縣境內之國小教師，未來的研究若能擴及北部、南部及東部地區，預期將可更清楚了解臺灣地區國小教師低碳環境素養的城鄉差異。

1.4.6 摘要撰寫之要領

　　一般學術論文中第一頁常有論文中、英文摘要，以便讀者能很快地了解本篇論文之重要成果及發現等。茲簡述重要須注意事項：

1. 除了有明確規範，一般投稿文，在一張 A4 紙面除了題目及作者，還有摘要（abstract），但若在學位論文中，因為封面已有作者之姓名，摘要則不需再冠上題目、作者姓名等資料。
2. 摘要宜精簡並涵蓋研究背景、研究目的、研究方法、研究結果及建議。
3. 摘要以不分項次的寫法寫出重點，可以不分段或者二至四個段落完成。
4. 文獻探討之內容可以省略不寫。

5. 一般列出 3～5 個研究論文中重要之關鍵詞（key words），而這些關鍵詞在摘要中必須出現。

6. 摘要一般 1 頁即可，除非研究結果繁多，也盡可能不要超過 2 頁。

茲列舉投稿文如下例：

廢食用油回收行為意向影響因素之研究

BBB* DDD**

XX 大學 XXXX 學系

摘要

臺灣於 2006 年垃圾全面實施強制分類，其中一項即為廚餘，為了解一般家庭廢食用油回收之情形，本研究以問卷調查方法針對 561 位彰化縣和美鎮國小學童的家長進行「廢食用油回收行為意向影響因素」之探討，以了解國小學童家長對廢食用油回收之看法，期望能提供校園、社區及政府實施廢食用油回收之參考。

研究發現，知覺行為控制及主觀規範對回收行為意向有較強的預測解釋力。顯示學童家長對於回收廢食用油所知覺到的好處與便利性愈高時，其參與回收之行為意向愈正向；學生藉由在學校學習獲得的回收概念會影響家長，亦可藉此提高家長回收廢食用油之意願。本研究同時發現，在資源化態度中，以資源化產品使用性的影響較為顯著突出，顯示經常使用廢食用油資源化產品者，對回收廢食用油有較正面的積極回應。

學校方面可以做主題宣導與教學，同時讓師生一起參與生質柴油、環保肥皂製作的過程。藉由學生回收概念的傳遞，以提升家長廢食用油資源化的認知程度。

＊關鍵詞：廢食用油、知覺行為控制、認知、態度、行為意向。

1.4.7 破冰之旅

1. 文獻資料的閱讀與個人專業興趣，是撰寫論文的啟動開端。

2. 善加使用學校圖書館電子期刊，參考瀏覽論文相關文獻期刊，也可以在系上圖書館閱讀研究所歷屆碩士論文，深入了解論文實際撰寫方式。

3. 不斷從文獻閱讀過程中去思考「研究動機」、「研究目的」與所訂定「論文題目」

的一致性及可行性,「想」通了,就可以進行下一步驟。

4.「論文題目」、「研究架構」及「研究方法」,是否緊密結合、合乎邏輯,以及可行否?只有不斷密切與指導教授討論修正,讓此一過程儘早定案!

5. 研究架構完成之日,論文也就完成大半了!若都準備就緒,就可以一邊撰寫論文之前言、文獻探討及研究方法前三章,並一邊「大力」進行論文問卷資料(data)之蒐集、整理、操作分析、討論及結論。

6. 現在先苦後甘的「破冰之旅」,可以正式啟動了!加油!

第 **2** 章

統計分析基本概念

　　本書之撰寫以量化研究為主，在撰寫學術論文時，多少都要使用到統計軟體分析顯示研究結果，尤其量化研究使用到的統計分析極其豐富多元，如敘述統計常用的基本資料次數統計分析、直方圖、條形圖、圓餅圖、散布圖等；推論統計常用的差異性統計分析，如 t 檢定、變異數分析、卡方（交叉）分析、線性迴歸分析，以及非常態分布的無母數分析等。至於問卷調查的信度及效度分析，在學術論文中的重要性更是不可或缺。由於統計分析技術的不斷改進，在理論模式發展到一定程度後，各種數學模式也不斷推陳出新，因此也有不少的結構方程模式（Structural Equation Modeling, SEM）應運而生，如 AMOS 或是 LISREL，其中 AMOS 套裝軟體可以與 SPSS 軟體結合使用，人性化的繪圖方式，可以省去撰寫複雜程式的難處，主要內容包括探索性因素分析、驗證性因素分析及路徑分析等，因此廣受因果模式關係探討之研究者喜愛，惟此一部分並非本書討論重點，讀者若有興趣，可在坊間尋找。

◆ 2.1　統計學在學術論文的重要性 ◆

　　簡單來說，統計學是一門探討如何處理「數據」的學問。因此只要有任何數字概念的地方，就可以運用統計學的方法簡單應對，例如：從日常生活的購買生活用品找零或者出外旅遊的花費估算，乃至企業營收的報表資料等等，都需要用到統計的計算及簡明圖表呈現。而使用在學術論文研究上，將涉及到更多的研究理論及統計方法，事實上統計學是學習蒐集、整理、陳示、分析和解釋統計資料的有效工具，並可由樣本資料來推論母體，使能在不確定的情況下做成決策；因此極需統計技術來幫助解決，尤其當計算量化的資料大量增加時，若仍然使用人工的計算，在資訊電腦化的現代，將變得非常浪費人力及時間，而統計學的科學方法和工具，正可以彌補在這方面的不足。

　　雖然統計學的起源可追溯到 18 世紀，真正發展則在 19 世紀末葉、20 世紀初期開始，工業生產及學術研究的盛行，使得統計學的運用無遠弗屆，例如：工廠生產一批玻璃容器，是否接受本批抽樣的送驗成品？吸菸者與得癌症有關嗎？競選公職者，誰會在下屆選舉中獲勝？以上這些問題都需要使用統計的方法來解決，因此統計學其實也可以說是一種從資料（data）擷取資訊（information）的一種方法。尤其至今已有許多統計的軟體出現，如知名的統計軟體 SPSS、SAS、STATISTICA、MINITAB、EXCEL 等，使我們能更便捷的獲取分析的結果加以應用，統計學在學術論文研究方面提供了相當龐大人類生活經驗的具體改善方案，其貢獻確實不可磨滅。

2.2　敘述統計學

依資料的意義而言，統計學主要可分為敘述統計學及推論統計學兩大類，有些作者將實驗設計亦劃分為一類，而實驗設計是利用資料產生之重複性與隨機性，使變數以外之其他可能因素的影響相互抵銷，以簡化觀察變數的影響效果，故可提高分析結果的精確度並減少不必要多餘的實驗觀察變數，因此實驗設計在實務上可以節省研究實驗成本，提升產品的品質。此一部分事實上可以歸類為推論統計學的變異數分析的進階部分，本書將不再深入著墨，有興趣實驗設計的讀者，可以參考相關的專書 D. C. Montgomery 所著 *Design and Analysis of Experiments* 第十版有極其詳盡的介紹。本章節將先介紹敘述統計學的一些基本概念及理論。

2.2.1 敘述統計學的定義及範圍

又可稱為描述統計學，其主要目的為使用測量、畫記、計算和描述等方法，將一群資料加以彙整、組織和說明，主要利用圖表或者用簡單數量技巧以彙總資料，來表達一堆繁雜資料的統計方法，使研究者與讀者容易了解資料所含的意義與欲傳達的訊息。敘述統計學重點在於僅將所蒐集之資料作討論分析，使資料作最佳的呈現，並不會將資料分析結果意義推展至更大的範圍。例如：某國中 1,630 位學生每月零用錢的平均數量、某大學 12,500 位學生所消費的飲料花費，在此只計算樣本的算術平均數或樣本比例，而不作母體平均數或母體比例之推論。

2.2.2 常用的統計名詞簡介

1. 母體與母數

母體是由具有共同特性之個體所組成的群體，亦稱為母群體。母體資料（population data）或稱族群資料，是指調查者所欲研究的全部對象的特性資料所成的集合。例如：某大學共有 9,500 位學生，欲了解該校學生身高統計的資料，若能全部蒐集到 9,500 位學生的身高資料，則所蒐集到的這 9,500 筆資料就是一種母體資料。母數則是由母體所算出的表徵數，即為母數或參數（parameter），例如：母體平均數 μ、母體比例 p、母體標準差 σ、母體相關係數 ρ 等。

2. 樣本及統計量

　　樣本是由母體中抽取部分的個體所組成的小群體，稱為樣本。樣本的取得是要經由抽樣（sampling）的過程，抽樣是指由所欲研究全部對象的所有個體中，依據抽樣設計隨機抽取一部分個體為樣本而進行調查。例如：以前例，欲調查某大學 9,500 位學生身高統計的資料調查，因為人數極為龐大，因此調查者抽取了某些科、系、所共 500 位學生的資料來做調查，此過程需要是經由適當的抽樣設計，以隨機抽樣（random sampling）的原則抽出。統計量則由樣本所算出之表徵數，即稱為統計量（statistics），例如：樣本平均數 $\bar{x}$，樣本比例 $\hat{p}$，樣本標準差 s，樣本相關係數 r 等都是。

3. 常數與變數

　　常數指不能夠依不同的值出現或改變的屬性，其值為一定數；變數則指可依不同的值出現，或依其他因素而改變其值的一種屬性，沒有固定的數。

4. 變數及其分類

　　變數常是我們想要找出的解答，學術研究中常要呈現豐富的資訊與研究成果，少不了都要一一找出這些變數值以便在論文中論述一番，變數依不同的情況，在以下有簡潔的分類。

(1) 以實驗設計觀點論

　　可分為自變數、依變數、中介變數、調節變數、混淆變數、控制變數、主動變數、屬性變數、抑制變數、曲解變數、虛擬變數。以函數 $f(x) = y$ 為例：

① 自變數（independent variable）：又名獨立變數、預測變數、解釋變數、控制變數

　　在實驗設計中，實驗者所操弄的變數，稱為自變數或獨立變數，即 x。

② 依變數（dependent variable）：又名應變數、因變數、相關變數

　　因自變數之變化而發生改變的變數，即為依變數 y，又稱為相關變數，是實驗者所欲觀察的變數。

③ 中介變數（intervening variable）

　　介於自變數與依變數之間，是無法直接觀察與操弄的變數。

④ 調節變數（moderator variable）

又稱為次級自變數或居中變數，會明顯影響自變數與依變數關係的變數。

⑤ 混淆變數（confounding variable）

又稱額外變數或無關變數，除了自變數與調節變數外，另一會影響依變數結果的變數，但卻未受到控制，故會影響實驗結果。

⑥ 控制變數（control variable）

凡在實驗過程中受到控制的變數，如自變數、調節變數等皆是。

⑦ 主動變數（active variable）

又稱自動變數，指可以在受試者身上主動操弄的變數，常用於受試者內設計，如：工作壓力。

⑧ 屬性變數（attribute variable）

又稱機體變數，指不能在受試者身上主動操弄的變數，只能以測量方式獲得，常用於受試者間設計，如：性別。

⑨ 抑制變數（suppressor variable）

在實驗設計中，有些變數未納入自變數，但其介入對依變數產生很大的影響效果，使得實驗隱藏了自變數與依變數的真正關係，常被視為干擾變數。針對這種干擾變數，雖然實驗過程中難以避免與消除，但在統計處理上可利用共變數分析，來消除掉其對依變數的影響效果。

⑩ 曲解變數（distorter variable）

其介入實驗中，使得自變數與依變數關係反轉。

⑪ 虛擬變數（dummy variable）

在統計運算中，某些變數以人為方式給予數據表示，此即稱為虛擬變數。如：以 1 表示男生；以 0 表示女生。在問卷中使用虛擬變數，可以投入多元線性迴歸分析中的自變數中，找出與依變數的關聯。

(2) 依可數、不可數來區分

可分為連續變數和間斷變數：

① **連續變數**（continuous variable）

　　有許多心理特質或物理特質是成為一個連續不斷之系列，而在這一連續不斷的系列上，任何一部分都可以加以細分，以得到任何值，或在其上面任何兩值之間，均可插入無限多個介於兩者之間大小不同的值，此類的特質或屬性稱為連續變數。連續變數既然是連續不斷的，故其值應視為一段距離，而不是一個點，故連續變數只是一個近似值。例如：身高、體重、時間、智力商數等均屬於連續變數。

② **間斷變數**（discrete variable）

　　又稱非連續變數，是一種只能取某特定的值，而無法無限取出任何值的變數，常常是自然數，故間斷變數的一個值，是代表一個點而非一段距離且為精確數，諸如可以數個數或點人頭方式的都是間斷變數。例如：每戶人家的孩子數、選舉得票數、椅子的張數、骰子的點數等。

(3) 根據1951年Stevens之分類

　　從測量尺度觀點可分為名義變數、順序變數、等距變數、比率變數。

① **類別變數**（nominal variable）

　　又稱名義變數，係使用數字來辨認任何事物或類別之變數，其只說明某一事物與其他事物之不同，但並不說明事物與事物之間的差異大小和形式。例如：座號、學號、居住地、喜歡的運動類型、旅遊地點的喜好、上班的交通方式等……這些只能挑選自己喜歡或同意的類型的，都算是名義變數。但要注意的是，若調查含有數字符號在內的名義變數問題，例如：你最喜歡 1～50 號模特兒哪一位？這些數字符號背後所代表的是一個模特兒，50 號模特兒與座號 40 號模特兒並沒有任何數字運算的意義，也不能說 30 號模特兒是 10 號模特兒的 3 倍。

② **順序變數**（ordinal variable）

　　可以依某一特質之多少或大小順序，將團體中各份子加以排列的變項。但順序變數僅表示方向順序，亦即僅描述分子與分子在某一特質方面的順序，但不等距。如：班上某三位同學的學期成績排名第 1 名、第 2 名、第 3 名三個名次，僅能說明他們之間的排名優先順序，但不能說第 1 名與第 2 名之差的量等於第 2 名與第 3 名之差的量。又如，中位數、百分位數亦屬於順序變數。

③ 區間變數（interval variable）

　　也稱為等距變數，除了可說明類別和順序大小外，同時間隔具有相等單位，還可計算出差別之數量，但無絕對零點。如攝氏溫度 5 度、15 度、30 度，可說明 30 度高於 15 度的順序大小，但不能說攝氏 30 度是攝氏 5 度的 6 倍，等距變數無比例之關係。又如，平均數、標準差、積差相關亦屬於等距變數。

④ 比率變數（ratio variable）

　　除了可說出名稱類別、順序大小和計算差距之外，也可說出某比率與某比率相等的變數，這也是與等距變數最大的差別，我們可以視是否具有**絕對零點**做為兩者簡單的辨認原則。例如：比率變數——重量有絕對零點，因此重量 50 公斤是 10 公斤的 5 倍，但等距變數——年份無絕對零點，因此西元 200 年與西元 2000 年，就沒有任何比例或倍數的關係。

(4) 以描述表達觀點而言

　　可分為量的變數和質的變數：

① 量的變數（quantitative variable）

　　又稱定量變數，描述不同數值，等距變數與比率變數屬之。

② 質的變數（qualitative variable）

　　又稱定性變數，描述不同狀態，名義變數與順序變數屬之。

(5) 以是否屬於社會學事實的觀點而言

　　可分為社會學變數與心理學變數：

① 社會學變數（sociological variable）

　　屬於社會學的事實，來自所屬團體的各種特性，如：社經地位、職業、學歷。

② 心理學變數（psychological variable）

　　個體內在不可直接觀察的變數，通常是個人的意見、看法、態度與行為。

5. 次數分配（frequency distribution）

　　次數分配用來表現某一變數的分配特性，通常可用編製次數分配表來呈現，並將次數分配表作成直方圖以方便清楚觀看分布情形。舉例來說，在還沒有電腦的時期，

調查一所學校學生家中有無養寵物的情形，當問卷調查回來，我們會畫記「正」字來統計有、無養寵物的次數，再算出其比例，列成次數統計表，如以下之例：

組別	次數	百分比
有養寵物	358	18.6%
無養寵物	1,566	81.4%
合計	1,924	100%

以上之例子，只是呈現簡單的間斷型資料的調查，一旦遇到非間斷型資料時，就不是僅僅的有或無的兩個選項去做次數計算，這些非間斷型資料尚需經過排序大小、分成不同類組（classes），再統計各組的比例，例如：調查縣市居民每戶的年收入，這時呈現的數據，有各種不同的數字大小，如何將這些每戶年收入的數值排序、分組，做成次數分配表及直方圖，若以人工去做，將會耗費非常多的人力及時間來完成，受惠於電腦及各種統計軟體的出現，使得這項工作變得迅速有效且準確地呈現出來。編製次數分配表的方法簡述如下：

(1) 決定研究變數，並蒐集之（樣本數為 N）。

(2) 將變數觀測值排序後，算出全距（R）；即變數觀測值最大值與最小值的差距。

(3) 定組數（K），根據 Sturges 經驗法則公式，類組的數目 = 1 + 3.3 log(N)，舉例來說，當 N = 200，則 Sturges 公式計算如下：

類組的數目 K = 1 + 3.3 log(200) = 8.59，我們可以取其整數 9，因此 K 等於 9 個類組。

(4) 定組距（C），從最大觀測值減去最小觀測值得到 R，然後除以類組數，即可決定類組大致的寬度，C = R/K，以前例 200 個樣本個數，最大及最小值分別為 4,680 及 232，則類組的寬度 = 494.22，我們可取 500 為類組寬度，在取下限時，必須注意第一個類組要包含最小的觀測值，因此本例，第一個類組可定義成 0～500，第二個類組 500～1,000，以此類推。

(5) 編製次數分配表。

(6) 繪製直方圖 Histogram，將各組的組限依序定在橫軸上，次數定在縱軸上。每一組以橫軸為基線，在適當位置上豎立一個長方形，該長方形的寬度相當於該組的組距，高度相當於該組的次數。如此即繪成一個直方圖。直方圖所包圍的面積與資料的

總個數成正比。一個次數分配如採用不等組距的方式，則長方形的高度即應加以調整，如某一組的組距較其他各組大一倍，則該組長方形的高度即應降低一倍，如此該長方形的面積始與該組的次數成比例，而確保全部直方圖所包圍的面積與資料總個數成比例。

6. 集中趨勢（central tendency）量數

在統計研究中，需要蒐集大量數據並對其進行加工整理，對這些數據進行整理繪圖發現，大多數情況下的數據都會呈現出鐘形分布的情形，即各個變數的量數數值與中間位置的距離愈近，出現的次數就愈多；與中間位置距離愈遠，出現的次數愈少，從而形成了一種以**中間值**為中心的集中趨勢。這個集中趨勢也就在描述一大堆數據資料的中心位置的特徵，這些中心位置的資訊，可以讓研究者或讀者掌握分析敘述一組資料的中心位置的量測值，亦即中心量數。

某一數列表示為 $\{x_i\}_{i=1, 2, ..., N}$，則集中趨勢可用以下中心量數方法表示：

(1) 平均數（mean）：包含算術平均數、幾何平均數及調和平均數，在一般學術論文中之平均數，若無特別指明，則都視為算術平均數。

① 算術平均數（arithmetic mean, μ）：為一群體各數據之總和除以個數所得之商，簡稱為平均數，以 $\mu = \dfrac{\sum\limits_{i=1}^{N} x_i}{N}$ 表示。μ 在統計學上常用以表示母體平均數，樣本平均數則都以 $\bar{x} = \dfrac{\sum\limits_{i=1}^{n} x_i}{n}$ 表示。

② 幾何平均數（geometric mean, G）：n 個連乘積的 n 次方根，以 G 表示。此特徵數特別適用於比例、變動率或對數值求平均數之用，惟各個數值中不得有任一數據為 0 或負數，否則即為無意義，以 $G = \sqrt[N]{\prod\limits_{i=1}^{N} x_i}$ 表示。

③ 調和平均數（harmonic mean, H）：各數值倒數之算術平均數的倒數，又稱之為倒數平均數，以 H 表示之。當一數列為調和數列，欲求平均數時，則應以調和平均數求之為佳，以 $H = \dfrac{N}{\sum\limits_{i=1}^{N}\dfrac{1}{x_i}}$ 表示。

(2) 中位數（median, Me）：將上述數列 $\{x_i\}_{i=1, 2, ..., N}$ 排序後之中心項數值，又稱

為二分位數，以 Me 表示之，即第 $\frac{N+1}{2}$ 項。資料若有極端值，使用中位數來代表集中趨勢量數最適宜。

(3) 眾數（mode, Mo）：在所有資料中，出現次數最多的數值即為眾數，以 Mo 表示，但眾數可能不存在，也可能非唯一解，例如：若次數皆相同則無眾數。另在數列資料中，眾數可以不為數字，此乃集中量數之特例。

7. 離差（dispersion）

一群數據資料彼此間的差異，稱為離差。各變數值離中心量數的散布情況之量數，稱之為離差量數（measures of dispersion）。運用離差量數的主要目的在測度中心量數的可靠性，以及做為控制變異的基準。換言之，離差就好像一群數據資料的分散情形，可以知道是不是都集中在一起；或者是資料分散的極為寬廣。產生離差的原因有二，其一為受某些因素的影響而產生，另一為誤差。離差的測量方式有兩種，其一為以某種中心量數為準，加以測量，其結果稱為離中差；另一為測量各變量彼此間的差異，其結果稱為互差。分析離差的方法有兩類，一類為求算一個統計表徵以表示離差的大小，此類統計表徵數稱為差量；另一類為分析其發生的原因，即為所謂的變異數分析。依此知，一般常用的離差量數有全距（range）、變異數（variance）、標準差（standard deviation）、變異係數（coefficient of variance）等，其中標準差因考慮到每一變值的差異，而且沒有邏輯上的缺點，使用的單位也正是要觀察測量變數的單位，例如：調查樣本的平均身高及其標準差的單位都是公分，若使用變異數則單位變為公分的平方，故在統計分析上標準差應用最廣。若一數列表示為 $\{x_i\}_{i=1,2,...,N}$，其離差程度可用下述方法表達：

(1) 全距：一群計量資料中，最大觀測值與最小觀測值之差，稱為全距。全距之功能在能用以測知一群資料的全部距離。全距雖然不是一種精確的差量，但因其計算簡單，故在品質管制上有其重要性。

(2) 變異數：變異數為標準差或標準誤的平方，用以表示一群資料或抽樣分配的分散度。表示資料分散度最恰當的統計量為標準差或標準誤，取其平方的目的在便於運算與分析，因時時平方及開方不但不勝其煩，且有時亦無此必要。例如：變異數分析即是根據變異數直接進行的分析，根本不需要開方。變異數的計算方式符合誤差法則，故幾乎所有推論統計上扮演極為重要的角色。變異數的計算包含母體變異數及樣本變異數：

$$母體變異數：\sigma^2 = \frac{\sum_{i=1}^{N}(x_i - \mu)^2}{N}$$

$$樣本變異數：s^2 = \frac{\sum_{i=1}^{n}(x_i - \bar{x})^2}{n-1}$$

(3) 標準差：一群計量資料各變數值與其平均數之差稱之為偏差（deviation），各變數值偏差平方的算術平均數的方根稱為標準差，亦即標準差只是變異數的平方根。其計算公式如下：

$$母體標準差：\sigma = \sqrt{\sigma^2}$$

$$樣本標準差：s = \sqrt{s^2}$$

註：標準差與標準誤之比較→抽樣分配變異數的方根稱為標準誤（standard error）。標準誤的計算方式與標準差者甚為相似，但意義略有不同。**標準誤根據抽樣分配計算而得，表示平均抽樣誤差的大小。標準差根據次數分配計算而得，表示一群資料的平均差異程度，不限於誤差，特別不是抽樣誤差。**

(4) 變異係數：一組觀測值的變異係數是觀測組的標準差除以其平均數。變異數或標準差的數值大小可否看出其變異性，一般還要看原始的觀測資料大小，例如：觀測值動則百萬與觀測值只有 50 的情形，若標準差都是 10，則顯然在百萬觀測值數據堆中，這是個微乎其微的變異，但在觀測值只有 50 的數據堆中，則標準差 10 則是個很大的變異性呢，因此若要比較不同觀測特性時，需要有一致共同的標準來比較，變異係數就可以解決這個問題。變異係數在實務上應用，是當我們在比較兩種不同測量特性的變數時，因為觀測特性不同，且觀測值的單位或大小也不一定相同，例如：要觀察比較一所小學學童的體重及身高，何者變異性較大，因為身高及體重量測的單位不同，且觀測值大小也有差距，若計算出其個別的標準差，並不能直接斷定何者差異較大，這時若同時再除以平均數，就可以來比較兩者的變異性而獲得結論了。變異係數計算公式如下：

$$母體變異係數：CV = \frac{\sigma}{\mu}$$

$$樣本變異係數：cv = \frac{s}{\bar{x}}$$

◆ 2.3 機率與機率分配 ◆

什麼是機率？最簡單的例子，就是購買東西時會給統一發票，大家都會在兩個月後對獎，但是大多數的發票都沒中，這就是機率問題。有時候我們走在路上碰到了多年的國小同學，會熱情地寒暄一番，或者路過一條林蔭大道，剛好頭上掉下一坨鳥糞，這些日常生活中有什麼意外的事情發生在自己身上，我們時常將運氣掛在嘴上。而這些不論好的或不好的事情的發生，都在我們生活周遭不斷發生，這些也都是很鮮明擺在眼前的事情，都是跟機率有關的問題。機率當然也是一個因人因事而有不同結果出現的變數，在本節中也將為讀者介紹隨機變數的種類及機率分配（probability distribution）等特性。

2.3.1 機率

機率（probability）：根據古典機率理論，一個隨機實驗的樣本空間（sample space, S）或狀態空間（state space, Ω）統計實驗所有可能結果之集合清單有 N 個，而這些結果必須是無一遺漏且互斥的，則某事件（A）發生的可能結果有 n_A 個，所以某事件（A）發生的機率為：

$$P(A) = \frac{n_A}{N}，其中 P(A) \geq 0$$

一旦樣本空間準備妥當，我們就可以開始指派機率給每一個結果的任務，這個任務也就是事件（event），事件是樣本空間的子集合（部分集合）。以 E 為其代表符號。事件又可分為以下兩種：

(1) 簡單事件（simple event）：只包含一個樣本點的事件。

(2) 複合事件（composite event）：包含二個或二個以上樣本點的事件。例如：

令 A 表投擲一顆骰子點數為 5 的事件，B 表投擲一顆骰子點數大於 4 的事件，則 A={5}，B={5, 6}，A、B 均為樣本空間 S={1, 2, 3, 4, 5, 6} 之子集合，故 A、B 為不同的兩個事件，且 A 為簡單事件，B 為複合事件。又如令 C 表投擲二顆骰子點數總和為 9 的事件，則 C={(3, 6)，(4, 5)，(5, 4)，(6, 3)} 為一複合事件。

三個指派的機率分別為古典法、相對次數法以及主觀法，說明如下：

1. 古典法（classical approach）：一般常用於決定與遊戲有關的機率，例如：投一枚硬幣，出現正、反面的機率都是 50%；若以投一顆有六面的骰子為例，共有六種

可能的結果，因此樣本空間：

S={1, 2, 3, 4, 5, 6}，其中的 1、2、3、4、5、6 為樣本點。因此出現每一個樣本點的機率都是 1/6。再舉一例：分別擲二顆骰子，其樣本空間如下：

S={(1, 1)，(1, 2)，(1, 3)，(1, 4)，(1, 5)，(1, 6)，(2, 1)，(2, 2)，(2, 3)，……，(6, 3)，(6, 4)，(6, 5)，(6, 6)}，共 36 個樣本點。此一樣本空間就可以提供各種遊戲事件機率的決定，如同時出現相同骰子點數事件的機率為何？我們就可以找出樣本空間共有 (1, 1)，(2, 2)，(3, 3)，(4, 4)，(5, 5)，(6, 6) 等 6 個樣本點的複合事件，因此機率就是 6 個樣本點除以樣本空間所有 36 個樣本點，亦即機率為 6/36=1/6。

2. 相對次數法（relative frequency approach）：將機率定義為一個結果發生的長期相對次數。例如：過去十年來累計 10,000 名某校師生，喜愛使用中華電信的人數有 2,000 名，所以使用中華電信相對次數為 20%，這只是一個估計值，調查的時間愈久、人數愈多，則此項估計值才會愈準確。

3. 主觀法（subjective approach）：此一機率定義為相信某一事件發生的程度。例如：股市某一特定股票的漲價的機率，投資者將分析股市及股票相關的各種訊息、行情，以自己的主觀判斷指派該特定股票的上漲結果的機率。

以上無論指派的機率為哪一類方式，指派給結果的機率必須滿足兩個條件：

(1) 第一是任何的一個結果的機率必須介於 0 與 1 之間，如丟一顆骰子，每一面都是 $\frac{1}{6}$。

(2) 第二是在樣本空間中所有結果的機率總和必須等於 1，如丟一顆骰子，出現的點數的情況而言，共有六種情況機率都是 $\frac{1}{6}$，每一種情況的機率加總的總和也剛好等於 1。

2.3.2 隨機變數

若 X 為樣本空間（sample space, S）的一個實數值函數（real valued function），則稱 X 為樣本空間的一個隨機變數，樣本空間中的元素，不一定是數字，例如：可以是紅球、白球，或正面、反面等。隨機變數常以大寫的英文字母表示，而它的觀察值則以對應的小寫字母表示，我們通常稱為隨機變數值。隨機變數依其取值的形式，區分為兩種，第一種若取值為有限或無限且與自然數有一對一的對應，則稱之為間斷型隨機變數（discrete random variable），如參加晚會的人數、對於不同顏色的喜

好人數，皆是間斷型隨機變數，X 的值域為可數集合。而第二種就是連續型隨機變數（continuous random variable），此取值在某一區間或區間集合的所有數值，如重量、時間、溫度等，X 的值域為不可數集合。

1. 間斷型隨機變數（discrete random variable）

$$F(x_0) = P(X \leq x_0) = \sum_{-\infty}^{x_0} f(x)$$

$$0 \leq F(x) \leq 1 \quad \text{其中} \ F(-\infty) = P(X \leq -\infty) = 0 \ \text{且} \ F(\infty) = P(X \leq \infty) = 1$$

以分別擲二枚硬幣為例，隨機變數 X 為出現正面的次數。這樣的隨機變數定義，各位讀者可以看前面 2.3.1 節，有關「樣本空間」與「事件」的關係跟「分別擲二枚硬幣」與「隨機變數 X」的對應關係，頗為類似。我們將這部分事件表示成隨機變數，在後面推演到更多的機率密度函數及機率分配，都將可以更方便的數學式子表示及運用。

2. 連續型隨機變數（continuous random variable）

$$F(x_0) = P(X \leq x_0) = \int_{-\infty}^{x_0} f(x)dx$$

$$0 \leq F(x) \leq 1 \quad \text{其中} \ F(-\infty) = P(X \leq -\infty) = 0 \ \text{且} \ F(\infty) = P(X \leq \infty) = 1$$

$$f(x) = \frac{dF(x)}{dx}$$

連續型隨機變數，即在一定區間內變數取值有無限個，或數值無法一一列舉出來。例如：某地區男性健康成人的身高、體重，一批惡性貧血等患者的 CHOL 總膽固醇測定值等。

2.3.3 間斷型機率分配

一個隨機變數各變量發生的機率按變數值大小順序排列者，稱為機率分配。機率分配為隨機現象多次試行規律的一個模型，可據以進行分析與判斷。

以擲二枚硬幣為例，隨機變數 X 為出現正面的次數。因此，x = 0, 1, 2，此隨機變數的機率密度函數為：

$$f(x) = \begin{cases} 1/4 & x = 0,2 \\ 2/4 & x = 1 \\ 0 & \text{其他} \end{cases}$$ 隨機變數 X 的機率分配表為

x	$f(x)$
0	1/4
1	1/2
2	1/4

1. 期望值及變異數

期望值 E(X) 為重複進行多次實驗預期會出現的值或結果，有時亦稱加權之平均數；變異數 V(X) 則為其出現的值或結果的分散或變異程度，標準差 σ(X) 則為 V(X) 的開根號。

$$E(X) = \sum_{i=1}^{n} x_i f(x_i) = \mu$$

$$V(X) = \sum_{i=1}^{n} (x_i - \mu)^2 f(x_i) = E[(X - \mu)^2] = E(X^2) - \mu^2$$

例如：擲二枚硬幣出現正面的次數的機率分配表如以下，則試求 E(X)、V(X)、σ(X)。

x	0	1	2
$f(x)$	1/4	1/2	1/4

$$E(X) = 0 \times \frac{1}{4} + 1 \times \frac{1}{2} + 2 \times \frac{1}{4} = 1$$

$$E(X^2) = 0^2 \times \frac{1}{4} + 1^2 \times \frac{1}{2} + 2^2 \times \frac{1}{4} = \frac{1}{2} + 1 = \frac{3}{2}$$

$$V(X) = E(X^2) - [E(X)]^2 = \frac{3}{2} - 1^2 = \frac{1}{2}$$

$$\sigma(X) = \sqrt{V(X)} = \sqrt{0.5} = 0.7071$$

2. 二項分配（Binomial distribution）

二項分配又稱二項實驗，其特性如下：

(1) 實驗共進行 n 次，每次實驗過程均相同。

(2) 每次實驗的結果只有二種，「成功」或「失敗」，「成功」的定義其實就是我們感興趣的結果。例如：尾牙抽獎，我們感興趣的是可以抽中，因此抽中獎品就是成功事件；又如同學掃地出公差要抽籤決定，這時學生感興趣的也許是不要抽中，因

此不要抽中出公差，就是成功事件。

(3) 每次實驗成功的機率爲 p，失敗的機率就爲 q = 1 − p。

(4) 各實驗間互相獨立，亦即一次的實驗結果不會影響任何其他實驗的結果。

設 X 爲二項分配，在 n 次實驗以及成功機率等於 p 的二項實驗中，x 次成功的機率密度函數爲：

$$P(X = x) = p(x) = \frac{n!}{x!(n-x)!} p^x (1-p)^{n-x}, \; x = 0, 1, 2, ..., n$$

二項分配之平均數及變異數分別爲：

$$E(X) = np$$
$$V(X) = np \, (1 - p)$$

例如：某大學生 John 在校上課情況很糟，常常翹課，作業從來也沒交過，這次學校的英文閱讀測驗，他想用猜的，憑運氣過關。該測驗共 10 題，每題 4 個選項，有 1 個是正確的答案。

(1) John沒能答對任何題目的機率爲何？

因爲 John 想用猜的，成功的定義是猜對答案，因此猜對的機率 p=1/4 或 0.25，每題猜題的結果不影響其他猜題的結果，這是一個 n=10，p=0.25 的二項分配，沒有任何題目答對，則 X 隨機變數指定 $x=0$ 來計算之：

$$P(X = 0) = \frac{10!}{0!(10-0)!} (0.25)^0 (1-0.25)^{10-0} = 1 \times 1 \times 0.75^{10} = 0.0563$$

要不答對任何一題的機率約 6%，不是很高。

(2) 答對2題的機率爲何？

$$P(X = 2) = \frac{10!}{2!(10-2)!} (0.25)^2 (1-0.25)^{10-2} = 45 \times (0.0625) \times (0.1001) = 0.2816$$

要答對 2 題的機率約 28%，比以上 1 題都沒答對要高很多，因此想要得 0 分也不是一件容易的事呀！

2.3.4 連續型機率分配

前面一節所提的間斷型機率分配，使我們能夠決定類別變數的成功機率，在這一節，我們要介紹的連續型機率分配，是用來計算與區間變數有關的機率。

由於為了能使區間資料能以數學式子來連結母體及樣本，以便發展出一種函數的關係，我們將分別介紹機率密度函數、均勻機率分配，以及最後的常態分配，其中常態分配的理論與應用，在博碩士論文中的論述證據用得非常多，像是 t 檢定、變異數分析及相關分析等等，都與常態分配有密切關係，讀者必須完全理解，在論文推論及檢定的解釋上，就不會有模稜兩可，甚至一知半解的情況發生。

1. 機率密度函數（probability density function）

也就是機率的變化率，連續型隨機變數是一個有無數個數值的變數，因此我們沒辦法把所有數值都列出來，也因此任何一個隨機變數的數值的機率實際為 0；換言之，要指出如間斷型隨機變數，如硬幣出現正面次數的機率，在連續型隨機變數就變得不可能，取而代之的是，我們只能指定一個範圍內的數值的機率。

2. 均勻機率分配（uniform probability distribution）

也可稱為矩型分配（rectangular distribution），其定義為若連續型隨機變數 X 之分配，具備下列之機率密度函數

$$f(x) = \begin{cases} \dfrac{1}{b-a} & , a \leq x \leq b \\ 0 & , 其他 \end{cases}$$，期望值 E(X) 及變異數 V(X)，分別為：

$$E(X) = \int_{-\infty}^{\infty} x f(x) dx = \int_a^b x \frac{1}{b-a} dx = \frac{x^2}{2(b-a)}\Big|_a^b = \frac{b+a}{2}$$

$$V(X) = E(X^2) - E(X)^2$$

$$E(X^2) = \int_{-\infty}^{\infty} x^2 f(x) dx = \int_a^b x^2 \frac{1}{b-a} dx = \frac{x^3}{3(b-a)}\Big|_a^b = \frac{b^3-a^3}{3(b-a)}$$

$$V(X) = \frac{b^3-a^3}{3(b-a)} - \left(\frac{b+a}{2}\right)^2 = \frac{(b-a)^2}{12}$$

例如：某礦泉水服務站每天售出的礦泉水，為「具有最少 20 公升與最多 50 公升」的均勻分配：

(1) 每天至少銷售40公升的機率為何？

機率密度函數為 $f(x) = \dfrac{1}{50-20} = \dfrac{1}{30}$，$20 \le x \le 50$

$P(x \ge 40) = (50-40) \times 0.03 = 0.3$，本例題之函數圖如下，機率之計算其實就是算 X 軸 40～50 之間所夾的矩形面積。

(2) 每天銷售20與25公升礦泉水之間的機率為何？

$P(20 \le x \le 25) = (25-20) \times 0.03 = 0.15$，如同上一小題，計算 X 軸 20～25 之間所夾的矩形面積即可。

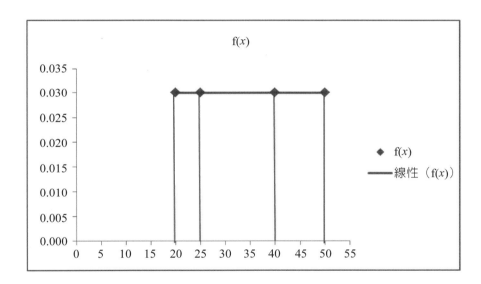

(3) 若剛好銷售40公升礦泉水的機率又為何？

由於隨機變數 X 的值有無限多，如前述連續型隨機變數的每一特定值的機率都為 0。事實上，各位讀者也可以注意到，上述圖形中，任一點在 X 軸上所夾的面積都為 0，這也就說明計算連續型機率分配時，是要在某一範圍來計算機率，因此下一節常態分配也是如此，要去計算面積，也就可以算出機率值的各種問題。

3. 常態分配（normal distribution）

常態分配為連續型的機率分配，又稱高斯分配（Gaussian distribution），高斯（Carl Gauss, 1777～1855）是最早將常態分配曲線（normal curve）運用於實際資料的學者，他主要是將常態曲線運用於測量誤差（measurement error）的研究中。為了

紀念這位偉大的德國籍數學家，故以高斯分配為名。

迄今，常態分配在統計學中仍然扮演著重要的角色，並且一些常見的連續型隨機變數，如身高、體重、血壓、膽固醇、測驗的分數、科學測量、降雨量及智商的機率分配都是非常近似常態分配。如下圖常態分配的機率密度函數是一個對稱的鐘形（bell–shaped）機率密度曲線，是所有機率分配中最重要的一種分配。

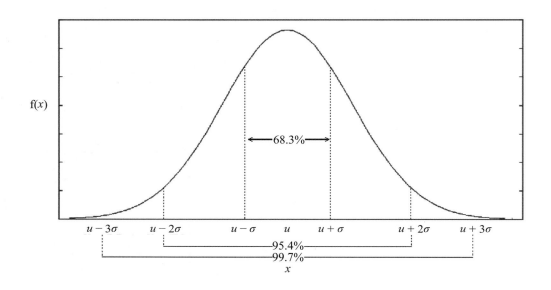

從上圖中，依據經驗法則（empirical rule）主要用於資料呈單峰對稱分配或鐘形分配時，估計某變數所涵蓋範圍的機率值或個數，對任何常態分配，大約有 68.3% 的觀測值落在距平均數 1σ 標準差的範圍內；95.4% 的觀測值落在距平均數 2σ 標準差的範圍內；99.7% 的觀測值落在距平均數 3σ 標準差的範圍內。

換言之，常態分配的鐘形圖，幾乎接近 100% 的資料都在 ±3 個標準差（$\pm 3\sigma$）之內，讀者對這個原則要記住，爾後隨手畫常態分配圖時，就能駕輕就熟。

對一個常態隨機變數 X，其機率密度函數方程式為：

$$f(x) = \frac{1}{\sigma\sqrt{2\pi}} e^{-\frac{1}{2}\left(\frac{x-\mu}{\sigma}\right)^2}$$ 以 X～N（μ, σ^2）表示之，其中 $-\infty < x < \infty$，π 是圓周率

3.14159……，e 是自然對數底 2.71828……，而 μ 與 σ 分別是此常態分配的平均數與標準差。如此的一個複雜的函數關係，我們如果每次計算函數值，就要花去不少時間，很幸運的是，統計學家已經先替我們計算出每一個 x 值的函數值，這些已知算好

的數值經過標準化之後，會詳列放在一個標準常態分配表中，當我們有任何生活學習上的統計問題，經調查取得資料後，都可以使用標準常態分配表的統計數據來計算機率值，下一節我們會針對如何使用標準常態分配表，看表、知表、查表，計算所有特定問題的機率值。

值得一提的是，標準常態分配表的鐘形曲線下所涵蓋的**面積等於 1**，亦即發生所有可能事件的機率總和為 100%，因此我們在計算所欲分析事件的機率，只要我們知道在什麼鐘形曲線範圍區間，把面積算出來，就是算出機率的解答，這部分的面積計算在標準常態分配表中，都為我們準備好了，我們只要一點代數加減的觀念，就可以很快地找出答案喔。

常態分配是一曲線家族，大致上對稱的獨立山峰或鐘形曲線的出現幾乎可以斷定為常態分配。但其所在位置及高矮胖瘦取決於決定中心點所在位置的平均數 μ 與決定鐘形曲線的形狀高矮胖瘦的標準差 σ。

當一個常態分配的 μ 與 σ 確定之後，則此常態分配的中心所在位置及變異性大小也就被確定，如下圖為不同平均數及標準差時的常態分配曲線的變化。在 X 軸上平均數 μ 的數值愈大則會往右移動，反之亦然。而標準差 σ 的值愈大，則資料愈分散，鐘形愈低寬；σ 值愈小，則資料愈集中，鐘形愈高窄。

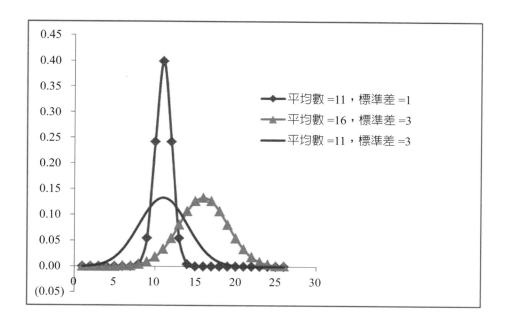

常態分配是最常被使用的連續型機率分配，是因為常態分配在往後運用統計來做

推論時的重要假設前提就是假設某個參數的母群體是常態分配，因此在做問卷調查或實驗操作所獲得的眾多數據，就可以據此作統計分析的論述。當然許多自然界的現象或特徵值參數分配多為常態分配，例如：許多物理的、生物的及人文社會學的特徵值通常也都呈現常態分配。

4. 計算常態分配的機率

連續型隨機變數的機率值，就是它的機率分配曲線與橫軸所圍的部分面積，亦即它的機率密度函數在部分範圍的積分值，通常我們都是利用查表的方式配合簡單的計算來求常態分配的機率值。在使用上，不可能替每一種不同情況，如身高、體重、考試成績……等等設計每一個常態分配機率表，因此如何設計一個適合各種不同實務問題的迅速查表的需要，我們勢必要取一個常態分配做為標準，以它的機率表求得所有各種不同情況的常態分配的機率值。

目前所有教科書所用的常態分配表都一律取 $\mu = 0$，$\sigma = 1$ 的常態分配，我們特稱此常態分配為**標準常態分配**。我們只要把我們的調查的數據資料，經過簡單的轉換成 $\mu = 0$，$\sigma = 1$ 的標準常態分配，就可以很快利用所有教科書附錄的標準常態分配查到我們所要的機率值。我們將觀測值減去平均數後並除以標準差，就可以將隨機變數轉換成標準常態隨機變數 Z，也稱為「Z 轉換」亦即：

$$Z = \frac{x - \mu}{\sigma}$$

例如：考慮一個公共游泳池，遊客在水池中所待時間的長短為具有平均數 50 分鐘與標準差 10 分鐘的常態分配。我們想知道遊客在泳池中待 45～60 分鐘的機率。亦即 P（45 < X < 60），描述此一常態分配曲線如以下圖形所示：

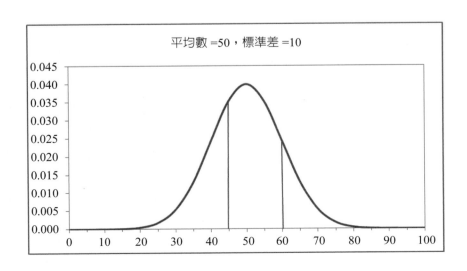

我們只要算出 45～60 區間的面積就可獲得解答，記得前述機率密度函數的意義，所有在常態曲線下所涵蓋的面積為 1，再查表正確求出此一面積。現在我們利用標準轉換 Z 來求得解答。

$$P\ (45 < x < 60) = P\left(\frac{45 - 50}{10} < \frac{x - \mu}{\sigma} < \frac{60 - 50}{10}\right) = P(-0.5 < Z < 1)$$

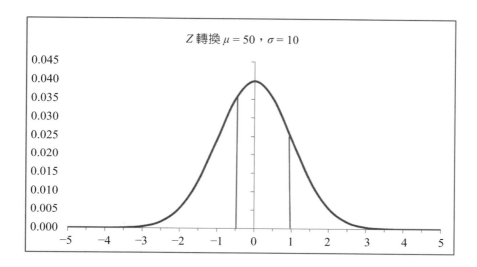

有了兩個 Z 值，-0.5 及 1，兩者間所包圍的面積就是解答，我們有了 Z 值就可以直接查看標準常態分配表所對應的所夾面積範圍，由於標準常態分配表曲線圖左右對稱，各教科書所提供的標準常態分配表通常是提供右半鐘形曲線的機率，我們只要查表讀出一邊所夾面積，也就可以獲得對應另一邊曲線所夾的面積。

以本題來說 $P(-0.5 < Z < 1) = P(-0.5 < Z < 0) + P(0 < Z < 1)$，我們只要把鐘形曲線從中間切開，只查右邊曲線的 Z 值，再把兩塊的面積加總起來，就可以得到機率的答案。

查表 $P(0 < Z < 1) = 0.3413$，查到 Z = 1.0 的那一欄，再從上端找到 0.00 對應位置，上端的小數點第二位的數字，也就是對應過來的 Z 值的小數點第二位數值。將此兩交叉的數值讀出，也就是 Z = 1.00 的查表值 0.3413。

而 $P(-0.5 < Z < 0)$，等於查右半曲線表的面積 $P(0 < Z < 0.5) = 0.1915$，注意查到 Z = 0.5 的那一欄，再看上端那一行找到 0.00 即可得到 Z = 0.50 的查表值 0.1915，因此將此查表之兩機率（面積）值相加，即 $P(-0.5 < Z < 1) = 0.1915 + 0.3413 = 0.5328$。

z	0.00	0.01	0.02	0.03	0.04	0.05
0.0	0.0000	0.0040	0.0080	0.0120	0.0160	0.0199
0.1	0.0398	0.0438	0.0478	0.0517	0.0557	0.0596
0.2	0.0793	0.0832	0.0871	0.0910	0.0948	0.0987
0.3	0.1179	0.1217	0.1255	0.1293	0.1331	0.1368
0.4	0.1554	0.1591	0.1628	0.1664	0.1700	0.1736
0.5	0.1915	0.1950	0.1985	0.2019	0.2054	0.2088
0.6	0.2257	0.2291	0.2324	0.2357	0.2389	0.2422
0.7	0.2580	0.2611	0.2642	0.2673	0.2704	0.2734
0.8	0.2881	0.2910	0.2939	0.2967	0.2995	0.3023
0.9	0.3159	0.3186	0.3212	0.3238	0.3264	0.3289
1.0	0.3413	0.3438	0.3461	0.3485	0.3508	0.3531
1.1	0.3643	0.3665	0.3686	0.3708	0.3729	0.3749
1.2	0.3849	0.3869	0.3888	0.3907	0.3925	0.3944
1.3	0.4032	0.4049	0.4066	0.4082	0.4099	0.4115

5. 找出Z的轉換值

常常我們會遇到在一定的機率下來決定 Z 值，可以 Z_A 表示之。這種情形在做推論統計的時候會碰到，也就是一些檢定時所取的檢定水準，或者說得更清楚，就是顯著水準（significance level），它到底是什麼？目前我們先不碰它，稍後就會介紹。Z_A 表示在該 Z 值以右位於標準常態曲線以下區域的機率為 A，事實上如前所述，A 是面積，也是機率。我們可以這個式子表示：$P(Z > Z_A) = A$

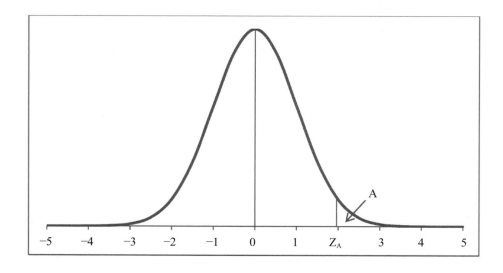

　　舉例來說，我們想找 $Z_{.025}$；換言之，我們想找出 Z 值，這跟上節從 Z 來找機率或面積相反，因此我們查表時，就要從表內之機率（或面積）值來對應直欄與橫行讀出 Z 值。但是要稍微做一些面積的代數計算，始可解出。看下一張圖：

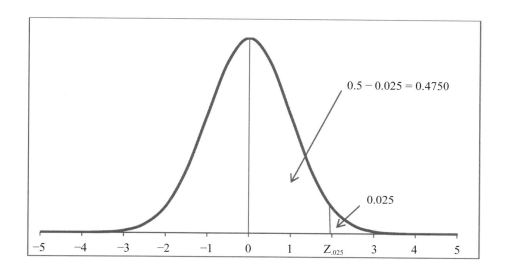

　　$Z_{.025}$ 的右端所夾的面積為 0.025，而整個右半部的標準常態分配曲線面積是 0.5，因此可以算出兩者的差值為 0.4750，我們查標準常態分配表中間的面積數值接近 0.4750 所對應之 Z 值為 Z 欄找到 1.9，上方小數點欄找到 0.06，因此所對應之 Z 值為 1.96，亦即 $Z_{.025} = 1.96$。

z	0.00	0.01	0.02	0.03	0.04	0.05	0.06
0.0	0.0000	0.0040	0.0080	0.0120	0.0160	0.0199	0.0239
0.1	0.0398	0.0438	0.0478	0.0517	0.0557	0.0596	0.0636
0.2	0.0793	0.0832	0.0871	0.0910	0.0948	0.0987	0.1026
0.3	0.1179	0.1217	0.1255	0.1293	0.1331	0.1368	0.1406
0.4	0.1554	0.1591	0.1628	0.1664	0.1700	0.1736	0.1772
0.5	0.1915	0.1950	0.1985	0.2019	0.2054	0.2088	0.2123
0.6	0.2257	0.2291	0.2324	0.2357	0.2389	0.2422	0.2454
0.7	0.2580	0.2611	0.2642	0.2673	0.2704	0.2734	0.2764
0.8	0.2881	0.2910	0.2939	0.2967	0.2995	0.3023	0.3051
0.9	0.3159	0.3186	0.3212	0.3238	0.3264	0.3289	0.3315
1.0	0.3413	0.3438	0.3461	0.3485	0.3508	0.3531	0.3554
1.1	0.3643	0.3665	0.3686	0.3708	0.3729	0.3749	0.3770
1.2	0.3849	0.3869	0.3888	0.3907	0.3925	0.3944	0.3962
1.3	0.4032	0.4049	0.4066	0.4082	0.4099	0.4115	0.4131

1.4	0.4192	0.4207	0.4222	0.4236	0.4251	0.4265	0.4279
1.5	0.4332	0.4345	0.4357	0.4370	0.4382	0.4394	0.4406
1.6	0.4452	0.4463	0.4474	0.4484	0.4495	0.4505	0.4515
1.7	0.4554	0.4564	0.4573	0.4582	0.4591	0.4599	0.4608
1.8	0.4641	0.4649	0.4656	0.4664	0.4671	0.4678	0.4686
1.9	0.4713	0.4719	0.4726	0.4732	0.4738	0.4744	0.4750

2.4 抽樣分配

　　由母體中抽取所有可能同次數樣本的同一種統計量的機率分配，稱爲樣本統計量的抽樣分配，簡稱爲抽樣分配（sampling distribution），將各組取得的統計量形成一特定統計量的分配。前面曾提過機率分配與本章節抽樣分配有何區分？簡單來說，機率分配是指母體的分配；而抽樣分配指的是由樣本去推估母體的分配。抽樣分配中涉及到抽樣的概念，因此本節中也將一併介紹抽樣的方法。

2.4.1 抽樣方法

　　抽樣（sampling）是從母體中抽取部分樣本，目的在藉此反應母體的特性。以較少的成本，並在短時間達到分析目的。以一般博碩士班研究生寫作論文爲例，進行問卷調查需要抽樣三、四百份問卷，甚至多達上千份左右的問卷進行統計分析，研究的對象大都是以縣市或全國特定族群爲研究範圍，若採用母體的全部普查方式，人數將會非常龐大而耗費人力及時間，因此採取抽樣的方式將可以節省成本、時間，分析的信、效度也能接受，則何樂不爲呢？抽樣方法簡單來說，有隨機抽樣與非隨機抽樣兩種，分別敘述如下：

1.隨機抽樣

(1) 簡單（simple）隨機抽樣

　　定義：從母體中隨機抽取任一樣本，每一樣本被抽中的機率相同。例如：做一籤筒，從班上每位同學的籤條中，抽出一位代表班上出去比賽。

(2) 分層抽樣（stratified sampling）

　　定義：分層抽樣屬於隨機抽樣法（random sampling）中的一種，其方法爲將抽樣

母體分成性質不同或互斥的若干組（如類別、區位、特性等），每一組為一個「層」（strata），同層的性質要儘量相近，即變異要愈小愈好；不同層間的變異要愈大愈好，但分層組數不宜太多，可在 6 組以內（Cochran, 1963）。方法上，各層的樣本抽取數量可依各層樣本數的比例抽取，也可依各層相對變異程度抽取。例如：要調查某大學學生畢業生的起薪，該校有商學院、文學院及法學院三學院，畢業生人數 2,000 名，若欲抽取 200 名畢業生調查之，應如何抽樣？可以依據 2,000 名畢業生所屬學院之比例抽取，全部抽出 200 名即可。

(3) 集群抽樣（cluster sampling）

定義：是將母體按某一標準分成幾類群體，各群體內要包括母體中的各類性質分子，要讓各群體成為母體具體而微的縮小版；然後再對全數的群體，以簡單隨機抽樣取若干群體，對這些群體內的基本單位全數調查。一般區域性調查的抽樣常用集群抽樣的方法，通常同群體內樣本儘量異質，但不同群體的樣本儘量同質。例如：想調查臺北市民每月在某電信業者的通話費用，預定計畫在 12 個行政區中隨機抽出 4 個行政區，然後再從被抽出的行政區中隨機抽出一條路（街），然後普查該條路（街）的所有住戶（如遇街道跨區時，則僅調查屬於該區的住戶），即為集群抽樣。

(4) 系統抽樣（systematic sampling）

定義：將母體全體依相關準則（如鄰里、姓氏、年齡等）進行排列，依序由 1 至 N 加以編號，並給一個抽樣間隔 k，然後以簡單隨機抽樣的方式，從第一組區間中抽出一個樣本，以此數為起點，再依固定間隔抽取樣本，直到抽取所需之樣本為止。例如：母體是 2,000 家零售店，打算進行樣本大小 100 家商店的調查，則樣本區間為 $2,000 \div 100 = 20$，假定從 01 到 20 中隨機抽出了 03，則樣本單位的號碼依次為 3, 23, 43, 63……，直到樣本數達到 100 家商店為止。

2. 非隨機抽樣

(1)便利抽樣（convenience sampling）

定義：從母體中任意抽取樣本，選取方式僅考慮方便性。

(2)判斷抽樣（judgement sampling）

定義：又稱為立意抽樣，由抽樣者依經驗或專業判斷從母體中選取樣本。

(3) 配額抽樣（quota sampling）

定義：將母體分類後，從較關心的因素或特性著手，再由每一類抽選樣本。

(4) 雪球抽樣（snowball sampling）

定義：由樣本受訪者提供的資訊取得另一個樣本受訪者，就像滾雪球般的繼續抽樣下去。

2.4.2 平均數的抽樣分配

在統計推論中，抽樣分配是一個相當基礎的推論理論，它可以把統計資料轉換為重要資訊的理論。例如：我們要估計一個母體的平均數，我們因此計算樣本平均數，這兩者很少會一致，當然我們期望母體與樣本平均數能相當接近，愈接近當然預估的就愈好。

而抽樣分配就提供了這樣的預估服務，各種抽樣分配方法的理論很多，其中主要有比例的推論抽樣分配、兩平均數間差異的抽樣分配，以及平均數的抽樣分配，本章節中僅介紹目前預估效果最好的平均數抽樣分配。

1. 古典樣本平均數抽樣分配

在理解抽樣分配的概念，我們從扔擲一顆骰子無限多次形成的母體，隨機變數 X 指派的是每次扔擲出現的點數，因此我們可以很容易完成隨機變數 X 的機率分配如下：

x	1	2	3	4	5	6
$p(x)$	1/6	1/6	1/6	1/6	1/6	1/6

母體平均數 $\mu = \sum xp(x) = 1 \times \frac{1}{6} + 2 \times \frac{1}{6} + 3 \times \frac{1}{6} + 4 \times \frac{1}{6} + 5 \times \frac{1}{6} + 6 \times \frac{1}{6} = 3.5$

母體變異數 $\sigma^2 = \sum (x - \mu)^2 p(x) = (1 - 3.5)^2 (\frac{1}{6}) + (2 - 3.5)^2 (\frac{1}{6}) + ... + (6 - 3.5)^2 (\frac{1}{6}) = 2.92$

母體標準差 $\sigma = \sqrt{\sigma^2} = \sqrt{2.92} = 1.71$，X 的抽樣分配圖如下：

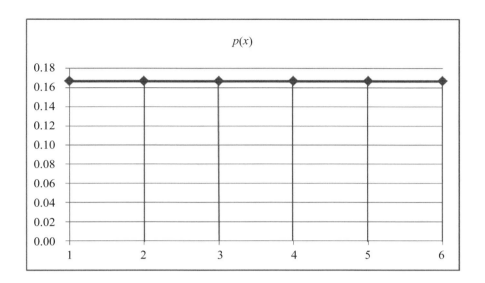

我們想把扔擲骰子的實驗增加複雜度，這次我們分別扔擲骰子兩次，對於每一次樣本，我們計算兩個分別扔擲的骰子點數的平均數，把這些無限多次扔擲兩個骰子的平均數 x̄，亦即隨機變數 x̄ 指派的是每次扔擲兩個骰子的平均數值，出現的樣本共有 36 種，亦即 (1,1)，(1,2)，(1,3)……，(2,1)，(2,2)，(2,3)……，(3,1)，(3,2)，(3,3)……，……，(6,4)，(6,5)，(6,6) 等 36 種樣本，其平均數值最小 1.0，最大 6.0，依據以上資料，我們完成 x̄ 的抽樣分配如下：

$\bar{x}$	1.0	1.5	2.0	2.5	3.0	3.5	4.0	4.5	5.0	5.5	6.0
$p(\bar{x})$	1/36	2/36	3/36	4/36	5/36	6/36	5/36	4/36	3/36	2/36	1/36

我們可以試著回想機率分配乃隨機變數值與其機率之關係，此處則是以樣本平均數的變數值來當作隨機變數。x̄ 的平均數抽樣分配圖如下，最令人驚訝的是它完全不同於 X 的抽樣分配的均勻分配情形，x̄ 的平均數抽樣分配，已經非常接近常態分配的鐘形圖。

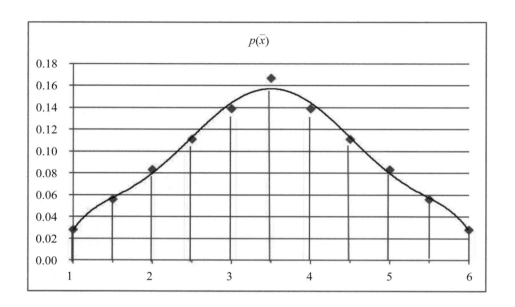

$\bar{x}$ 抽樣分配的平均數 $\mu_{\bar{x}} = \sum \bar{x} p(\bar{x}) = 1.0\left(\dfrac{1}{36}\right) + 1.5\left(\dfrac{2}{36}\right) + ... + 6.0\left(\dfrac{1}{36}\right) = 3.5$ 這與上述扔擲一顆骰子的平均數相等。

$\bar{x}$ 抽樣分配的變異數

$$\sigma_{\bar{x}}^2 = \sum (\bar{x} - \mu_{\bar{x}})^2 \, p(\bar{x}) = (1.0 - 3.5)^2\left(\dfrac{1}{36}\right) + (1.5 - 3.5)^2\left(\dfrac{2}{36}\right) + ... + (6.0 - 3.5)^2\left(\dfrac{1}{36}\right) = 1.46$$

其值剛好是扔擲一顆骰子的母體變異數 2.92 的一半。

$\bar{x}$ 抽樣分配的標準差 $\sigma_{\bar{x}} = \sqrt{\sigma_{\bar{x}}^2} = \sqrt{1.46} = 1.21$。

整個來看 X 抽樣分配與 $\bar{x}$ 抽樣分配的完全不同的曲線外觀，但是兩個變數間，平均數 $\mu_{\bar{x}} = v = 3.5$ 是不變的，變異數則有 $\sigma_{\bar{x}}^2 = \sigma^2 / 2$，我們若是把扔擲骰子的個數 n 增加到 3 個、4 個……，則可以預期 $\mu_{\bar{x}} = \mu = 3.5$ 平均數仍然不變，但是 $\sigma_{\bar{x}}^2 = \dfrac{\sigma^2}{n}$，n 值愈大，則鐘形形狀愈窄，也就愈接近標準常態分配的圖形。

2. 中央極限定理

若取自任何母體的隨機變數 $x_1, x_2, x_3, ..., x_n$ 的期望值均為 μ 且變異數均為 σ^2，在相同分配與獨立條件的情況下，當足夠大的樣本量時，隨機變數 $Z = \dfrac{\bar{x} - \mu}{\dfrac{\sigma}{\sqrt{n}}}$ 的極限分

配將為標準常態分配。亦即不論母體的分配為何，當樣本數夠大時，隨機變數 x̄ 的樣本平均數抽樣分配將愈近似常態分配。在許多實際實務的例子中，樣本數 30 可以說是大樣本，使我們可以對 x̄ 的平均數抽樣分配視為常態分配，唯獨母體是極端的非常態（包括雙眾數與高度偏態的分配），則 n 值相當大，抽樣分配仍將為非常態。

　　n = 5, 10, 25 的 x̄ 的抽樣分配，可以參考比較以下之三種情形的分配曲線情形，當 n = 25 時，其實已經非常近似標準常態分配了。

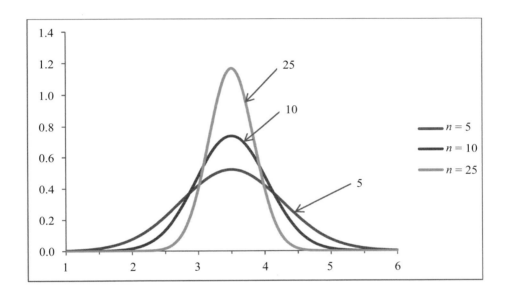

　　樣本平均數的抽樣分配，綜合以上之討論，有以下幾個重要結論：

$\mu_{\bar{x}} = \mu$

$\sigma_{\bar{x}}^2 = \sigma^2/n$，$\sigma_{\bar{x}} = \dfrac{\sigma}{\sqrt{n}}$，$\sigma_{\bar{x}}$ 為在 x̄ 的標準差特別稱之平均數的標準誤（standard error of the mean），Z 轉換公式就變為 $Z = \dfrac{\bar{x} - \mu_{\bar{x}}}{\sigma/\sqrt{n}}$。我們來看一個例子，某品牌市售包裝水 600 ml 礦泉水的含量，經過去統計分析上是一個具有平均數 605 ml 與標準差 10 ml 的常態分配隨機變數，如果一位顧客購買 1 瓶，該瓶包裝水超過 600 ml 的機率為何？若購買一箱 6 瓶，6 瓶的平均裝水量超過 600 ml 的機率又為何？

　　只買一瓶亦即求 $P(x > 600)$；若一次購買 6 瓶，則在求 $P(\bar{x} > 600)$，前者是單一的樣本抽樣分配，後者則是樣本平均數的抽樣分配。

$$P(x > 600) = P\left(\frac{x - \mu}{\sigma} > \frac{600 - 605}{10}\right) = P(Z > -0.5) = 0.5 + 0.1915 = 0.6915$$

$$P(\bar{x} > 600) = P\left(\frac{\bar{x} - \mu_{\bar{x}}}{\sigma_{\bar{x}}} > \frac{600 - 605}{10/\sqrt{6}}\right) = P(Z > -1.225) = 0.5 + 0.3898 = 0.8898$$

以上的問題，實際上我們很難知道真正的母體的平均數 μ 或母體的標準差 σ，因此，我們可以善用樣本平均數抽樣分配的方法來對未知的母體參數做出推測。

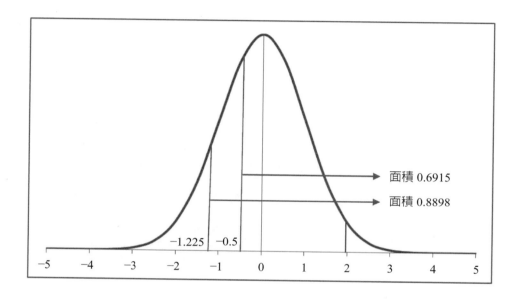

2.4.3 使用樣本平均數抽樣分配進行推論

如前面所述，樣本平均數抽樣分配的方法來對未知的母體參數做出推測，在標準常態分配圖中，經過 Z 轉換，我們可以更方便利用標準常態分配表做更多實務的應用。我們曾經介紹過 Z_A 的符號，表示 Z 的位置的右邊區域面積在標準常態分配曲線下剛好等於 A，如下圖中 $Z_{0.025} = 1.96$，其右端的面積等於 0.025，又因為標準常態分配的圖形是左右完全對稱，因此左端 Z 相對位置 −1.96 處以左區域的面積也是 0.025，可以用 $-Z_{0.025} = -1.96$ 表示，依據前面所述，任何連續型機率分配的機率密度函數所涵蓋的面積都為 1，因此整個標準常態分配曲線在 X 軸上所圍區域之面積 1，扣除兩端各 0.025 的面積，中間所涵蓋面積為 0.95。

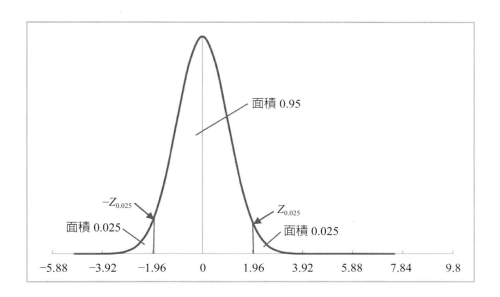

我們進一步把樣本平均數抽樣分配的 Z 轉換納入此一現象中，機率的數學代數式可寫成：

$P(-1.96 < Z < 1.96) = 0.95$，前述章節中，我們使用樣本平均數抽樣分配建立了：

$Z = \dfrac{\overline{x} - \mu}{\sigma / \sqrt{n}}$，代入上式，我們得到：

$P\left(-1.96 < \dfrac{\overline{x} - \mu}{\sigma / \sqrt{n}} < 1.96\right) = 0.95$，使用代數簡單運算，將此式改寫為 $\overline{x}$ 的區間範圍。

$P\left(\mu - 1.96\dfrac{\sigma}{\sqrt{n}} < \overline{x} < \mu + 1.96\dfrac{\sigma}{\sqrt{n}}\right) = 0.95$（乘以 $\sigma / \sqrt{n}$ 並加上 μ）

以前例購買包裝水 6 瓶的例子，$\mu = 605$，$\sigma = 10$，n = 6，代入計算之：

$P\left(605 - 1.96\dfrac{10}{\sqrt{6}} < \overline{x} < 605 + 1.96\dfrac{10}{\sqrt{6}}\right) = 0.95$

$P(597.0 < \overline{x} < 613.0) = 0.95$

此一結果可以讓我們知道，從一平均數 605 與標準差 10 的包裝水銷售市場所抽出 6 個樣本，其包裝水容量的平均數將落於 597.0 ml 與 613.0 ml 區間的機率有 95%，此一區間也稱為**信賴區間**，在統計上的解釋也就是當我們連續做了 100 次的購買行動，在這 100 次購買 6 瓶包裝水，我們每次計算其實際平均的裝水量，大約有 95 次平均裝水量會落在 597.0 ml 與 613.0 ml 區間，當然這太耗費時間，我們未必會這樣做，此處僅在說明 95% 的**信賴水準**的概念，以及其所對應的信賴區間。我們將

以上陳述轉為一般通用的式子，可表示為：

$$P\left(\mu - z_{\alpha/2} \frac{\sigma}{\sqrt{n}} < \bar{x} < \mu + z_{\alpha/2} \frac{\sigma}{\sqrt{n}}\right) = 1 - \alpha$$

這個公式中，α 是 $\bar{x}$ 抽樣分配不落在中間區域的機率，也就是落在兩尾端的各 $\alpha/2$ 的機率，圖中 α 是機率值也是面積值，事實上在以下統計推論中，α 也就是我們常聽說的**顯著水準**，其值一般介於 0.01～0.10 之間，而 $1-\alpha$ 也就是所謂的**信賴水準**，而其對應的區間位置也分別稱為**拒絕域**及**信賴區間**，我們將會進一步闡述有關 α 的意義及應用。

2.5 估計與假設檢定

推論統計學（inferential statistics）又稱統計推論學（statistical inference）、歸納統計學（inductive statistics）。一般學術研究，受限人力與時間，無法全面進行普查，只能抽樣分析。根據得自樣本的資料來推測母體的性質，並陳述可能發生之誤差的統計方法。在推論統計中，研究者的重點在於了解母體的性質，而非描述樣本的性質，主要是根據樣本數值資料對母體進行推論。

推論統計包含估計、檢定、母數統計學（parametric statistics）以及無母數統計學（non-parametric statistics）。母數方法（parametric method）利用常態分配、t- 分配、卡方分配、F- 分配進行母體參數之估計與假設檢定；無母數方法（nonparametric method），乃母體分配未知、非常態分配母體或小樣本條件進行統計推估，利用樣本資料之大小順序或等級的特性進行統計推論。

假設檢定（hypothesis testing / tests of hypothesis）：利用樣本統計量判定接受或拒絕研究者對母體參數的假設之方法。例如：不同性別的消費金額是否有顯著性差異？

估計（estimation）：利用樣本統計量數值推估母體參數（高低、大小、多少或範圍）的方法。例如：此餐廳有多少的消費者願意再度蒞臨？

2.5.1 估計

從樣本取得數據以獲取對母體參數的推論，並做出有效的資訊及結論。在我們

一一討論機率分配及抽樣分配後，我們將要進行對母體作更多實際的推論應用，對母體作推論還有兩個程序要完成，也就是估計（estimation）與假設檢定（hypothesis testing / tests of hypothesis），本章節將先就估計介紹其基本概念，並簡單估計母體的參數，並介紹抽樣樣本量的決定等。

1. 點估計與區間估計

估計的目的在由樣本估計母體的近似值，如樣本平均數就可以用來估計母體的平均數，這時我們稱樣本平均數爲母體平均數的估計式。估計方法可分爲兩大類，其一爲推估母體參數的一個可能數值，此類方法稱之爲**點估計**。另一是爲母體參數建立一個可能所在範圍，此類方法稱之爲**區間估計**。事實上，我們除了計算估計式的值以求得參數估計值，這樣的估計式稱爲點估計式，例如：樣本平均數計算的值也稱之點估計值。另外也可以使用一個區間以估計母體未知參數值的區間，反應較大樣本量的效果，這樣的估計式稱爲區間估計式。以下跟估計有關的重要概念，簡述如下：

(1) 不偏估計式（unbiased estimator）：該樣本估計式的期望值等於該母體參數，也就是說以樣本來估計母體參數，不會高估，也不會低估。如我們知道，樣本平均數 $\bar{x}$ 爲母體平均數 μ 的一個不偏估計式，也可以說樣本 $\bar{x}$ 的期望值等於母體參數 μ。

(2) 一致性（consistency）：隨著樣本數增大，若估計式和母體參數間的差異隨之變小，則稱該不偏估計式具有一致性。前述差異的量測值爲變異數（或標準差）。舉例來說，樣本的平均數 $\bar{x}$ 是母體的平均數 μ 的一致性估計式，因爲 $\bar{x}$ 的標準差爲 $\frac{\sigma}{\sqrt{n}}$，當樣本數 n 愈大，$\bar{x}$ 的變異數變小，有愈多的樣本平均數會接近 μ。

(3) 相對有效性（relatively efficient）：如果母體參數有兩個以上的不偏估計式，變異數 $\frac{\sigma^2}{n}$ 最小的那一個，被稱爲相對有效。此一評估過程經過統計學家的反覆測試，樣本平均數抽樣分配的變異數是目前最小的抽樣分配方式，也就是最佳的母體不偏估計式。

2. 母體平均數的估計

前面 2.4 節談到中央極限定理，不論隨機變數 X 是否爲常態分配，樣本平均數抽樣分配 $\bar{x}$ 至少都能近似常態分配，亦即 $Z = \dfrac{\bar{x} - \mu}{\sigma / \sqrt{n}}$ 的標準常態分配。以一統計量來估計某一母體參數，稱做**點估計**，以一隨機區間來估計參數，稱做**區間估計**。此區

間表示參數可能的活動範圍，參數會落在此區間的機率，稱做信賴水準。由於估計一點會剛好等於母體參數值之機率幾乎不可能，我們在做估計時，都是在做母體參數的估計，因此估計一個點並不容易，我們「信心」當然不夠，但估計一段區間相對而言，就容易多了。就估計的觀點而言，估計「區間」較估計「一點」更有「信心」，如前述我們稱此區間為**信賴區間**是有其道理的。只是一旦做完問卷調查或完成實驗，我們將取到的一組樣本，加以分析求得信賴區間，因為是一確定計算出來的區間，這時區間會包含實際母體參數的機率不是 1 就是 0，不再是 $1-\alpha$ 的信賴區間。事實上，我們很難取得真正母體的參數值，只要我們抽樣多做幾組 data 大概這時候看這幾組所預測出來的區間估計，就可以用 $1-\alpha$ 的機率概念去描述。但我們做博碩士研究論文，在這麼短的有限時間，不太可能做兩次或更多的抽樣調查及實驗，只要我們抽樣設計合理，問卷調查或實驗確實，善用目前統計分析套裝軟體的強大功能，就可以更有「信心」的獲得分析的結果！樣本平均數的抽樣分配，如前所述，即：

$P\left(\mu - z_{\alpha/2}\dfrac{\sigma}{\sqrt{n}} < \bar{x} < \mu + z_{\alpha/2}\dfrac{\sigma}{\sqrt{n}}\right) = 1-\alpha$，這個式子可以還原成

$P\left(-z_{\alpha/2} < \dfrac{\bar{x}-\mu}{\sigma/\sqrt{n}} < z_{\alpha/2}\right) = 1-\alpha$，再將此式，做一些代數的轉換，變為

$P\left(\bar{x} - z_{\alpha/2}\dfrac{\sigma}{\sqrt{n}} < \mu < \bar{x} + z_{\alpha/2}\dfrac{\sigma}{\sqrt{n}}\right) = 1-\alpha$，式中重複從此一母體抽樣，其 μ 的信賴區間估計式為：

$\bar{x} - z_{\alpha/2}\dfrac{\sigma}{\sqrt{n}}$，$\bar{x} + z_{\alpha/2}\dfrac{\sigma}{\sqrt{n}}$，機率 $1-\alpha$ 被稱為信賴水準（confidence level）。

$\bar{x} - z_{\alpha/2}\dfrac{\sigma}{\sqrt{n}}$ 為信賴區間下限（lower confidence limit, LCL）；

$\bar{x} + z_{\alpha/2}\dfrac{\sigma}{\sqrt{n}}$ 為信賴區間上限（upper confidence limit, UCL）。

我們可以用一般的數學通式將信賴區間估計式表示為：$\bar{x} \pm z_{\alpha/2}\dfrac{\sigma}{\sqrt{n}}$

由於信賴區間是信賴水準所訂出來包含真實 μ 的機率，信賴水準常以 $1-\alpha$ 表示，α 則為顯著水準。假設 $\alpha/2 = 0.025$，則 $\alpha = 0.05$，且查表 $z_{\alpha/2} = z_{0.025} = 1.96$。則這時我們所得到的區間估計式可以稱為 μ 的 95% 信賴區間估計式，下表為較常用的四種信賴水準與 $z_{\alpha/2}$ 的關係表。

信賴水準 $1-\alpha$	顯著水準 α	$\alpha/2$	$z_{\alpha/2}$
0.90	0.10	0.05	1.645
0.95	0.05	0.025	1.96
0.98	0.02	0.01	2.33
0.99	0.01	0.005	2.575

　　以前例購買包裝水 6 瓶的例子，信賴區間估計值為母體平均數有 95% 的機率或落在 597.0 ml 與 613.0 ml 區間？這樣的詮釋對嗎？這樣不就是暗示母體平均數是一個會變動的數值，但母體平均數應該是一個未知數且固定的值喔！我們應該用另外一種說法，記得我們做母體估計，都是用樣本計算的結果來預估，因此正確的解釋應該是「在 100 次的抽樣結果，有 95 次的平均數的信賴區間是包含真正的母體平均數」，所以有長期期望的觀點，這也就是如何能使用適當足夠的樣本數來正確推估母體的各種參數值，就變得是相當重要的工作。

　　我們進一步來看，使用不同信賴水準的意義何在，有時使用 99% 的信賴水準，有時用 95% 信賴水準，這是為什麼？我們繼續前例購買包裝水 6 瓶的例子，這是用 95% 信賴水準所估計的信賴區間，我們再用 99% 信賴水準來看兩者的不同。將不同信賴水準代入此式，我們可以分別獲得區間估計值 $\bar{x}$ 為 $\mu \pm z_{\alpha/2}\dfrac{\sigma}{\sqrt{n}}$，使用此公式是假設已知包裝水容量的母體平均數 μ 及母體標準差 σ，則：

95% 的信賴水準：$605 \pm 1.96 \dfrac{10}{\sqrt{6}} = 605 \pm 8.00 = [597，613]$

99% 的信賴水準：$605 \pm 2.575 \dfrac{10}{\sqrt{6}} = 605 \pm 10.51 = [594.49，615.51]$

　　如上所顯示，增加信賴水準會加寬估計區間；減少信賴水準將窄化估計區間。一個較大的信賴水準，也就是我們對此一估計的範圍要更寬廣些，這樣所標示出來的較大估計區間，才可能給我們更多的信心。事實上，一個大的信賴水準，通常是我們針對比較重大的事件所下的決定，較大加寬的信賴區間估計值將是可接受的。

　　典型上，一般平常無特別意外的事件，常常使用 95% 的信賴水準去做估計。但有些特殊的，無法預期的事件，例如：飛機空中爆炸、車禍等，這些事件常常跟人命有關，則一般會使用較高的信賴水準，如 99% 信賴水準，以增加更大的信賴區間估計值，這樣可以增加我們預估的信心，使我們估計的區間比較不會漏掉這些可能增加的風險。上述區間估計，若母體平均數 μ 及母體標準差 σ 皆未知，則可以使用樣本平

均數抽樣的方式來預估,亦即:

$$區間估計值\ \mu\ 為\ \overline{x} \pm z_{\alpha/2} \frac{s}{\sqrt{n}} = \left[\overline{x} - z_{\alpha/2} \frac{s}{\sqrt{n}}, \overline{x} + z_{\alpha/2} \frac{s}{\sqrt{n}} \right]$$

其中,s 為樣本標準差。從區間估計式,我們也可發現,若樣本數 n 增加,則區間估計會變窄,雖然樣本數增加會增加調查之成本,但可以獲得更集中的重要資訊,如何取捨,則要看調查者的整體目的及需求條件。

3. 樣本數的決定

前面我們提到,區間估計的範圍愈窄,則提供重要訊息愈多。我們常在報章媒體看到市調結果是這樣描述:「這次調查成功訪問了 847 位成年人⋯⋯在 95% 的信心水準下,抽樣誤差在 ±3.4% 以內。」,句中「抽樣誤差在 ±3.4% 以內」,是什麼意思?這指的是相對抽樣誤差,依據原抽樣事件的測量單位所測平均數的百分抽樣誤差,可以依據黃文璋(2006)在數學傳播發表的〈統計裡的信賴〉。最少樣本數之計算公式:$n \geq \frac{z_{1-\alpha/2}^2}{4d^2}$,本例將相對抽樣誤差 d 及 95% 信賴水準的 $z_{1-\alpha/2}^2$ 值代入上式 $n \geq \frac{z_{0.975}^2}{4 \times 0.034^2} = \frac{1.96^2}{0.004624} = 830.7958 \cong 831$,因此需要至少 831 個有效樣本。此一公式在網路上也可找到簡單線上免費的計算軟體,或上網直接輸入樣本量計算查詢。

我們若以前面所談區間估計式來看,因為 σ 通常為未知,我們有一些方式來取得 σ 概略值,如取得部分樣本量計算其樣本標準差加以估算、由曾經有過類似調查報告或文獻所取得之標準差加以使用,或者以概略的全距 R 除以 4,代入公式 $\sigma \approx R/4$,因此式子 $\overline{x} \pm z_{\alpha/2} \frac{\sigma}{\sqrt{n}}$,其中 $z_{\alpha/2} \frac{\sigma}{\sqrt{n}}$ 是將已取得之 σ 代入計算,而在此我們說的是絕對抽樣誤差在某一正負值以內。例如:在 99% 的「信心水準」,我們估計一片森林中種植某經濟樹種的樹木的直徑的抽樣誤差 E 在 3cm 以內,則換言之,$z_{\alpha/2} \frac{\sigma}{\sqrt{n}} = 3$,而其中母體標準差可以依據以上的取得方式代入式中,若 σ 的值等於 10,而在 99% 信賴水準可知 $z_{\alpha/2} = 2.575$,因此樣本數 n 值可以使用下式 $n = \left(\frac{z_{\alpha/2}\sigma}{E} \right)^2 = \left(\frac{2.575 \times 10}{3} \right)^2 = 73.67 \cong 74$,計算得到需要抽 74 棵樹木的隨機樣本。

2.5.2 假設檢定

　　假設檢定是對母體參數設定一假設或主張，再利用由樣本統計量，以檢定母體參數是否符合假設，而後對此假設作出決策。一般而言，我們先估計參數的估計值，然後建構出信賴區間，再作假設檢定，即先給予母體未知數一個假設值，再利用樣本或實驗結果來推斷此假設的可信度。

　　在論文研究的階段，當形成研究問題時，我們會根據各種文獻的發現、結果進行文獻探討並提出對研究問題的假設，也就是預判結果的假設，這個研究假設是否成立，需要進行分析驗證來決定支持或反對，本章節將介紹假設檢定的概念及如何檢定母體參數，另外也會介紹型一錯誤、型二錯誤、p 值及檢定力與假設檢定之關聯。

1. 假設檢定的定義

　　事先對母體參數（如平均數、標準差、比例值等）建立合理的假設，再由樣本資料來測驗此假設是否成立，以為決策之依據方法，稱為統計假設檢定或假設檢定（hypothesis testing）。

　　我們可以從於一小撮觀察到的樣本中，提出對於一個更大族群（母體）的某些性質的陳述、臆測、推論。假設之成立與否，全視特定樣本統計量與母體參數之間，是否有顯著差異（significant difference）而定，所以假設檢定又稱顯著性檢定（test of significance）。

　　進行假設檢定時，先建立假設，假設同時存在兩種彼此互斥的假設，即虛無假設與對立假設。

● **虛無假設**（null hypothesis）H_0

　　通常對未知參數提出可能的設定，常為我們所欲否定的敘述，一般即訂為 $\theta = \theta_0$（或 $\theta \leq \theta_0$、$\theta \geq \theta_0$），θ 為母體參數，θ_0 為母體參數假設值。

● **對立假設**（alternative hypothesis）H_1

　　通常虛無假設以外的可能數值，為我們所欲支持的敘述，博碩士論文研究過程中，常將「對立假設」稱為「研究假設」，有三種對立假設：

(1) 母體參數不等於假設值，則設為 $\theta \neq \theta_0$，假設檢定時稱為雙尾檢定。

(2) 母體參數大於假設值，則設為 $\theta > \theta_0$，假設檢定時稱為右尾檢定。

(3) 母體參數小於假設值，則設為 $\theta < \theta_0$，假設檢定時稱為左尾檢定。

　　假設檢定：在下一個程序是隨機蒐集抽樣觀察到的樣本，經過計算樣本統計量，或稱之為檢定統計量。依據參數最佳估計式來驗證上述設立之對立假設是否成立。例

如：

(a) 一家工廠出廠螺帽，直徑平均為 2 cm，如果平均直徑大於或小於 2 cm，這些螺帽將在組裝時產生品質問題，某品檢員發現螺帽直徑為 2.2 cm，質疑其可靠性，這時虛無假設與對立假設如下（雙尾檢定）：

$H_0: \mu = 2$

$H_1: \mu \neq 2$

(b) 600 ml 包裝礦泉水，若包裝不實，將影響公司信譽，有消費者買一瓶包裝水，回家發現只有 590 ml，懷疑其偷工減料，這時虛無假設與對立假設如下（左尾檢定）：

$H_0: \mu = 600$，或 $\mu \geq 600$

$H_1: \mu < 600$

(c) 某款電動機車最高續航力在實驗室為模擬 55 Kg 載重於定速 25 Km 下的最高行駛距離，平均每次充飽電可行駛 30 Km，該電動機車業者有一研究小組發明一種新的電池系統來增加可行駛的里程數。該小組測試結果，新的電池系統每次充電可以行駛 35 Km，對此一結果相當興奮，這時虛無假設與對立假設如下（右尾檢定）：

$H_0: \mu = 30$，或 $\mu \leq 30$

$H_1: \mu > 30$

敘述 H_0 或 H_1 並無定論，一般皆依下面兩原則處理：

● 樣本未獲得之前，將預期拒絕或很可能被拒絕的假設放置 H_0，惟目前博碩士論文研究中，常將非預期的假設放在虛無假設 H_0。

● 樣本獲得之後，則依樣本統計量，對上述虛無假設 H_0 進行檢定，若拒絕 H_0 則支持對立假設 H_1；若不拒絕虛無假設 H_0 則拒絕對立假設 H_1。事實上，前者為大多數研究生所期待的結果，但是若是後者，並不能說沒有「結果」，它還是一種「結果」，當然也是有學術的研究價值。

● 檢定之樣本統計量，依據不同的單尾或雙尾檢定結果，若其檢定統計量值落在拒絕 H_0 的區域，則支持對立架設 H_1，解說如下圖所示。

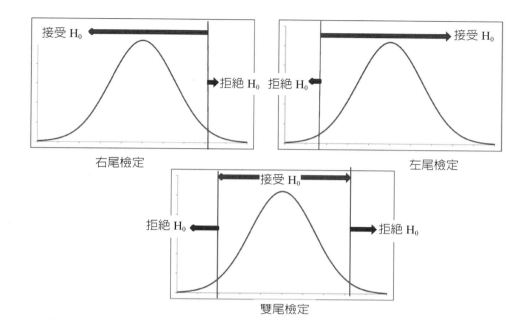

右尾檢定

左尾檢定

雙尾檢定

2. 如何檢定母體參數

要檢定一個事件，首先要明確知道檢定的內容是什麼？母體是什麼？如何抽樣？這些我們前面都一一介紹了，現在讓我們來看一個例子，說明檢定的過程。

例如：有一廠商宣稱其所生產之輪胎能支撐 50,000 哩而不會產生故障，標準差為 $\sigma = 3,000$ 哩，經銷商隨機抽取 40 個輪胎樣本進行測試，得到平均壽命為 $\bar{x} = 51,000$ 哩，在顯著水準 $\alpha = 0.05$ 下，檢定其宣稱是否準確。

我們對以上問題比較感興趣的是：抽樣的平均壽命是否真的大於 50,000 哩？因此我們先設立假設，使用以下兩種程序完成檢定：第一種是以拒絕域方法來檢定；第二種為 p- 值法或 p-value 來檢定。

(1) 第一種拒絕域方法來檢定

step1. $H_0 : \mu = 50,000$，或 $\mu \le 50,000$ $H_1 : \mu > 50,000$

step2. 檢定統計量：$Z = \dfrac{\bar{x} - \mu}{\sigma / \sqrt{n}} \sim N(0,1)$

step3. 拒絕域：$CR = \{Z > z_{0.05} = 1.645\}$

step4. 計算檢定統計量 $Z_0 = \dfrac{\bar{x} - \mu_0}{\sigma / \sqrt{n}} = \dfrac{51,000 - 50,000}{3,000 / \sqrt{40}} = 2.108 > 1.645$，右尾檢定落在拒絕域，故拒絕 H_0

step5. 在顯著 $\alpha = 0.05$ 下，顯示該廠商宣稱正確，因此我們拒絕虛無假設 $H_0 : \mu = 50,000$ 並結論有足夠證據推論輪胎能支撐大於 50,000 哩不會產生故障而支持對立假設 $H_1 : \mu > 50,000$（以下第二圖爲標準化之 Z 轉換對應值）。

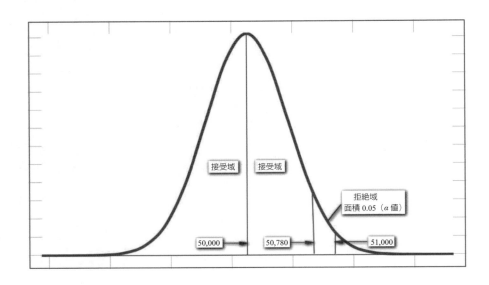

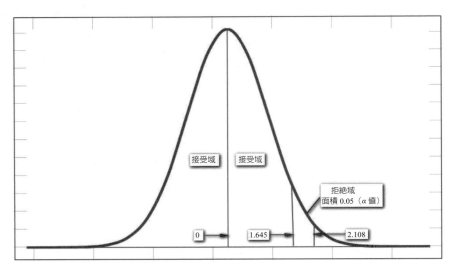

(2) 第二種爲p-value來檢定

step1. $H_0 : \mu = 50,000$，或 $\mu \leq 50,000$ $H_1 : \mu > 50,000$

step2. 由於 $\bar{x} = 51,000 > 50,000 = \mu_0$，p-value 是當母體平均數爲 50,000 時，觀測到

一樣本平均數至少和 51,000 一樣大的機率，因此：

$$p\text{-}value = P(\overline{x} \geq 51{,}000) = P\left(\frac{\overline{x} - \mu}{\sigma / \sqrt{n}} > \frac{51{,}000 - 50{,}000}{3{,}000 / \sqrt{40}}\right) = P(Z > 2.108) = 0.0175$$

step3. $p\text{-}value = 0.0175 < 0.05 = \alpha$，故拒絕 H_0（見次頁 p-value 之圖解說明）。

step4. 在顯著水準 $\alpha = 0.05$ 下，顯示該廠商宣稱正確，因此我們拒絕虛無假設 H_0：
$\mu = 50{,}000$ 並結論有足夠證據推論，輪胎能支撐大於 50,000 哩不會產生故障
而支持對立假設 H_1：$\mu > 50{,}000$。

p-value 的方法，其實在找出檢定統計量的 Z 值所在，再計算其面積，只要面積
值小於我們所訂的檢定顯著水準，則其對立假設就成立。如本題顯著水準 $\alpha = 0.05$，
而 p-value = 0.0175 小於 0.05，故達到顯著水準而支持對立假設。讀者至今應該可以
理解到，顯著水準就是檢定統計量是否落在拒絕域中，若落在拒絕域中則算是達到顯
著水準，這指的是拒絕域的判斷方法；若單單去計算單尾或雙尾檢定統計量到右尾或
左尾的面積值，則這就是 p-value 的判斷方法。

p-value 的數值大小，具有以下之意義：

● p-value 小於 0.01，有絕對壓倒性的證據可推論對立假設成立。

● p-value 介於 0.01～0.05，有強烈的證據可推論對立假設成立。

● p-value 介於 0.05～0.10，有微弱的證據可推論對立假設成立。

● p-value 大於 0.1，沒有任何證據可推論對立假設成立。

使用以上兩種方法都可以獲得檢定的結果，但使用 p-value 的方法所獲得之資訊
更為豐富，除了檢定結果外，還可以進一步知道檢定顯著的程度，因此在博碩士論文
中，使用 p-value 的方法相當普遍，但是使用上要注意單尾或雙尾檢定的面積值與使
用之 α 顯著水準有直接密切之關係，例如：我們若使用 $\alpha = 0.05$ 來單尾檢定時，無論
是右尾檢定或左尾檢定，其單尾的面積都是 0.05；但若使用 $\alpha = 0.05$ 來做雙尾檢定，
則左、右兩尾之面積都是 0.05/2 = 0.025，也就是面積和等於 0.05，在博碩士論文中，
兩母體差異之雙尾檢定也非常普遍。雖然統計軟體功能強大，只要指定各種參數條
件，就可以很快獲得分析統計結果，但是能夠理解在統計假設檢定之意義，則對於統
計推論分析的詮釋，將更能駕輕就熟的運用此一分析辨識方法於論文結果與討論中。

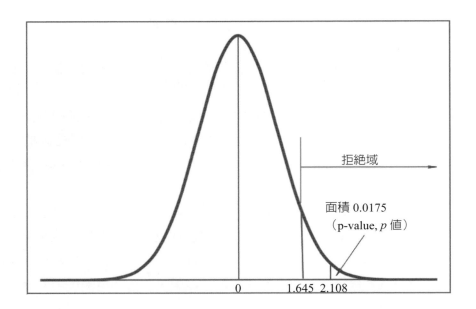

我們已經介紹了母體平均數檢定的兩種方法，p-value 方法只是拒絕域方法的進階版，進一步把檢定統計量 $Z = \dfrac{\bar{x} - \mu}{\sigma/\sqrt{n}} \sim N(0,1)$ 算出來並求出標準常態圖到尾端所夾的面積。我們前面所提都是母體標準差 σ 已知的情形，若遇到 σ 未知的情形，可以使用樣本標準差 s 來取代，以下所列不同情況下的簡易檢定方法，可以很快判斷使用何者檢定方式。

(1) σ 已知，使用 Z 檢定統計量來檢定之。

檢定型態	雙尾	左尾	右尾
建立假設	$H_0 : \mu = \mu_0$ $H_1 : \mu \neq \mu_0$	$H_0 : \mu = \mu_0$ $H_1 : \mu < \mu_0$	$H_0 : \mu = \mu_0$ $H_1 : \mu > \mu_0$
拒絕域	$\|Z\| > z_{\alpha/2}$	$Z < -z_\alpha$	$Z > z_\alpha$
檢定統計量	$Z = \dfrac{\bar{x} - \mu_0}{\sigma/\sqrt{n}}$		
檢定決策	若 $\|Z\| > z_{\alpha/2}$， 拒絕 H_0， 否則不拒絕 H_0	若 $Z < -z_\alpha$， 拒絕 H_0， 否則不拒絕 H_0	若 $Z > z_\alpha$， 拒絕 H_0， 否則不拒絕 H_0

(2) σ 未知，大樣本（$n \geq 30$），Z 檢定統計量中，可使用樣本標準差 s 取代母體標準差 σ 檢定之。

檢定型態	雙尾	左尾	右尾
建立假設	$H_0:\mu=\mu_0$ $H_1:\mu\neq\mu_0$	$H_0:\mu=\mu_0$ $H_1:\mu<\mu_0$	$H_0:\mu=\mu_0$ $H_1:\mu>\mu_0$
拒絕域	$|Z|>z_{\alpha/2}$	$Z<-z_\alpha$	$Z>z_\alpha$
檢定統計量	$Z=\dfrac{\bar{x}-\mu_0}{s/\sqrt{n}}$		
檢定決策	若 $|Z|>z_{\alpha/2}$， 拒絕 H_0， 否則不拒絕 H_0	若 $Z<-z_\alpha$， 拒絕 H_0， 否則不拒絕 H_0	若 $Z>z_\alpha$， 拒絕 H_0， 否則不拒絕 H_0

(3) σ 未知，小樣本（n < 30），檢定統計量則需使用 t 檢定，因為在連續型機率分配中，學生 t 分配與常態分配，兩者都近似鐘形分配的對稱曲線，事實上，當學生 t 分配的樣本數逐漸增加到 200 時，已經非常接近常態分配的圖型，當樣本數無限大時，其 t 值與 Z 值幾乎一致。因此小樣本時之母體平均數檢定可以使用 t 檢定統計量來做。

檢定型態	雙尾	左尾	右尾
建立假設	$H_0:\mu=\mu_0$ $H_1:\mu\neq\mu_0$	$H_0:\mu=\mu_0$ $H_1:\mu<\mu_0$	$H_0:\mu=\mu_0$ $H_1:\mu>\mu_0$
拒絕域	$|t|>t_{v,\alpha/2}$	$t<-t_{v,\alpha}$	$t>t_{v,\alpha}$
檢定統計量	$t=\dfrac{\bar{x}-\mu_0}{s/\sqrt{n}}$		
檢定決策	若 $|t|>t_{v,\alpha/2}$， 拒絕 H_0 而支持 H_1； 或不拒絕 H_0 而拒絕 H_1	若 $t<-t_{v,\alpha}$， 拒絕 H_0 而支持 H_1； 或不拒絕 H_0 而拒絕 H_1	若 $t>t_{v,\alpha}$， 拒絕 H_0 而支持 H_1； 或不拒絕 H_0 而拒絕 H_1

其中 $t_{v,\alpha/2}$，v 代表自由度，也就是樣本數減去 1，亦即 $v=n-1$，可在一般統計學教科書中查 t 分配表，決定其數值。

3. 型一錯誤及型二錯誤

檢定進行時，除了可探測結果之顯著性，相對的存在一定的風險，即可能發生錯誤的機會，常態分布是一個連續性的機率分布，檢測時所設之可信賴區間，以外之部分即為發生錯誤之機率。根據檢定之前提與結果正確與否，可產生兩種不同之錯誤情況，分別為型一錯誤及型二錯誤。

(1) 型一錯誤（type I error）：指拒絕對的 H_0 時所產生之錯誤。一般以 α 稱之。

$$\alpha = P(\text{type I error}) = P\ (拒絕H_0 \mid H_0為真)$$

(2) 型二錯誤（type II error）：指不拒絕錯的 H_0 時所產生之錯誤。一般以 β 稱之。

$$\beta = P(\text{type II error}) = P\ (不拒絕H_0 \mid H_0為偽)$$

(3) α 與 β 兩者的關係為反向關係，亦即減少其中一個錯誤，即會增加另一個錯誤。

其中（$1-\beta$）稱為檢定力（power of test）：指能正確檢定出原有檢定是否正確的機率，下表顯示這些 α、β 及檢定力之各種交叉狀況。

檢定決策與母體真相	H_0 為真	H_0 為偽
不拒絕 H_0	正確（$1-\alpha$）	type II error，β
拒絕 H_0	type I error，α	正確（$1-\beta$）

例如：當檢定臺灣成年男性之平均體重與 65 公斤是否有顯著差異時，假設你的決策為有顯著差異（即拒絕 H_0，接受 H_1），但事實上，臺灣成年男性之平均體重與 65 公斤並沒有顯著差異（即 H_0 應為真），表示你的決策是錯誤的，這就犯了型一錯誤（type I error），可能的機率是 α。反之，假設你的決策為沒有顯著差異（即接受 H_0），但事實上臺灣成年男性之平均體重與 65 公斤是有顯著差異（即 H_1 應為真或 H_0 為偽），表示你的決策是錯誤的，這就犯了型二錯誤（type II error），可能的機率是 β。

博碩士論文中常使用 α 來檢定母體，我們從抽樣中來推論母體參數的情形，從以上型一錯誤（type I error）而言，型一錯誤發生在當我們拒絕一個真確的虛無假設，其機率為 α。事實上，我們論文研究中常常使用 $\alpha = 0.05$ 的檢定標準，有時 α 也有機會選在 0.01 至 0.10 之間，但這些在現實的生活中可能產生的統計錯誤，從理論及實務面而言，只要我們有好的問卷設計、抽樣設計與適當的分析統計程序等，它是可以接受的。

2.6　比較兩個母體的推論

前面章節所談的都是去檢定估計一個母體，從母體中取出隨機樣本來，再拿樣本統計量來檢定是否落入拒絕域，來決定是否拒絕虛無假設或不拒絕虛無假設。從本節

開始，我們將談論兩個母體的比較的情形。

　　為了要假設檢定與估計兩個母體平均數間的差異，我們必須分別從兩個母體中各取出隨機樣本，經過統計分析來決定兩者到底有無差異。

　　我們將分別討論兩獨立母體假設檢定與兩相依母體假設檢定。最後介紹一種非常態分配的無母數檢定方法。

2.6.1 兩獨立母體之檢定

　　設兩個母體的特質，在統計上獨立，則兩母體獨立，否則為不獨立。例如：A 母體為白領階級所得，B 母體為非白領階級所得；X 母體為臺南市高中生的體重，Y 母體為臺北市高中生的體重。則母體 A 與 B 以及母體 X 與 Y 的兩母體皆為獨立母體。

　　至於獨立樣本則為從一個母體抽出的樣本不影響從另一個母體抽出的樣本，則這兩個樣本為獨立樣本。例如：某營建材料廠商擁有 A、B 兩套機器設備生產建材，若我們想要估計 A、B 兩套機器設備生產力的差異，此時我們抽取兩組樣本，自 A 機器中抽取隨機樣本 200 個，B 機器中抽取 150 個。這兩組樣本為獨立樣本，因為它們分別自兩個不同的母體獨立抽出，兩組樣本的元素沒有關係，所以是兩組獨立樣本。

　　兩母體平均數間差異，$\mu_1 - \mu_2$ 的最佳估計式為兩樣本平均數間的差異 $\bar{x}_1 - \bar{x}_2$。此一推導過程是使用 $\bar{x}_1 - \bar{x}_2$ 的抽樣分配方法，經由期望值與變異數法則的使用，我們可以得到 $\bar{x}_1 - \bar{x}_2$ 抽樣分配的期望值與變異數（省略推導式子）。

(1) $\bar{x}_1 - \bar{x}_2$ 的期望值為 $E(\bar{x}_1 - \bar{x}_2) = \mu_1 - \mu_2$

(2) $\bar{x}_1 - \bar{x}_2$ 的變異數為 $V(\bar{x}_1 - \bar{x}_2) = \dfrac{\sigma_1^2}{n_1} + \dfrac{\sigma_2^2}{n_2}$

(3) $\bar{x}_1 - \bar{x}_2$ 的標準誤為 $\sqrt{\dfrac{\sigma_1^2}{n_1} + \dfrac{\sigma_2^2}{n_2}}$

因此可得 Z 檢定統計量的式子為：

$$Z = \frac{(\bar{x}_1 - \bar{x}_2) - (\mu_1 - \mu_2)}{\sqrt{\dfrac{\sigma_1^2}{n_1} + \dfrac{\sigma_2^2}{n_2}}}$$

區間估計式為：

$$(\bar{x}_1 - \bar{x}_2) \pm z_{\alpha/2}\sqrt{\frac{\sigma_1^2}{n_1} + \frac{\sigma_2^2}{n_2}}$$

建立之假設檢定：

雙尾檢定：$\begin{cases} H_0 : \mu_1 - \mu_2 = 0 \\ H_1 : \mu_1 - \mu_2 \neq 0 \end{cases}$

右尾檢定：$\begin{cases} H_0 : \mu_1 - \mu_2 = 0 \\ H_1 : \mu_1 - \mu_2 > 0 \end{cases}$

左尾檢定：$\begin{cases} H_0 : \mu_1 - \mu_2 = 0 \\ H_1 : \mu_1 - \mu_2 < 0 \end{cases}$

有些教科書中，$\mu_1 - \mu_2 = 0$ 寫成 $\mu_1 = \mu_2$；$\mu_1 - \mu_2 > 0$ 寫成 $\mu_1 > \mu_2$；$\mu_1 - \mu_2 < 0$ 寫成 $\mu_1 < \mu_2$ 等方式，並非不可。但容易對虛無假設之定義造成誤解，兩個母體平均數的「差」若是寫在等式或不等式一邊，再用等號或不等號來表示檢定的左尾或右尾方向，或許在觀念上較易理解。

下一步，我們將取出的隨機樣本觀測值，經過代入檢定統計量的式子計算後，再加以檢定分析，但是事實上，σ_1^2 及 σ_2^2 的值很難知道，有必要估計抽樣分配的標準誤。在不同母體變異數情況時，$\mu_1 - \mu_2$ 有以下的推導結果：

(1) 當 $\sigma_1^2 = \sigma_2^2$，等變異數檢定統計量為：

$$t = \frac{(\bar{x}_1 - \bar{x}_2) - (\mu_1 - \mu_2)}{\sqrt{s_p^2(\frac{1}{n_1} + \frac{1}{n_2})}} \quad 自由度\ v = n_1 + n_2 - 2，其中\ s_p^2 = \frac{(n_1-1)s_1^2 + (n_2-1)s_2^2}{n_1 + n_2 - 2}$$

s_p^2 稱為共用變異數估計式（pooled variance estimator），為兩個變異數的加權平均數。

信賴區間估計式為：

$$(\bar{x}_1 - \bar{x}_2) \pm t_{\alpha/2}\sqrt{s_p^2\left(\frac{1}{n_1} + \frac{1}{n_2}\right)} \quad 自由度\ v = n_1 + n_2 - 2$$

(2) 當 $\sigma_1^2 \neq \sigma_2^2$，不等變異數檢定統計量為：

$$t = \frac{(\bar{x}_1 - \bar{x}_2) - (\mu_1 - \mu_2)}{\sqrt{(\frac{s_1^2}{n_1} + \frac{s_2^2}{n_2})}} \quad 自由度\ v = \frac{(s_1^2/n_1 + s_2^2/n_2)^2}{\frac{(s_1^2/n_1)^2}{n_1-1} + \frac{(s_2^2/n_2)^2}{n_2-1}}$$

信賴區間估計式為：

$$(\bar{x}_1 - \bar{x}_2) \pm t_{\alpha/2}\sqrt{\left(\frac{s_1^2}{n_1} + \frac{s_2^2}{n_2}\right)} \quad \text{自由度 } v = \frac{(s_1^2/n_1 + s_2^2/n_2)^2}{\left(\frac{(s_1^2/n_1)^2}{n_1 - 1} + \frac{(s_2^2/n_2)^2}{n_2 - 1}\right)}$$

綜合以上兩種統計量的使用，我們在使用等變異數或不等變異數的選擇時，可以從兩個母體的隨機樣本中去檢定兩母體變異數是否相等來決定，若真的無法確定兩母體變異數的情況，我們建議選用自由度較大，且較有檢定力的等變異數檢定統計量與信賴區間估計式為之。

上面不論使用等變異數或不等變異數的方法時，都要求母體為常態分配，可以將樣本資料繪製成直方圖，檢查是否接近常態分布的鐘形圖，若圖形有雙峰或近似直線圖等極端偏離常態圖形分布，使得常態性條件不能滿足時，則必須使用無母數方法來進行檢定。

▶ 例題 1

假設一位統計執業人員以進行一取自兩母體的獨立抽樣。資料列出如下：

樣本 1：	7	4	6	3	7	5	8	7
樣本 2：	6	4	5	3	6	5	7	5

檢定以決定是否兩母體平均數不等（使用 $\alpha = 0.05$）

解答：

雙尾檢定：$\begin{cases} H_0 : \mu_1 - \mu_2 = 0 \\ H_1 : \mu_1 - \mu_2 \neq 0 \end{cases}$

$$t = \frac{(\bar{x}_1 - \bar{x}_2) - (\mu_1 - \mu_2)}{\sqrt{s_p^2\left(\frac{1}{n_1} + \frac{1}{n_2}\right)}} = \frac{(5.88 - 5.13) - 0}{\sqrt{2.27\left(\frac{1}{8} + \frac{1}{8}\right)}} = 1.00 \text{，式中自由度 } v = 8 + 8 - 2 =$$

14，$s_p^2 = 2.27$，查表 $t_{\alpha/2, v} = t_{0.025, 14} = 2.145$，因此不拒絕虛無假設，或者我們可以進一步查 p 值，p 值經查表計算等於 0.3361，因此不拒絕虛無假設，亦即兩個獨立母體平均數並無不同。

2.6.2 兩相依成對母體檢定

我們前面所談到的兩個母體所隨機抽出的樣本都為獨立樣本；換言之，不同母體所抽出之樣本間並無任何關係存在。但若是不同母體所抽出之樣本間存有某種關係時的推論方法，就不能再使用獨立樣本的推論方法。以下將介紹在論文研究中常用的配對實驗加以說明。

若自兩母體為成對母體中抽取的二個樣本元素，或是同一元素前後時間兩個觀察值所構成的樣本稱為成對樣本（paired samples），這種類型的實驗稱為配對（matched pairs）。因為是配對：所以自兩母體抽出之每一成對樣本要有一定之關係存在。成對樣本通常有兩種，一種是「重複量數」，也就是前、後測的問題，舉例來說：像是教學方法前後或是減肥前後，即實驗前與實驗後的成績差異變化，因此每一筆配對的資料都是來自同一位受試者，這種是最常見的配對樣本；另一種為「配對組法」，即實驗組與對照組（或控制組）的問題，雖然每一筆配對的資料是來自兩位的受試者，但是我們所關心的是他們的某一種特質是相同的，像是相同智力等級的男女生，在接受某一項能力測驗來檢定兩母體配對樣本間有沒有差異，我們選用各不同智力等級的學生兩母體各抽出一位樣本，連續此一抽樣過程，直到各智力等級都從兩母體抽出一位樣本。

但不管是第一種或第二種成對樣本，我們都會認為每筆配對資料間存有一定之自然且近似的關係，因此不能用獨立樣本 t 檢定，而要改用成對樣本 t 檢定。

μ_D：母體成對差的平均數，即 $\mu_D = \mu_1 - \mu_2$

σ_D^2：母體成對差的變異數

$\bar{x}_D$：成對差的樣本平均數，即 $\bar{x}_D = \bar{x}_1 - \bar{x}_2$

s_D^2：成對差的樣本變異數

$$\bar{x}_D = \frac{\sum x_D}{n} \ , \ s_D^2 = \frac{\sum (x_D - \bar{x}_D)^2}{n-1} = \frac{\sum x_D^2 - n\bar{x}_D^2}{n-1}$$

μ_D 的假設檢定可寫成：

雙尾檢定：$\begin{cases} H_0 : \mu_D = 0 \\ H_1 : \mu_D \neq 0 \end{cases}$

右尾檢定：$\begin{cases} H_0 : \mu_D = 0 \\ H_1 : \mu_D > 0 \end{cases}$

左尾檢定：$\begin{cases} H_0 : \mu_D = 0 \\ H_1 : \mu_D < 0 \end{cases}$

母體差的平均數抽樣分配為常態分配，則 μ_D 的檢定統計量

$$t = \frac{\bar{x}_D - \mu_D}{s_D / \sqrt{n_D}} \quad \text{自由度 } v = n_D - 1 \text{ 的學生 t 分配。}$$

μ_D 的信賴區間估計式

$$\bar{x}_D \pm t_{\alpha/2} \frac{s_D}{\sqrt{n_D}} \quad \text{自由度 } v = n_D - 1$$

▶ 例題 2　重複以上例題 1，假設統計執業人員，以進行一配對實驗取代例題 1 的自兩母體獨立抽樣。資料列出如下：

配對	1	2	3	4	5	6	7	8
樣本 1	7	4	6	3	7	5	8	7
樣本 2	6	4	5	3	6	5	7	5

A. 檢定以決定是否兩母體平均數不等。

B. 檢定結果是否有不同？原因為何？

解答：

雙尾檢定：$\begin{cases} H_0 : \mu_D = 0 \\ H_1 : \mu_D \neq 0 \end{cases}$

A. $t = \dfrac{\bar{x}_D - \mu_D}{s_D / \sqrt{n_D}} = \dfrac{0.75 - 0}{0.71 / \sqrt{8}} = 2.99 \quad$ 自由度 $v = 8 - 1 = 7$

查表 $t_{\frac{\alpha}{2}, v} = t_{0.025, 7} = 2.365$，因此拒絕虛無假設，支持對立假設，即兩配對母體平均數顯著不等。進一步查 p 值，p 值經查表計算等於 0.0199，因此拒絕虛無假設，而支持對立假設。

B. 配對實驗減少的變異量，造成 p 值減少至 0.05 以下，使得對立假設成立。

2.6.3 兩母體比較之無母數檢定

在眾多的問卷調查中，通常是隨機抽取數百個或近千個樣本進行分析，這些情況都是屬於大樣本的情況，依據平均數的抽樣分配理論，分析的樣本資料大都可以視為常態分配，因此我們也就可以使用常態分配條件下的統計方法，如 t 檢定、變異數分析、相關分析等，但是當資料是極端的非常態，資料的運用就不能以常態分配方式為

之，另外若樣本數小於 30 或更少時，這些資料的型態不一定是常態分配。

　　非常態分配的資料並不適合再以平均數來描述，要適當描述中間位置的量測值，必須使用較保守的方法，就是把資料視為順序的資料，來找出中間位置，亦即我們會把注意力集中在中位數上，無母數統計檢定的原理便在此，其判斷的準則就是以位置來做為檢定的標準。母體的位置是否不等，便可以拒絕或不拒絕我們所設立的虛無假設而去支持或不支持研究假設。

　　因此當問題是要比較兩個母體，假設檢定將可寫為：

雙尾檢定：

$$\begin{cases} H_0：兩個母體位置為相同 \\ H_1：兩個母體位置不相同 \end{cases}$$

右尾檢定：

$$\begin{cases} H_0：兩個母體位置為相同 \\ H_1：母體 1 在母體 2 的右邊 \end{cases}$$

左尾檢定：

$$\begin{cases} H_0：兩個母體位置為相同 \\ H_1：母體 1 在母體 2 的左邊 \end{cases}$$

(1) 威爾克森等級和檢定（Wilcoxon rank-sum test）

　　當要進行 $\mu_1 - \mu_2$ 的等變異數 t 檢定所需常態性條件未能滿足時，不論是順序資料，還是區間資料的獨立樣本抽樣，我們都將視為順序資料使用威爾克森等級和檢定方法，以比較兩母體差異（實務上，讀者可選用 SPSS 之曼惠二氏 U 檢定法）。
威爾克森等級和檢定的程序如下：

　　① 分別由母體 1 隨機抽取 n_1 個樣本，母體 2 抽取 n_2。

　　② 將所有樣本觀察值 $n = n_1 + n_2$ 當作是從同一母體抽出，混合一起由小到大排序，並標示等級順序。

　　③ 當兩個隨機抽取之母體樣本數皆超過 10 以上，可使用常態分配近似。

　　④ 如果兩個隨機抽取之母體樣本等級和相近，表示沒有證據顯示兩個母體分配是不同的；如果兩個等級和差異很大，表示兩個樣本來自不同母體。

　　統計學者已證明以上第③點，即當樣本量大於 10，檢定統計量為具有平均數 $E(T)$ 與標準差 σ_T 的近似常態分配，其中：

$$E(T) = \frac{n_1(n_1 + n_2 + 1)}{2}$$

$$\sigma_T = \sqrt{\frac{n_1 n_2 (n_1 + n_2 + 1)}{12}}$$

因此檢定統計量為：

$$z = \frac{T - E(T)}{\sigma_T}$$

▶ 例題 3

假設一位飲料行銷人員決定隨機選取 30 位在某連鎖飲料店之消費者，調查兩種公司銷售飲料的飲用後觀感。其中 15 人飲用原市售果汁飲料，而另 15 人飲用新款果粒飲料。

5 = 該飲品非常好喝

4 = 該飲品相當好喝

3 = 該飲品有點好喝

2 = 該飲品不算好喝

1 = 該飲品不好喝

我們能否在 5% 顯著水準下，結論新款果粒飲料被認為較好喝？

資料列出如下：

A. 新款果粒：	3	5	4	3	2	5	1	4	5	3	3	5	5	5	4
B. 原售果汁：	4	1	3	2	4	1	3	4	2	2	2	4	3	4	5

解答：

題意的目的在比較兩母體，我們想知道新款果粒飲料是否比原市售果汁飲料好喝。

右尾檢定：

$\begin{cases} H_0：兩個母體位置為相同 \\ H_1：母體 A 在母體 B 的右邊 \end{cases}$

如果對立假設為真，母體 A 新款飲料的位置將位在母體 B 原市售飲料的右邊。我們選定母體 A 新款飲料為檢定統計量的 t 值，只要值大到足夠來拒絕虛無假設而支持對立假設。因之，拒絕域為 $z > z_\alpha = z_{0.05} = 1.645$。

我們排序所有的觀察值來計算檢定統計量,等級值的排法要從最小 1 開始,依序給所有的觀察值排等級值,若有數個相同觀察值時,則要將所排的等級值平均之,再重新指派給這些所有相同觀察值的身上。以本例題來看,有 3 個「1」的觀察值,它們占據等級值 1,2,3,而平均值為 2,因此所有「1」觀察值被重新指派等級值為 2。另外有 5 個「2」的觀察值,占據了 4,5,6,7,8,其平均值為 6,同樣的所有「2」觀察值被重新指派等級值為 6,以下所有其他觀察值的指派等級值以此類推,直到所有觀察值被指派完成為止。

A 新款果粒	等級值	B 原售果汁	等級值
3	12	4	19.5
5	27	1	2
4	19.5	3	12
3	12	2	6
2	6	4	19.5
5	27	1	2
1	2	3	12
4	19.5	4	19.5
5	27	2	6
3	12	2	6
3	12	2	6
5	27	4	19.5
5	27	3	12
5	27	4	19.5
4	19.5	5	27

等級和計算得 $T_A = 276.5$ 以及 $T_B = 188.5$,z 檢定統計量計算之:

$$E(T) = \frac{n_1(n_1 + n_2 + 1)}{2} = \frac{15(31)}{2} = 232.5$$

$$\sigma_T = \sqrt{\frac{n_1 n_2 (n_1 + n_2 + 1)}{12}} = \sqrt{\frac{(15)(15)(31)}{12}} = 24.1$$

因此檢定統計量公式代入:

$$z = \frac{T - E(T)}{\sigma_T} = \frac{276.5 - 232.5}{24.1} = 1.83$$，此值大於 z 值 1.645，因此拒絕虛無假設而

支持對立假設。若我們將 z 等於 1.83 去查標準常態分配表：

$p - value = p(z > 1.83) = 0.5 - 0.4664 = 0.0336$ 小於 0.05，也同樣可以證明達到顯

著水準，即拒絕虛無假設而支持對立假設。

　　以上由兩母體隨機抽樣的調查結果，提供的充分證據足以推論新款果粒飲料被認

為比原市售果汁飲料更好喝。

(2) 符號檢定與威爾克森符號等級檢定

　　當資料不是常態分配且為配對，若為**順序資料**，將使用符號檢定比較兩母體；若

為**區間資料**，則使用威爾克森符號等級檢定比較兩母體。舉例來說，我們問卷調查常

使用非常滿意、滿意、普通、不滿意及非常不滿意等五點量表來衡量，我們習慣給較

正向 5 分，其餘依序給 4、3、2 及 1 分，但這種分數的比較並沒有任何比例或倍數的

關係，也有些人給分會給 7、5、3、1、0，並沒有一定差異的表示方法，但是我們一

定有「非常滿意」比「滿意」要好，在 5-4-3-2-1 系統，其差異為 5 - 4 = +1，其他各

種不同的差異，都會顯示出正負值，我們只要記錄配對的差異是正或負就可以了，如

此在使用不同計分方式的順序資料，它們將都會產生相同的結果。因此，我們就可以

統一去使用這種正負差異的符號來統計推論。這也就是使用符號檢定的原因。

　　但當資料是區間資料時，由於其數值有其特別的實際意義，若只把它當成正負來

看，可能會失去很多有潛在有用的資訊，例如：調查一般人同時在高山及平地的步行

速度，若在平地時速 6.5 公里，高山 3 公里，此一訊息不只是平地比高山行走較快的

訊息而已，還有其他更多的實際有用資訊。當遇到此種不為常態的區間資料型態，我

們將使用威爾克森符號等級檢定，其涵蓋的內容不僅僅是符號的差異，也多了差異的

大小。

① 符號檢定

　　符號檢定在統計正、負符號的數目，再以標準化檢定統計量來量測分析。檢定統

計量 x 只有兩個選項，為一個二項隨機變數，在虛無假設下，二項比例為 p = 0.5。

因此符號檢定，就是一種母體比例的二項分配，以標準常態的近似解法檢定之，相關

推導理論，有興趣可以進一步參考無母數統計的專書深入了解。相關的理論公式如

下：

　　x 為具有 $\mu = np$ 與標準差 $\sigma = \sqrt{np(1 - p)}$ 的近似常態分配。故標準化的檢定統計

量為 $z = \dfrac{x - np}{\sqrt{np(1-p)}}$ ，虛無假設為 H_0：兩個母體位置為相同，等於 H_0：$p = 0.5$

上式標準化的檢定統計量變為：

$$z = \frac{x - np}{\sqrt{np(1-p)}} = \frac{x - 0.5n}{\sqrt{n(0.5)(0.5)}} = \frac{x - 0.5n}{0.5\sqrt{n}}$$

二項分配的常態近似，當 $np \geq 5$ 以及 $n(1-p) \geq 5$ 時是有效的。當 $p = 0.5$ 時，np = $n(0.5) \geq 5$ 以及 $n(1-p) = n(0.5) \geq 5$，也就是 n 值必須大於等於 10，且使用此一檢定，常常刪除差異等於 0 的配對觀察值是常見的慣例。

▶ 例題 4 ┃ 某大學決定購買 A、B 兩種廠牌的 25 人座中型巴士中的一輛，隨機挑選了學校有意願搭中巴返鄉的學生，乘坐兩輛中認為較舒適的中型巴士而訂購之。

每位學生分別對兩輛中巴給予 5 分量表的評等（如下表之記錄）：

5= 乘坐非常舒適

4= 乘坐相當舒適

3= 乘坐普通

2= 乘坐相當不舒適

1= 乘坐非常不舒適

我們能否在 5% 顯著水準下，結論搭乘 A 款中巴較 B 款中巴舒適？

解答：

題意的目的在比較順序資料的兩母體，因為相同的 25 位學生同時搭乘兩種車款來評等，這是一種配對實驗，因此我們決定使用符號檢定：

H_0：兩個母體位置為相同

H_1：母體 1（A 款中巴）的位置在母體 2（B 款中巴）位置的右邊

拒絕域為 $z > z_\alpha = z_{0.05} = 1.645$

學生	A 款評等	B 款評等	配對差	學生	A 款評等	B 款評等	配對差
1	4	5	−1	14	3	4	−1
2	2	1	1	15	2	1	1
3	5	4	1	16	4	3	1
4	3	2	1	17	2	1	1

學生	A 款評等	B 款評等	配對差	學生	A 款評等	B 款評等	配對差
5	2	1	1	18	4	3	1
6	5	3	2	19	5	4	1
7	1	3	−2	20	3	1	2
8	4	2	2	21	4	2	2
9	4	2	2	22	3	3	0
10	2	2	0	23	3	4	−1
11	3	2	1	24	5	2	3
12	4	3	1	25	2	3	−1
13	2	1	1				

　　以上有 18 個正值，5 個負值，以及 2 個 0 值的差異。因此 x=18，n=23。檢定統計量為：

$z = \dfrac{x - 0.5n}{0.5\sqrt{n}} = \dfrac{18 - 0.5(23)}{0.5\sqrt{23}} = 2.71$，此值大於 z 值 1.645，因此拒絕虛無假設而支持對立假設。若我們將 z 等於 2.71 去查標準常態分配表：

　　$p - value = p(z > 2.71) = 0.5 - 0.4966 = 0.0034$ 遠小於 0.05，也同樣顯示達到顯著水準，即拒絕虛無假設而支持對立假設。以上由兩母體隨機挑選學生搭乘中巴的調查結果，提供的充分證據足以推論 A 款中巴被認為比 B 款中巴提供更舒適的乘坐。

② 威爾克森符號等級檢定

　　威爾克森符號等級檢定為 μ_D 的配對 t 檢定的對應無母數方法。在上一節中，介紹了非常態分配的配對順序資料的差異，我們是使用符號檢定來比較兩母體；在本節中，當我們碰到的配對資料為區間資料時的檢定方法，則是使用威爾克森符號等級檢定來比較兩母體。

　　本節假設為大樣本（n ≧ 30），假定 W^+, W^- 為正和負值的等級和，W 為近似常態分配，其平均數為：

$$E(W) = \frac{n(n+1)}{4}$$

　　標準差為：

$$\sigma_W = \sqrt{\frac{n(n+1)(2n+1)}{24}}$$

因此標準化的檢定統計量為：

$$z = \frac{W - E(W)}{\sigma_W}$$

若為小樣本（$n \leq 30$），假定 W^+, W^- 為正和負值的等級和，作法如上，惟當 $W \leq W_{a/2}$（$W_{a/2}$ 需查 Wilcoxon 檢定表），則拒絕虛無假設。

▶ 例題 5

某大學某科系住宿學生週一早上三節課的統計學，第一節課常常遲到，經調查原因是因為學生早餐所花費的時間而遲到。老師決定給予不遲到學生加分獎勵，並在下一週時，請學生記錄早餐所花費的時間。共有 32 位學生進行連續兩週早餐所花費時間的記錄如下表，我們能否在 5% 顯著水準下，結論在老師加分鼓勵後的學生早餐，所花費時間不同於原來學生早餐所花費時間？

學生	早餐花費時間	加分後所花費時間	差異	等級+	等級−	學生	早餐花費時間	加分後所花費時間	差異	等級+	等級−
1	34	31	3	21.0		18	25	23	2	13.0	
2	35	31	4	27.0		19	17	14	3	21.0	
3	43	44	−1		4.5	20	26	21	5	31.0	
4	46	44	2	13.0		21	44	40	4	27.0	
5	16	15	1	4.5		22	30	33	−3		21.0
6	26	28	−2		13.0	23	19	18	1	4.5	
7	68	63	5	31.0		24	48	51	−3		21.0
8	38	39	−1		4.5	25	29	33	−4		27.0
9	61	63	−2		13.0	26	24	21	3	21.0	
10	52	54	−2		13.0	27	51	50	1	4.5	
11	68	65	3	21.0		28	40	38	2	13.0	
12	13	12	1	4.5		29	26	22	4	27.0	
13	69	71	−2		13.0	30	20	19	1	4.5	

學生	早餐花費時間	加分後所花費時間	差異	等級+	等級−	學生	早餐花費時間	加分後所花費時間	差異	等級+	等級−
14	18	13	5	31.0		31	19	21	−2		13.0
15	53	55	−2		13.0	32	42	38	4	27.0	
16	18	19	−1		4.5						
17	41	38	3	21.0		total				367.5	160.5

解答：

H_0：兩個母體位置為相同

H_1：母體 1（原來學生早餐所花費時間）的位置不同於母體 2 位置（加分鼓勵下的學生早餐所花費時間）

對每一位學生，我們計算兩種不同方式所花費早餐的時間。如表中已經計算出同樣一位學生，在兩種方式所花費時間的差值，有正值也有負值，在做編排等級時，我們都以絕對值作為排序的標準，編排之等級是分別將原先是正值與負值分開兩列編列，再計算分別之等級和，如 +1 及 −1 差異的共有 8 個，佔據 1, 2, …, 7, 8，其平均數為 4.5，其餘的依此類推。經計算加總，$W^+ = 367.5$；$W^- = 160.5$，檢定統計量為：

$z = \dfrac{W - E(W)}{\sigma_W}$，其中 $W = W^+ = 367.5$；$E(W) = \dfrac{n(n+1)}{4} = \dfrac{32(33)}{4} = 264$

$$\sigma_W = \sqrt{\dfrac{n(n+1)(2n+1)}{24}} = \sqrt{\dfrac{32(33)(65)}{24}} = 53.48$$

因此，本題之檢定統計量 $z = \dfrac{W - E(W)}{\sigma_W} = \dfrac{367.5 - 264}{53.48} = 1.94$

而拒絕域為：

$z < -z_{\alpha/2} = -z_{0.025} = -1.96$ 或

$z > z_{\alpha/2} = z_{0.025} = 1.96$

檢定統計量 1.94 值小於雙尾檢定 z 值 1.96 的拒絕域臨界值，因此不拒絕虛無假設，亦即沒有足夠證據可以推論老師加分鼓勵後的學生早餐，所花費時間不同於原來學生早餐所花費時間。

綜合以上的無母數分析方法，我們應該有個簡單概括的認知：配對樣本資料在非常態分配資料下，比較兩母體時，原始是順序資料的，則符號及等級之間大小並無

實質意義，因此只需要統計正、負差異值的個數；若原始是區間資料，則區間資料的正、負值，要分別算出總和。總之，獨立樣本資料使用威爾克森等級和檢定；配對實驗資料則使用符號檢定與威爾克森符號等級檢定。

◆ 2.7　比較多母體的推論 ◆

前面一節是講比較兩母體的檢定分析方法，當比較多於兩個以上母體的區間資料時，我們會使用變異數分析的方法以決定母體平均數間是否存在差異。此一方法以分析抽樣的樣本變異數為基礎，所發展出來的統計技術，因此命名為「變異數分析」而不稱為「平均數分析」。本節也將如同上一節，從常態分配及非常態分配不同情形，來說明多母體比較的分析統計方法。

2.7.1 多母體變異數分析

我們經常使用統計來檢定兩個母體的平均數是否相同，但是若同時要比較多個母體，則必須兩兩比較，如此將非常的耗時且過程複雜。變異數分析 ANOVA 是 Analysis of Variances 的縮寫，是由 R. A. Fisher 所提出的統計方法，可解決同時檢定兩個或兩個以上母體的樣本平均數的顯著差異性。

1. 單因子變異數分析

變異數分析廣泛推廣適用於各種實驗領域，其主要目的即檢驗兩個以上母體平均數是否相等，亦即比較兩組資料平均數的差異時是使用 t 檢定，而比較多組的平均數就需使用到變異數分析。至於為什麼用變異數來分析多母體的樣本平均數差異，我們來看一下：統計資料常受到許多因素的影響，而這些可觀察到的乃至潛藏的因素可能使得某些個體的特徵在彼此間產生差異，針對這些因素所產生的變異進行觀察與驗證，即稱為變異數分析。

而單因子變異數分析旨在比較單一種自變項的不同處理方式對某依變項的影響，原來的發展理論是從實驗上的經濟有效著眼開始，也就是將觀測值依某一標準為分類基礎，再利用各種實驗設計（experimental design）提供更可靠的有效而經濟的實驗操作程序。

變異數分析的基本方法，將觀察值對應總平均值的總變異分割為數個分量，而各

分量恰對應各種變異的來源與原因。該變異的原因影響反應值的效果是否顯著,則需對各分量進行 F 檢定。

實務上是將樣本總變異(total variance)分解為可解釋變異(explained variance)與不可解釋變異(unexplained variance),前者為已知的因素所產生的變異,後者為不可知的因素所產生的變異。若觀測 N 個變數 x,我們可依某特徵(因子)標準,分為 k 組,如下所示:

處理因子

1	2	$\cdots$	j	k	
x_{11}	x_{12}	$\cdots$	x_{1j}	x_{1k}	
x_{21}	x_{22}	$\cdots$	x_{2j}	x_{2k}	
$\vdots$	$\vdots$	$\ddots$		$\vdots$	
$x_{n_1 1}$	$x_{n_2 2}$	$\cdots$	$x_{n_j j}$	$x_{n_k k}$	
$\bar{x}_1$	$\bar{x}_2$	$\cdots$	$\bar{x}_j$	$\bar{x}_k$	$\bar{\bar{x}}$

其中:

x_{ij} = 第 j 個樣本的第 i 個觀測值

n_j = 第 j 個母體取出樣本中的觀測值個數

$\bar{x}_j$ = 第 j 個樣本的平均數

$\bar{\bar{x}}$ = 所有觀測值的總平均

變數 x 被稱為反應變數(response variable),其數值為反應值(responses),測量的單位稱為實驗單位(experimental unit)。舉例來說,某家公司想推銷一種穀類健康食品,想在北、中、南三個大都市以三種不同銷售策略來了解銷售情況是否存在差異。該公司在北部以營養保健、中部以健康美麗、南部以調理腸胃等不同廣告策略,每週記錄三個城市的銷售量,連續 20 週。在本例中,反應變數就是每週銷售量,而實驗單位為週,銷售數據則為反應值。在實驗設計中,我們區分母體的標準稱之為因子(factor),每一個母體被稱為一個因子水準(level)。如以上例子中的因子為廣告策略,而其有三個水準,即營養保健、健康美麗、調理腸胃。至於所謂處理,乃指不同因子水準的每個特定組合稱之。

因子各水準之間差異是否有明顯不同,除了去了解各水準之間的差異,亦須知道各水準內資料的分布狀況。從變異數分析本身的字義及理論發展,需要兩個變異數的

統計數據，一個是處理平方和 SST（sum of squares for treatments），另一個是誤差平方和 SSE（sum of squares for error），前者是測量各水準樣本平均數彼此間接近程度的變異統計量，亦就是測量「處理間的變異情形」；後者是觀測各水準內數據資料的分布的變異統計量，亦即測量「處理內的變異情形」。

處理平方和 $SST = \sum_{j=1}^{k} n_j(\bar{x}_j - \bar{x})^2$

誤差平方和 $SSE = \sum_{j=1}^{k} \sum_{i=1}^{n_j} (x_{ij} - \bar{x}_j)^2$

SST 愈大時，各水準間的差距就愈大，也就愈支持水準間的差異，反之亦然。以下是計算均方（mean square）的數值。

處理的均方 $MST = \dfrac{SST}{n-1}$

誤差的均方 $MSE = \dfrac{MST}{n-k}$

檢定統計量 F 為以上兩均方之比值：

$$F = \frac{MST}{MSE}$$

▶ 例題 6　某家公司想推銷一種穀類健康食品，想在北、中、南三個大都市以三種不同銷售策略來了解銷售情況是否存在差異。該公司在北部以營養保健、中部以健康美麗、南部以調理腸胃等不同廣告策略，每週記錄三個城市的銷售量，連續 20 週如下表，我們能否在 5% 顯著水準下，結論在三種行銷策略之間是否存在差異？

週次	北部城市營養保健	中部城市健康美麗	南部城市調理腸胃	週次	北部城市營養保健	中部城市健康美麗	南部城市調理腸胃
1	529	615	512	11	614	624	532
2	529	804	672	12	542	580	679
3	658	630	531	13	557	634	581
4	793	774	443	14	353	584	469
5	514	717	596	15	557	523	572
6	663	679	602	16	485	572	561
7	719	604	502	17	495	699	776

週次	北部城市營養保健	中部城市健康美麗	南部城市調理腸胃	週次	北部城市營養保健	中部城市健康美麗	南部城市調理腸胃
8	711	620	659	18	604	787	698
9	606	697	689	19	663	719	733
10	461	706	675	20	498	492	691

解答：

建立虛無假設與對立假設，下標 1～3 分別代表北部、中部及南部城市：

$H_0 : \mu_1 = \mu_2 = \mu_3$

$H_1 : \mu_1 \neq \mu_2$ or $\mu_1 \neq \mu_3$ or $\mu_2 \neq \mu_3$

$$\bar{x}_1 = 577.6$$
$$\bar{x}_2 = 653.0$$
$$\bar{x}_3 = 608.7$$
$$\bar{\bar{x}} = 613.1$$

帶入以下：

$$SST = \sum_{j=1}^{k} n_j(\bar{x}_j - \bar{\bar{x}})^2 = 20(577.6 - 613.1)^2 + 20(653.0 - 613.1)^2 + 20(608.7 - 613.1)^2$$
$$= 57,512.2$$

$$SSE = \sum_{j=1}^{k}\sum_{i=1}^{n_j} (x_{ij} - \bar{x}_j)^2 = 19(10,775.0) + 19(7,238.1) + 19(8,670.2)$$
$$= 506,983.5$$

由以上可得到檢定統計量 F 值：

$$MST = \frac{SST}{k-1} = \frac{57,512.2}{2} = 28,756.1$$

$$MSE = \frac{SSE}{n-k} = \frac{506,983.5}{57} = 8,894.5$$

$$F = \frac{MST}{MSE} = \frac{28,756.1}{8,894.5} = 3.23$$

F 值是否已經達到顯著水準，得視其是否已經落入拒絕區，因此要檢查以下式子是否成立，其中 F 值需查統計教科書的 F 分配表：

$$F > F_{a, k-1, n-k} = F_{.05, 2, 57} \cong 3.15$$

因為 F = 3.23 > 3.15，因此我們拒絕虛無假設，支持對立假設。亦即，有足夠證據推論在三個城市的行銷策略，確實造成了每週銷售量的明顯差異。由於我們使用 α = .05 顯著水準去檢定，雖已確認達到顯著水準，支持對立假設，但一般我們會在論文中進一步顯示達到顯著水準的程度，此時通常會直接顯示出 p 值，p 值事實上就是算出檢定統計量 F 值至拒絕區尾端盡頭所夾的面積（或機率），抽樣分配如下圖所示，p 值 =0.0468。

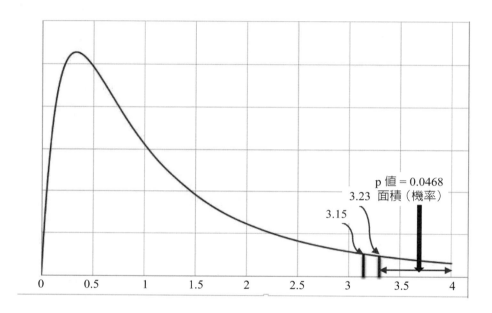

變異數分析表，如下表顯示了變異的來源，包含上述 SST 及 SSE 兩者，總變異 SS（total）來源是由處理平均數間差異的 SST 及量測樣本內的 SSE，兩項的加總。而事實上，F 檢定統計量就是在計算兩者之比值，SST 愈大且 SSE 愈小，則 F 值愈能趨向拒絕區，而支持對立假設。

變異源	自由度	平方和	均方	F 統計量
處理間	$k-1 = 2$	SST = 57,512.2	MST = 28,756.1	$F = \dfrac{MST}{MSE} = 3.23$
誤差	$n-k = 57$	SSE = 506,983.5	MSE = 8,894.5	
合計	$n-1 = 59$	SS(total) = 564,495.7		

2. 平均數差的兩兩比較——事後檢定

在單因子變異數分析後，檢定結果若達到統計上的顯著水準，亦即存在著各母體之間的差異情形，表示至少有一對平均數之間有顯著差異，至於是哪些存在著兩兩平均數的不同，則需要進一步使用多重事後比較（multiple post hoc comparison）來找出。事後檢定較常用的方法有杜凱（Tukey）的 HSD（Honestly Significant Difference）法及雪費法（Scheffé method）。一般而言，各母體抽出的樣本數都一樣時，則可以選擇使用 Tukey 的 HSD 法、LSD 法及 Duncan 法；各母體抽出的樣本數不同時，則可以選擇使用雪費法及 Bonferroni 法。國內外博碩士論文中事後檢定最常使用的雪費法，之所以受歡迎，是因為在學術論文上的嚴謹性，且大多數老師也建議使用嚴格的雪費法來作論文。下表為使用各種事後檢定方法之檢定統計量一覽表，讀者若有興趣深入了解，可參考相關文獻書籍。

事後檢定法	檢定統計量	備註
Tukey 的 HSD 法	$Tu = Q_\alpha(k, n-k)\sqrt{\dfrac{WMS}{n}}$	中等嚴謹方法
LSD 法	$T = t_{\alpha/2(k, n-k)}\sqrt{WMS\left(\dfrac{1}{n_i} + \dfrac{1}{n_i'}\right)}$	最寬鬆方法
Duncan 法	$T = Q_\alpha(k, n-k)\sqrt{\dfrac{WMS}{n}}$	寬鬆方法
雪費法（Scheffé method）	$Sc = \sqrt{(k-1)F_{\alpha(k-1, n-k)}}\sqrt{\dfrac{2WMS}{n}}$	最嚴謹方法
Bonferroni 法	$BO = t_{\alpha/2m(n-k)}\sqrt{\dfrac{2WMS}{n}}$, $m = \binom{k}{2}$	適用實驗為觀念單位

此一多重事後比較部分，如何在學位論文中使用 SPSS 統計分析報表，在本書〈實務篇〉有詳細一步一步的操作及詮釋，讓讀者看得懂 SPSS 複雜的統計分析表。

也許有讀者會提出為什麼不使用 t 檢定來取代變異數分析，但是使用 t 檢定進行多重檢定會增加型一錯誤的機率。舉例而言，比較 6 個母體的問題，有 6 組平均數，使用 $\alpha = 0.05$ 的顯著水準進行變異數分析，則有 5% 的機會會拒絕正確的虛無假設；若使用 t 檢定來取代變異數分析，則每進行一次 t 檢定，會有 5% 的機會會錯誤地拒絕虛無假設，而 6 組平均數需進行共有 $C_2^6 = \dfrac{6 \times 5}{2} = 15$ 組 t 檢定，因此每進行一次 t 檢定，會有 95% 的機會會正確地拒絕虛無假設，進行 15 次的 t 檢定會有 $0.95^{15} = 0.463$

準確性，因此犯型一錯誤的機率大約是 $1 - 0.463 = 0.54$。因此，在使用超過兩個母體的平均數抽樣檢定時，使用變異數分析是最佳的選擇。

另外還有一個有趣的問題，在作兩個母體的平均數差異的抽樣檢定時，變異數分析可以取代 t 檢定嗎？我們可以先寫出變異數分析的虛無與對立假設來觀察：

H_0：$\mu_1 = \mu_2$

H_1：至少兩平均數不等

變異數分析之對立假設也就是指明 $\mu_1 \neq \mu_2$。若我們想要決定 μ_2 是否大於 μ_1 則此方法只能用來檢定差異，而非用於檢定一個母體平均數是否超過另一個母體平均數，因此此時還是建議使用 t 檢定。

2.7.2 實驗設計與雙因子變異數分析

在農業、醫學、生物、化工、機械等工程界，有相當多的實驗工作，如何有效地去找出適當的操作變數，如濃度、流率、溫度、壓力、溼度等等控制因素而得到最佳結果，常需要做實驗設計。它就像一般社會人文的問卷調查，要做抽樣設計一樣，可以節省非常多的人力及物力的投入。

實驗設計包含單因子與多因子的實驗設計，前一節所說的單因子變異數分析，就是一種單因子的實驗設計，所謂因子（factor），如前述例題 6 之行銷策略，即是一個實驗設計的因子，它有 3 個水準（level），即營養保健、健康美麗與調理腸胃三個。單因子的實驗設計，也就是選擇一個自變數做為影響依變數的因子，上述例題的自變數為「行銷策略」，依變數為「銷售量」。

本節將單因子設計進一步升級探討兩個或兩個以上的因子的實驗設計。也就是探討兩個或兩個以上的自變數對依變數的影響。例如：欲了解某塊農地單位面積（即實驗單位）水稻產量是否有差異，若研究 4 種不同水稻品種是否會產生不同的產量差異，則此一問題為單因子變異數分析，因子為水稻品種，且具有 4 個水準。

假若現在要把探討的因素再增加一個土壤條件，即砂質壤土、腐植壤土及黏質壤土，則此一問題變為二因子變異數分析，因子有水稻品種及土壤條件，其各自的水準分別為 4 和 3，因此共可產生 $4 \times 3 = 12$ 種處理情形。依此類推，倘有三因子、四因子等變異數分析，都可稱之為多因子的實驗設計。

事實上，實驗設計，主要是利用實驗設計中，隨機化與重複性兩種特性來使其他無關的影響因素相互抵銷，藉此增加檢定結果的可靠性。隨機化是蒐集資料上很重要

的統計概念，幾乎在統計研究上有其重要性，而隨機化區集（block）設計的應用極為普遍，用以降低樣本本身間的差異。

區集設計是在比較 k 種處理時，設計者安排相同條件或條件極為接近的一些個體當成一個區集（block），且每一個區集的實驗個數均相等，其目的是為了減少實驗的誤差，增加檢定能力。例如：上述比較 4 種不同水稻品種的產量時，若實驗是在四個不同地區中各選取一塊條件相近（如酸鹼性、土壤條件等）的農地為一區集，我們希望實驗的誤差愈小愈好，故利用區集將農地間的變異從原有的實驗誤差（SSE）隔離出來，以增加變異數分析的檢定能力。換言之，隨機化區集的實驗設計使得總變異 SS（total）來源：處理平均數間差異的 SST 及量測樣本內的 SSE，再加上區集間差異的 SSB 共三項的加總，即 SS（total）= SST + SSB + SSE。隨機化區集設計是使用最廣泛的一種實驗設計，如在工廠設備操作上，工作人員的工作經驗、年資等最常被定義為區集，其他如原物料的進貨批次、時間等都可以透過區集劃分，將區集的變異 SSB 從實驗誤差隔離出來，因此也降低了 SSE。由於區集可以視為另一個因子，事實上，這種隨機化區集設計又稱為無交互作用二因子變異數分析，以下所列為隨機化區集變異數分析 ANOVA 表。

變異源	自由度	平方和	均方	F 統計量
處理間	$k-1$	SST	$MST = SST/(k-1)$	$F = MST/MSE$
區集間	$b-1$	SSB	$MSB = SSB/(b-1)$	$F = MSB/MSE$
誤差	$n-k-b+1$	SSE	$MSE = SSE/(n-k-b+1)$	
合計	$n-1$	SS(total)		

例如：一家組裝電扇公司有 4 家組裝店，想要調查了解 4 家組裝店今年的某暢銷品牌電扇組裝績效是否存在任何差異，該公司於是在各組裝店選取 20 組人員，每組各店家配對 1 位人員，在每一分組中，依年資配對來分組，調查最近三個月某暢銷品牌電扇的組裝數量，則隨機化區集變異數分析之組裝店處理間 k = 4，年資區集間 b = 20，n = 80。綜合以上，可以綜整二因子變異數分析，包含：

1. **無交互作用二因子變異數分析**：即隨機化區集的實驗設計，兩個因子分別為獨立樣本的處理變數及相依樣本的區間變數，可直接進行單因子變異數分析比較。

2. **二因子獨立樣本變異數分析**：兩個因子都為獨立樣本的處理變數。檢定中要

確認兩因子是否有交互作用，若兩因子的交互作用未達顯著時，進行主要效果（main effect）比較；若兩因子的交互作用達顯著時，進行單純主要效果（simple main effect），亦即在「特定條件」下所進行的主要效果檢定。

3. 二因子混合設計變異數分析：兩個因子分別為獨立樣本的處理變數，以及相依樣本的處理變數，此分析法廣泛用在實驗性教學、醫護臨床試驗或者是教育心理介入型等研究，實驗組和控制組均於前後測兩個時間點接受檢驗，實驗組會在前後測的時間點中接受介入處理，此 2×2 的研究設計，通常會採用二因子混合設計的統計分析方法，驗證介入的成效，其中組間因子為實驗組和控制組（獨立樣本），組內因子為前測和後測（相依樣本）。

4. 區集（block）在變異數分析中可視為一個因子，因此常在隨機化區集的實驗設計中出現。三母體以上的區集設計的概念與兩母體的平均數差異檢定中，所謂的配對或成對實驗，其意義內涵其實非常相似；至於重複性，則在檢視其他研究者用相同的實驗設計是否得到相似的結果。

2.7.3 多母體比較之無母數分析

假如資料分布不為常態或各組變異數不全相同時，則會考慮以無母數檢定方式來分析，無母數檢定方式不需要對資料的分布做任何假設，如同在獨立雙樣本之中位數檢定中使用威爾克森等級和檢定（Wilcoxon rank-sum test），在多組樣本變異數分析對應的無母數分析為 Kruskal-Wallis 檢定，可檢定多組母群體中位數是否完全相等的假設。

虛無假設 H_0：各組母群體中位數完全相同

對立假設 H_1：k 組間的母群體中位數不完全相同

檢定統計量 H 為：

$$H = \frac{12 \sum\limits_{i=1}^{k} n_i (\overline{R}_i - \overline{R})^2}{n(n+1)} \sim \chi^2_{k-1}$$

$$P \text{值} = P(\chi^2_{k-1} > H)$$

使用 K-W 檢定唯一的限制是各組樣本數至少要 5 以上。

例如：某家牛奶廠商欲了解 A、B、C 三種品牌嬰兒配方奶，及親授母乳在餵食初生嬰兒一週後體重增加的情形是否有差異，故以完全隨機方式抽出 26 位新生兒分

別試用三種配方奶及親授母乳，並記錄其一週後體重增加（單位：公斤，kg）的情形，資料如下表所示（SPSS 的實務操作，可參考第 4 章範例）：

母乳	1.21	1.19	1.17	1.23	1.29	1.14		
配方奶 -A	1.34	1.41	1.38	1.29	1.36	1.42	1.37	1.32
配方奶 -B	1.45	1.45	1.51	1.39	1.44			
配方奶 -C	1.31	1.32	1.28	1.35	1.41	1.27	1.37	

2.8 交叉分析與卡方檢定

交叉分析表：統計分析時，通常採用列聯表（contingency table，或稱交叉表 / 交叉分類表）以計次方式呈現類別尺度資料。卡方檢定為用以處理分類並計次資料的統計方法，而交叉分析表研究的問題正是用來了解兩個變數之間的關聯性，我們必須將蒐集到之資料區分成兩個變數之資料，然後再以列聯表來呈現。

卡方檢定：類別尺度資料分析，最基本也是最前提的知識就是卡方檢定。卡方檢定是卡方分配（Chi-square distribution）的一種應用。卡方分配是推論統計中最重要的分配之一，應用範圍很廣，從母體變異數估計、檢定、卡方近似應用、類別資料分析及卡方檢定都會用到這個函數。卡方檢定推導過程中，數學公式包含了理論次數的期望值與觀測次數的觀察值，而這兩個重要的數據，在卡方檢定中，**次數**與**比例**的觀念有其關鍵的角色，稍後會有更精簡扼要地說明。

而卡方檢定不要求母體所屬分配，母體參數也非必要，這是最為強大的應用條件，因此卡方檢定在無母數統計也占十分重要的一個角色。

卡方檢定之檢定統計量：$\chi^2 = \Sigma \frac{(f_i - e_i)^2}{e_i}$，若為檢查某一變數，則具有自由度 $v = k - 1$ 的近似卡方分配

拒絕域：$\chi^2 > \chi^2_{\alpha, k-1}$

若 f_i 為觀察次數，e_i 為期望次數，對於一個具有 r 列與 c 行的兩變數列聯表而言，則自由度為 $v = (r-1)*(c-1)$，亦即：

拒絕域：$\chi^2 > \chi^2_{\alpha, v}$

卡方檢定可以分為三種：

1. 卡方適合度檢定

在進行資料分析前，我們希望先了解資料的分布型態，以便找到最適當的統計分析方法。此時就可以使用配適度檢定（或稱適合度檢定）來驗證欲分析的樣本組是否符合某一特定的機率分布；例如：某醫院病患的血型分布是否和臺灣人的血型分布相符。因此，檢查某變數是否依循某比例呈現結果分布，稱爲「適合度檢定」（test of goodness of fit），自由度爲（類別數 – 1）。依照以上定義，它意味著實際上我們只有「抽樣一組（次）樣本」而已，而理論次數不是透過本次抽樣的資料，可能是一組宣稱次數，或是出於歷史事實的資料，如：驗證 AB 基因型之病原菌後代出現 AA, AB, BB 的基因型是否符合 1：2：1 之比例。又如想要檢驗骰子是否公正，也就是說骰子出現 1 到 6 的機率是否都是 1/6，就可以使用卡方檢定。

▶ 例題 7

假設從一間網購公司員工隨機抽取 50 個員工在最近 3 個月，每個員工處理訂購產品數之能力，其觀察值如下：

551	484	509	508	470	444	418	410	432	485
499	477	416	465	440	415	445	424	449	444
418	413	471	523	485	467	537	427	488	475
480	505	487	482	409	400	466	373	442	501
481	465	515	405	469	429	496	435	440	450

欲了解這 50 個觀測值是否確實取自一常態分配？

解答：

先假設常態分配，來計算理論上的機率，並統計 50 個樣本的平均數及標準差，分別爲：

$\bar{x} = 460.38$，$s = 38.83$，用此統計數據，來選擇區間，每個區間都以標準差的等距來分隔，由 460.38 ± 38.83 可知：

區間 1：$x \le 421.55$

區間 2：$421.55 < x \le 460.38$

區間 3：$460.38 < x \le 499.21$

區間 4：$x > 499.21$

各區間機率值計算可得：

$$p(x \leq 421.55) = p\left(\frac{x-\mu}{\sigma} \leq \frac{421.55-460.38}{38.83}\right) = p(z \leq -1) = 0.1587$$

$$P(421.55 < x \leq 460.38) = p\left(\frac{421.55-460.38}{38.83} < \frac{x-\mu}{\sigma} \leq \frac{460.38-460.38}{38.83}\right) = p(-1 < z \leq 0)$$
$$= 0.3413$$

$$P(460.38 < x \leq 499.21) = p\left(\frac{460.38-460.38}{38.83} < \frac{x-\mu}{\sigma} \leq \frac{499.21-460.38}{38.83}\right) = p(0 < z \leq 1)$$
$$= 0.3413$$

$$P(x > 499.21) = p\left(\frac{x-\mu}{\sigma} > \frac{499.21-460.38}{38.83}\right) = p(z > 1) = 0.1587$$

建立虛無假設與對立假設：

$H_0 : p_1 = 0.1587$，$p_2 = 0.3413$，$p_3 = 0.3413$，$p_4 = 0.1587$

$H_1 :$ 至少一個 p_i 不等於其特定值

因此期望次數為以上機率值各乘上 50，分別得到：

$e_1 = 7.94$；$e_2 = 17.07$；$e_3 = 17.07$；$e_4 = 7.94$

觀察次數則算出每一區間有多少個數值決定之。

$f_1 = 10$；$f_2 = 13$；$f_3 = 19$；$f_4 = 8$

卡方檢定之檢定統計量：

$$\chi^2 = \sum \frac{(f_i - e_i)^2}{e_i}$$
$$= \frac{(10-7.94)^2}{7.94} + \frac{(13-17.07)^2}{17.07} + \frac{(19-17.07)^2}{17.07} + \frac{(8-7.94)^2}{7.94}$$
$$= 1.72$$

在 5% 的顯著水準下，拒絕域為 $\chi^2 > \chi^2_{a,k-3} = \chi^2_{.05,1} = 3.84146$（查閱卡方分配表）

1.72小於3.84，因此不拒絕虛無假設，故所抽出檢查之50個樣本具有常態分配。

2. 卡方獨立性檢定

探討在同一組樣本中兩個變數間的關聯性，亦即檢定兩變數間是否相互獨立，稱為「獨立性檢定」（test of independent），自由度為（列聯表列數 – 1）×（列聯表行數 – 1）。因獨立性檢定用以判定兩變數獨立與否，亦即判定兩變數是否有關聯。這與卡方適合度檢定只有「抽樣一組（次）樣本」與「理論次數」之間的比較有所不

同，卡方獨立性檢定是「抽樣兩組（次）與兩組（次）以上樣本」的比較，故又稱「關聯性檢定」（test of association）。如：驗證抽菸與得肺癌是否有關聯；又如長期過量飲酒和肝癌發生的相關性。由於獨立性假設只能檢定兩個變數是否相關，無法知道關聯性的強度與方向，因此當檢定結果為**顯著相關**時，我們便會依據不同的資料型態（例如：不同大小的列聯表）選擇不同的係數來計算變數之間關聯性的強度與方向，此一部分在學位論文中較為常見。**一般資料型態可做成列聯表關係的，就可進行卡方獨立性檢定。**

學位論文問卷調查中，一般常用卡方獨立性檢定，這是因為在進行敘述統計到推論統計的 t 檢定、單因子變異數分析時，對人口背景變項間是否存在關聯性有質疑時用之，人口背景變項間在卡方檢定中，一般要求期望次數不得小於 1，並且列聯表上不得有 20% 以上細格的期望次數小於 5，否則建議合併相鄰的行或列，或採用 Yate's correct test，或採用 Fisher's exact test。

▶ 例題 8　一家調查公司調查性別與吸菸習慣之間的關係，隨機調查了 235 位男女性，使用列聯表其觀察值如下：

吸菸習慣 / 性別	女性（Female）	男性（Male）	總和
重度（Heavy）	5	6	11
時常（Regul）	99	89	188
偶爾（Occas）	9	10	19
不吸菸（Never）	5	12	17
總和	118	117	235

從以上之調查資料，性別與吸菸習慣之間是否有關係？

解答：

我們可以從男、女性的欄位去看吸菸習慣是否不同，亦即問題在比較四個吸菸習慣的**母體**，是否有差別。當然若要從吸菸習慣的欄位去看男、女性是否不同，也可以，但是兩種角度檢定的結果是一樣的。**事實上，卡方檢定的簡單概念就是分別從「行」或「列」去查看其比例是否相同來檢定。**

建立虛無假設與對立假設：

H_0：兩個變數為獨立

H_1：兩個變數為相依

卡方檢定之檢定統計量：

$$\chi^2 = \sum \frac{(f_i - e_i)^2}{e_i}$$

由於列聯表內只有觀察數，需要額外的機率值，以便計算期望值，男、女性機率值分別為：

$$P（女性）= \frac{118}{235} = 0.5021，P（男性）= \frac{117}{235} = 0.4978$$

列聯表的期望次數計算，在 i 列與 j 行的細格期望次數為：

$$e_{ij} = \frac{i \; 列和 \times j \; 行和}{樣本量}$$

因此，

重度吸菸習慣的，在不同性別的期望值：

女性：$11 \times 0.5021 = 5.5231$；男性：$11 \times 0.4978 = 5.4758$

時常吸菸習慣的，在不同性別的期望值：

女性：$188 \times 0.5021 = 94.3948$；男性：$188 \times 0.4978 = 93.5864$

偶爾吸菸習慣的，在不同性別的期望值：

女性：$19 \times 0.5021 = 9.5399$；男性：$19 \times 0.4978 = 9.4582$

不吸菸習慣的，在不同性別的期望值：

女性：$17 \times 0.5021 = 8.5357$；男性：$17 \times 0.4978 = 8.4626$

再度將列聯表修正加入期望值，期望值為括弧（ ）之處。

吸菸習慣 / 性別	女性（Female）	男性（Male）
重度（Heavy）	5（5.52）	6（5.48）
時常（Regul）	99（94.39）	89（93.59）
偶爾（Occas）	9（9.54）	10（9.46）
不吸菸（Never）	5（8.54）	12（8.46）

$$\chi^2 = \sum_{i=1}^{k} \frac{(f_i - e_i)^2}{e_i} = \frac{(5 - 5.52)^2}{5.52} + \frac{(6 - 5.48)^2}{5.48} + \frac{(99 - 94.39)^2}{94.39} + \cdots + \frac{(12 - 8.46)^2}{8.46} = 3.5336$$

在 5% 的顯著水準下，拒絕域為 $\chi^2 > \chi^2_{a, v} = \chi^2_{.05, 3} = 7.8147$

3.5536 小於 7.8147，因此不拒絕虛無假設，故表示沒有證據顯示性別與吸菸習慣之間有相關。

3. 卡方同質性檢定

前述兩種卡方檢定的方法，都是用來探討單一樣本組的資料，而同質性檢定則是用來檢定不同樣本組間對於某變數的關聯性是否一致。而「卡方同質性檢定（Test of Homogeneity）」與「卡方獨立性檢定（The Chi-Squared Test of Independence）」，兩個檢定的計算過程是一模一樣的，但是假設檢定卻代表不同意義，卡方同質性檢定的應用主要在檢定資料來源是否來自不同的母體或同一母體，如：在臺北市與高雄市剛出生的新生兒男性與女性的分布情形，兩個縣市是否有類似的分布模式或是具有相同的性別特質；又如檢定抽菸、喝酒及吃檳榔是否都會增加口腔癌的發生機率。因其檢定作法與卡方獨立性檢定完全類似，本書不再贅述。

◆ 2.9　統計資料的類型與處理程序 ◆

(一) 依資料的取得是直接或間接來區分

1. 原始資料

研究者直接由資料來源處觀察、調查、測量或實驗而得的資料，稱為原始資料、直接資料或第一手資料；例如：研究者在某高中進行中餐喜好之問卷調查。

2. 次級資料

指現成已發表的資料，又稱為間接資料或第二手資料。

(二) 依資料存在的時間來分

1. 靜態資料

表示該現象在某一特定時間，及空間靜止狀態之情況下的資料，稱為靜態資料。如：西元 2022 年 7 月 31 日全國各級各類學校學生數，即為靜態資料。

2. 動態資料

依時間先後連續排列的靜態資料即成了動態資料，亦即表示該現象在某一特定時期內演變情形的資料，稱為動態資料。如：歷年來臺灣地區國民小學的學生數。

(三) 依原始資料涵蓋的範圍來分

1. 普查資料

利用調查的方式，對母群體中的所有個體進行調查，即為普遍調查或全面調查，簡稱普查或全查。

2. 抽樣資料

係由母群體中隨機抽取部分的個體作調查，再將調查的結果推論至母群體。只要抽樣合乎機率原理，且能小心查驗，由樣本再推論至母群體，仍能得到可靠的結果。

(四) 統計方法的基本步驟

1. 蒐集資料

研究者若有足夠的人力、財力和時間，則可直接由資料來源處觀察、調查、實驗或測量直接取得資料；否則，可引用政府機關、學術機關等已發表的間接資料。

2. 整理資料

原始資料是雜亂無章的，而使群體所蘊含的特質無從顯現。資料整裡的目的在於將凌亂無章的資料予以簡單化、系統化，使錯綜複雜的資料成為簡約的形式，以彰顯群體的特質。

3. 陳示資料

陳示資料是以文字說明、統計表、統計圖或數學方程式，來表現統計資料特徵及其相互間的關係。

4. 分析資料

計算統計資料的重要表徵數，如：算術平均數、標準差、相關係數、樣本比例等

等，以顯現資料的重要特徵及其相互間的關係意義。

5. 解釋資料

闡明由分析資料所得之表徵數的意義，可使表徵數更具有代表性，且能顯現統計資料所蘊含的特性。

6. 推論母體

由母群體中以隨機抽樣的方式，取得具有代表性的隨機樣本，估算此樣本的統計量，透過抽樣分配原理，對母群體或母數作估計或檢定等統計推論工作。

實務篇

第 3 章

建立研究架構與
問卷設計教戰手冊

　　修讀國內博碩士過程中，一般而言，修業年限約二～七年，且在年限內修畢30～36學分的專業課程，而取得學位。以筆者曾服務之私立大學休閒管理研究所2018年入學研究生為例，包含必修的研究方法、專題研討(一)、專題研討(二)、休閒產業講座及畢業論文計15學分，再加上15學分選修課程，共計30學分即可畢業。當然除了修讀學分外，最重要的任務是撰寫學位論文，並通過學位考試後，始能順利拿到學位。

　　有些入學研究生計畫花一年時間修讀學分，另外一年進行論文之研究與撰寫，這樣修讀過程中，若無照顧家庭或工作繁重等壓力，其實並不辛苦。有些研究生，想拼更短的時間包辦修讀學分及學位論文而取得文憑，只要抓得到其中快速建立研究架構的訣竅，將可以大幅縮短修讀博碩士的時間，本章將告訴你如何能在很短的時間達到這樣的目標。

　　本章將從蒐集文獻建立研究架構及問卷設計的方法步驟，清楚地給各位準博碩士生更清晰自己到底要做什麼樣的論文題目，如何安心地進行學位論文的前三章，即前言、文獻探討及研究方法的撰寫，不用再為撰寫博碩士論文擔心害怕！

3.1　要如何建立研究架構

　　很多進修博碩士的職業背景中，極大多數都是在職的研究生，這當中有很大一部分是高中職、國中小、幼教教師的身分、也有各公私企業在職進修的員工。就讀的動機除了進修，另一個很重要的因素是修完學位可以提升自己的職務或薪給，讀研究所會有壓力，但何嘗不是給自己在人生的生涯中注入更美好的學習歷程。

　　一旦考上研究所後，撰寫學位論文反而變成是大家最大的「夢魘」。盡快找好指導教授，討論出論文題目……，但並不是都很順利就能找到題目，而且每位指導教授要指導的研究生也不少，題目訂定了，也不見得很快就可著手，尤其不知如何從蒐集閱讀的各種不同的文獻當中，轉化出所要研究的題目。從筆者近二十年的教學研究經驗，領略出撰寫學位論文中，只要搞定了「研究架構」，大概學位論文就已經完成了一半以上。這當中，題目的選定除了跟個人興趣與工作背景外，進一步要決定蒐集特定文獻資料也是很重要的關鍵，以下將依據時程順序說明如何建立研究架構，並設計出問卷題項，學位論文前三章若搞定，就已經達成50%的進度了。

3.1.1 規劃進程與研讀文獻

1. 論文題目最好結合興趣與個人經驗：學位論文題目除非指導教授指定，最好跟自己的興趣、工作職場與個人經驗結合。例如：自己在幼教工作，對於幼兒園環境的人、事、物等的議題有興趣，打算對幼教的老師在工作滿意度進行調查，或針對幼教教學的教材教法創新，使用了實驗教學的前後測及對照組來探討。

2. 文獻資料及學位論文閱讀：瀏覽所感興趣之論文及期刊，除了就讀之研究所圖書室會典藏歷屆畢業學長姐之論文外，由學校圖書館之電子資源資料庫上去找中英文期刊文獻，其中華藝線上圖書館（CEPS 思博網中文電子期刊服務）中文期刊各大學幾乎都有購買其下載期刊之服務，所有下載的期刊都是免費的，研究生需輸入學校給的學號及身分證號碼即可下載，可多加應用。蒐集下載之期刊，請記錄其發表年月、出處、卷期、頁碼等。如休閒療癒的主題在 CEPS 中文電子期刊，可以用此關鍵字查詢蒐集，記錄作者、年代、篇名、期卷、頁碼，為方便以後辨認論文篇名，請使用論文篇名當檔名，再全文下載閱讀，如附圖所示。

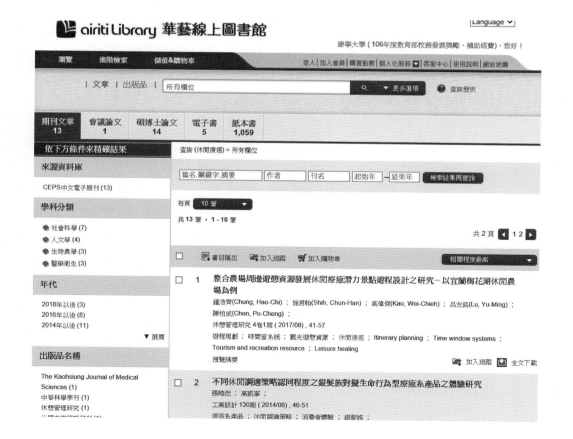

可使用論文篇名當檔名：

　　寫出研究動機與目的：針對所訂的論文題目，試著寫出研究動機，研究動機可以用一段話來描述，呈現這一篇論文的重要性及必要性。例如：一位國小教師要探討國小學童低碳生活實踐和資源回收行為的論文，研究對象就是作者親身接觸的「國小學童」，而題目中的兩個重要變數，「低碳生活實踐」及「資源回收行為」，研究動機可以簡要寫成：「全球暖化與節能減碳教育的推行，已成為全球性的趨勢，而資源回收已是國小學童低碳生活實踐最簡單且人人可為的方式，因此本研究以『低碳生活』和『資源回收』議題，來探討環境公民素養。」

　　而研究目的和研究動機的差別，主要是後者在強調此研究的背景及其重要性，而前者則說出此項研究要探討的方向。

3. **找出數篇關鍵期刊或論文用心研讀**：學位論文的前三章，到底要如何引用其他文獻的內容而吸收組合為自己論文的內容，研讀一篇文章最重要而可以放進自己論文內的，不外「**理論**」、「**方法**」、「**結果**」與「**發現**」這四項。各章節引用的重點及優先次序可依據以下原則，惟實際狀況仍可依研究領域及撰寫論文需要調整。

第一章　前言：發現＞結果＞理論＞方法

第二章　文獻探討：理論＞發現＞結果＞方法

第三章　研究方法：方法＞理論＞發現＞結果

第四章　結果與討論：結果＞發現＞理論＞方法

當在撰寫整理第二章文獻回顧時，寫論文又是第一次，常不知如何開始，此一部分可從所訂的論文題目去思考，至少題目訂定過程，讀者應該也考慮了很久，因此仔細想想論文題目中的關鍵字，它幾乎可以看到了整個論文重要的研究變數，甚至也顯露了研究架構的概況。

例如：一篇學位論文題目是「顧客價值、行銷組合、滿意度與忠誠度之關聯研究—以嘉義縣國小教師行動電話用戶為例」，其中可以明顯看到四個研究變數，即顧客價值、行銷組合、滿意度與忠誠度，研究對象是國小教師，由以下研究架構圖顯示了四個研究變數，其實是四個量表。

因此**文獻蒐集的章節編排，可以依研究架構的變數去安排**，即分章節去探討有關顧客價值、行銷組合、滿意度與忠誠度的相關文獻。

假如這篇期刊文獻跟讀者的論文非常有關，可以列為關鍵的參考文獻，一般最好是最近三年內發表的期刊論文愈好。例如：「顧客滿意度及顧客價值」剛好是讀者論文題目要探討的重要變數，則可以參考這篇期刊論文有關顧客滿意度及顧客價值相關的文獻探討內容，要注意的是不可整段抄錄到讀者的論文內，否則會有學術抄襲的嫌疑，嚴重的話被查出會撤銷學籍的。

因此多參考數篇最近三年所發表的期刊論文，只要有談到顧客滿意度或顧客價值的文獻，都可以將論文中的**理論**、**發現**、**結果**及**方法**整合到關鍵參考文獻，經過重新整理，若文獻引用過多時，甚至可以自己編製成表格來比較各文獻的差異，如研究重點、研究對象、理論來源、研究方法等等，當然也要記得可以在每個重要變數文獻探討的最後，做成小節，加入自己的論述，以形成研究架構中，每一個框架組成內容。

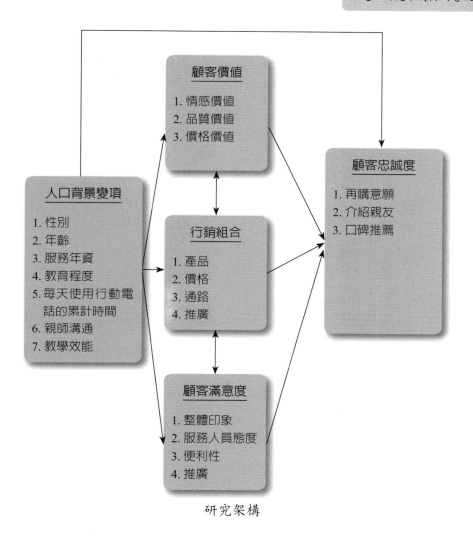

研究架構

4. 研究架構中的某研究變數或量表文獻極其稀少時：因為國內博碩士論文的產量非常高，常常有些時候題目會一樣，因此要盡量避免。若讀者所做的論文題目是研究生常做的主題，尤其論文研究架構中的研究變數只有兩個時，幾乎常常會「撞題目」，除非是比較冷門的或創新的探討變數，或者使用其他研究者沒有用過的研究方法，否則論文研究架構最好是有三個變數為宜。但有時論文多加入第三個變數，在期刊文獻中非常難找到時，怎麼辦？該放棄嗎？不論是二個研究變數或三個研究變數，只要有創新的研究變數想法時，細心地去抽絲剝繭，只要談到跟此變數有關的任何文獻期刊都可以引用，再把引用到的文獻設計成一個個問卷題項，使用「探索性研究」（exploratory research）之因素分析主成分方法來找出此

一創新概念所產生研究變數的因素內涵，其方法將留待在下一節之效度分析中討論。

例如：2013 年黃顯智所做〈銀髮族低碳生活實踐與自覺健康狀況關係之研究〉論文中，低碳生活實踐在一般文獻中極難找到此一方面之研究期刊或論文，但是「低碳」的意義是減少碳排放量，因此節能減碳或綠色環保的文獻可以蒐集；「生活實踐」跟人類的食衣住行育樂有關，因此可以蒐集生態旅遊、資源回收、環保飲食、環境永續等相關期刊或論文文獻。黃顯智使用探索性研究方法，最後研究結果將銀髮族在「低碳生活實踐度量表」共計 26 題項經因素分析後萃取出 5 個因素，分別給予命名為「飲食文化」、「節能行為」、「減碳再利用」、「健康生活」及「生態旅遊」。

這種「探索性研究」的成果，比從理論性來的研究架構更具有創新的價值，但其實探索性研究所花費蒐集文獻整理的時間與從理論而來的「驗證性研究」（confirmatory research）所差無幾，只是在因素分析多了萃取因素這一步，讀者在做問卷預試時，可試著在操作 SPSS 時，記得順便勾選因素分析選項，即可萃取因素出來，並有各因素構面之對應題項。

由於萃取因素出來需要正式問卷回收回來才可以使用 SPSS 的因素分析去確認，因此命名因素的名稱，在寫博碩士論文研究計畫書時，研究架構只能暫時以量表名稱顯示即可，不須呈現因素構面，等到正式問卷分析完得到萃取之各因素，再將之填入研究架構中便是。

例如：下圖為 2018 年李秋芳之研究生學位論文計畫書，論文題目為〈臺南市成衣從業人員對工作環境感受、身心健康與休閒活動參與之研究〉，經蒐集相關文獻期刊後，提報論文研究計畫書審查，李秋芳計畫書內所寫研究架構中「身心健康量表」及「休閒活動參與量表」為文獻理論而來，因此都呈現量表之各因素構面，但「工作環境感受量表」並未呈現因素構面，此乃因正式問卷尚未著手，先行設計出問卷題項共 23 題，在正式問卷投出後，便可以使用探索性研究，以因素分析法找出其各因素構面後，再填入研究架構。

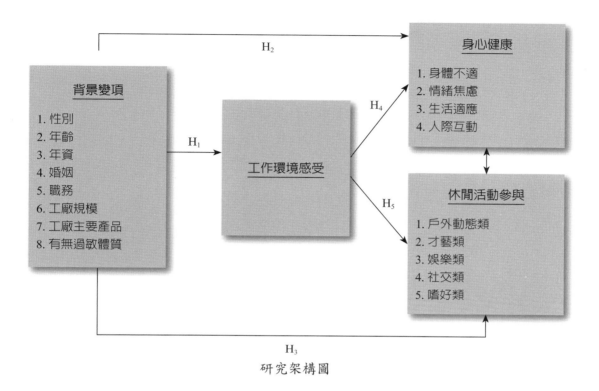

研究架構圖

若量表使用探索性研究，論文計畫書研究架構之量表名稱下，也可以列出部分問卷題項，正式問卷完成後，可在因素分析萃取後，再填入量表之因素構面。如下圖之「低碳生活實踐推廣」量表所示：

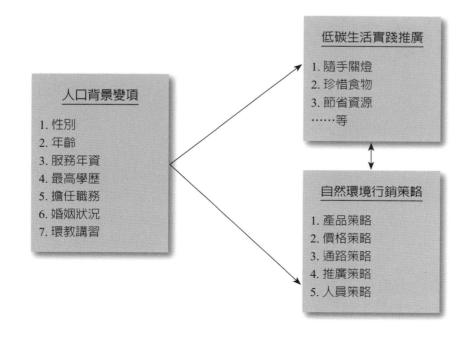

　　下例為 2011 年許雅貞所撰寫論文〈雲林縣國小教師之環境覺知與環境議題關心度對環境教育教學自我效能之影響研究〉，其論文是有關環境教育相關主題之探討，論文研究架構共有三個量表：

「環境覺知」、「環境議題關心度」及「環境教育教學自我效能」。

　　本研究架構所需要之量表，在參考相關期刊文獻後，設計出問卷題項，其中「環境覺知」及「環境教育教學自我效能」量表之因素構面皆引用來自文獻的理論，而「環境議題關心度」量表之五個因素構面，則是使用探索性研究萃取五個因素後命名而得。

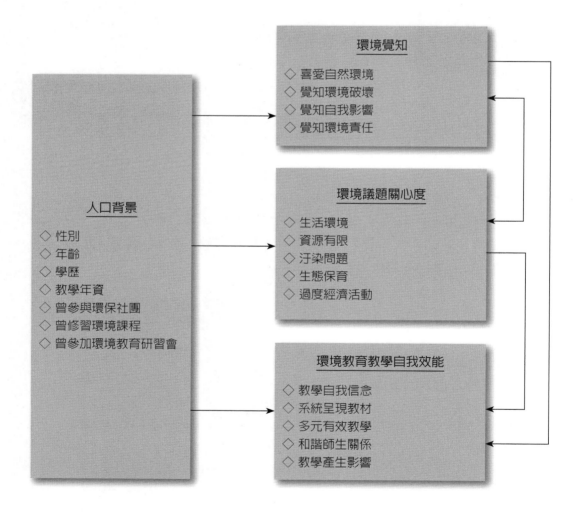

研究架構圖

3.1.2 繪出研究架構圖

　　以上各節所介紹顯示的研究架構不少，讀者應該對於研究架構有初步之認識與理解。每一本學位論文的研究架構應該都不一樣，若完全一樣，則可能有抄襲的風險，因此多上網蒐集期刊或論文，檢查自己的研究架構有無跟他人一樣，若幾乎一樣，則要思考修正研究架構或使用不同的研究方法來做。至於有些研究生在跟筆者討論撰寫論文過程中，提出只要研究對象不同或調查區域不同而研究架構一樣，這樣可以嗎？這個問題似乎存在一些對於研究架構的模糊概念。請仔細思考以下這些描述：

1. 「研究架構」或稱分析架構，是作者針對擬研究主題進行整個思考、研究、分析的架構，此一研究架構是作者解析該主題與相關問題的法寶，它具有絕對的關鍵性與重要性。
2. 訂定論文題目，事實上最重要的觀念是只要研究架構不一樣，就可以了。
3. 研究架構所引出的內涵重點，主要在「研究變數」、「研究方法」與「分析方法」。
4. 研究變數一樣，題目應該不會差太多；研究方法包含觀察法、調查法、實驗法及文獻分析法等；分析方法包含質性與量化研究，是否都一樣？若都一樣，要重新思考「研究架構」。

　　總之，讀者要跟其他學位論文有別，可考慮是否題目不一樣；是否研究方法不一樣；是否分析方法不一樣，往這方面去思考，就可以很快做出決定。

　　本書的研究架構重點雖然在問卷調查，但在其他觀察法、實驗法因為都具有重要的研究變數，因此也都可以適用研究架構的建立原則，當然唯一的不同是使用問卷調查法，因此需要設計問卷。問卷調查包含兩大部分：基本人口背景資料及測驗或量表，而這些變數，都是研究架構中的重要組成因素。

　　(1) 基本資料之人口或背景變項：性別、學歷、職業、年齡層、居住地、婚姻狀況、曾經有經歷過的經驗等等。

　　一般在背景變項，尤其是曾經有經歷的經驗調查，對於論文研究來講是比較容易發現並找出顯著差異的關鍵變項，在博碩士論文統計分析的運用上，幾乎都會使用 t 檢定及變異數分析，而以人口背景變項的分群去看研究變數的得分差異，是最普遍的統計技術運用。

　　曾經有經歷過的經驗之所以放到人口背景變項去的重要原因，是因為研究主

題，常常會因為有無某方面的經驗能力而可以明顯區分出來差異。例如：在研究國小足球社團學童運動參與動機、社會支持與自我效能的論文問卷設計中，加入了一題：父母親是否曾經參加過足球活動？這樣的調查可以分出兩群去檢定學童運動參與動機、社會支持和自我效能到底有無差異。又例如：2015 年畢業之鄭淑玲論文題目為〈國小教師低碳生活實踐與學校自然環境特色行銷策略之研究〉，在基本資料中有一題：「有無參與環保相關研習經驗？」，經過兩群組之 t 檢定結果，顯示有顯著差異，在其摘要揭露了這一段重要之結論：「有環保相關活動經驗的教師，在學校自然環境特色行銷策略認知上的表現，顯著優於無環保相關活動經驗的教師」。

因此如何在訂出的論文題目領域上，除了從期刊、論文研讀相關文獻資料，個人從事的豐富經驗也可以提供，也有助於發現論文關鍵的背景變項對研究變數的影響。

(2) 研究變數之測驗表或量表：包含是非題、選擇題之測驗表；或者用 5 至 7 點李克特量表做為度量的方式最好（Comrey, 1988）。測驗表或量表之所以重要，是因為它是整個量化研究的靈魂，若沒有測驗表或量表，則就無法進行 t 檢定、變異數分析、迴歸分析或相關分析等推論統計的結果分析。

博碩士論文之所以位階高於大學生畢業前的專題報告，最主要就是因為有測驗表或量表的推論統計分析，大學生只要簡單完成基本人口及主題背景的問卷調查，即使有測驗表或量表，也只要做到次數分配表、測驗表或量表得分情形的敘述統計即可以。至於要不要做推論統計，則視指導老師是否有要求統計能力較強的學生而定。

前面談到學位論文，為避免題目已經有人做過的困擾，最好至少有「三個研究變數」在研究架構內，這三個研究變數說的就是「三個測驗表或量表」，當然論文題目稀少或特殊主題的，才可考慮兩個研究變數或兩個測驗表或量表。量表設計依據李克特五點量表的規定，其特性就是加總，因此加總後有偏向正方或反方的結果；例如：以研究變數「旅遊滿意度」的量表設計，每一個題項，會以五個選項讓被調查者勾選，這五個選項的正負傾向如下：

非常滿意、滿意、普通、不滿意、非常不滿意，勾選愈左邊的愈正向；反之，則愈負向。一般在 SPSS 統計軟體輸入調查資料，習慣從非常滿意給 5 分、滿意給 4 分……依序遞減 1 分至非常不滿意給 1 分，因此一份問卷調查分析統計被調查者平均得分情形，平均分數在中心點 3 分以上的結果是偏向正向滿意度；而平均分數在 3 分以下的結果是偏向負向滿意度。

(3) 將人口背景變項與量表或測驗表繪製成研究架構圖：以問卷設計為主的研究設計，以下將分成「驗證性研究」與「探索性研究」來說明。

① **驗證性研究**：所有研究變數皆從文獻之理論而來，因此每個研究變數有完整的理論支持；換言之，量表或者測驗表的分量表都有理論根據，可以正確地表示內涵與組成，但仍需加入研究者的論述，例如：2016 年畢業之企業管理研究所黃秀娟在進行一篇有關〈嘉義縣國小教師情緒管理、防災素養對防災教育教學效能關係之研究〉，研究架構之情緒管理量表，參考文獻中情緒管理有不盡完全相同的內涵，有採用情緒的覺察、情緒的表達、情緒的調適三個因素內涵；也有文獻採情緒知覺、情緒表達、情緒調適、情緒同理等四個因素內涵的；另也有情緒的覺察、情緒的表達、情緒的調適、情緒的運用等四個因素等等，文獻大部分因素相同，部分因素內涵卻不同，這大致是因各文獻研究之對象及文化背景的差異，因此在研究內涵上會有所調整。黃秀娟因著研究的背景條件，採用了：A. 情緒覺察；B. 情緒表達；C. 情緒調適；D. 情緒運用，可參考以下範例三之研究架構圖示。

　　另外，防災素養量表的測量是混有測驗題方式的防災知識及防災技能，以及量表量測的防災態度，也可在範例三中參考其解說。

　　下列範例一，顯示是一篇含有人口背景變項及四個研究變數的因果性的研究題目，研究變數皆以李克特五點量表設計來測量，論文題目為〈影響國小教師運用農業體驗活動於校外教學行為意向之研究〉，論文題目的研究變數間有因果關係：其中校外教學行為意向為因變項，其他三個則為自變項。最左邊之方框為人口背景，讀者可看到最末之三個背景變項是在調查個人經驗，這在研究設計是非常關鍵的考量，且在差異性檢定中，常常有顯著性結果。讀者若有興趣進一步了解，可以參考其碩士論文。

　　研究架構圖中，若有單箭頭「→」表示因果關係；雙箭頭「↔」表示變數之間的相關。

　　從研究架構圖中，讀者可以清楚看到各個研究變數除了變數名稱，也包含其內涵因素，這些因素構面來源，是瀏覽文獻後，經由研究者吸收並加以論述而採用之，故可知是一種驗證性研究。

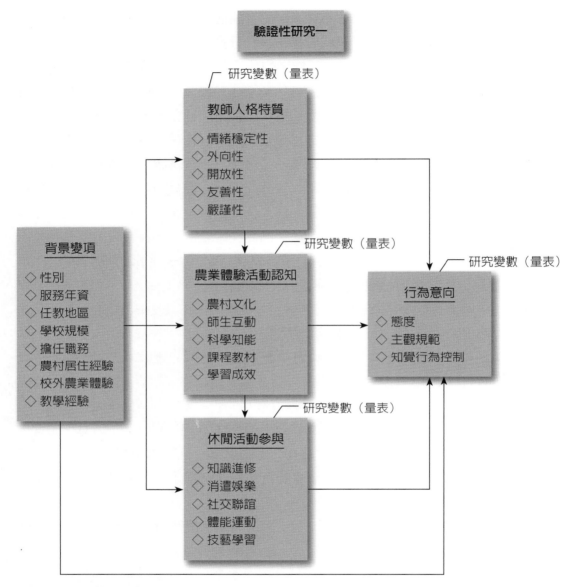

驗證性研究一

研究變數（量表）

教師人格特質
◇ 情緒穩定性
◇ 外向性
◇ 開放性
◇ 友善性
◇ 嚴謹性

背景變項
◇ 性別
◇ 服務年資
◇ 任教地區
◇ 學校規模
◇ 擔任職務
◇ 農村居住經驗
◇ 校外農業體驗
◇ 教學經驗

研究變數（量表）

農業體驗活動認知
◇ 農村文化
◇ 師生互動
◇ 科學知能
◇ 課程教材
◇ 學習成效

研究變數（量表）

行為意向
◇ 態度
◇ 主觀規範
◇ 知覺行為控制

研究變數（量表）

休閒活動參與
◇ 知識進修
◇ 消遣娛樂
◇ 社交聯誼
◇ 體能運動
◇ 技藝學習

引自：2014 楊英莉碩士論文

　　下列範例二，為 2018 碩士論文計畫書，論文題目為〈學前教保人員工作壓力、休閒需求及休閒參與之研究〉——以臺南市公幼為例，整篇研究架構包含人口背景變項及三個研究變數，三個變數是以李克特五點量表設計來測量，變數間是以相關性研究來探討。

　　研究架構中，可以清楚看到各個研究變數除了變數名稱，也包含其內涵的因素構

面，這些因素構面來源，是瀏覽文獻後，經由研究者吸收並加以論述而採用之，故是一種驗證性研究。

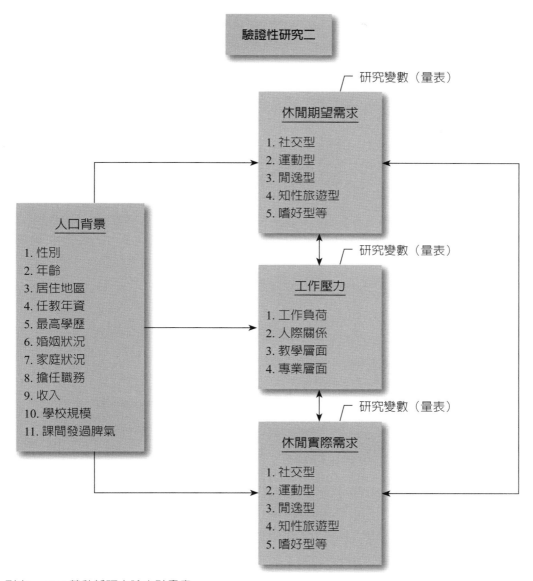

引自：2018 黃秋靜碩士論文計畫書

下列範例三，為前述黃秀娟論文，論文題目為〈嘉義縣國小教師情緒管理、防災素養對防災教育教學效能關係之研究〉，整篇研究架構包含人口背景變項及三個研究變數，三個變數是以李克特五點量表設計來測量，變數間是以因果性研究來探討。下圖研究架構中，可以清楚看到各個研究變數除了變數名稱，也包含其內涵因素，這

些因素構面來源，是瀏覽文獻後，經由研究者吸收並加以論述而採用之，故是一種驗證性研究。

　　防災素養量表含有三個因素構面，然各因素之問卷設計混合了是非、選擇題測驗題及五點量表兩類型：

A. 防災知識（測驗）：使用 4 題是非題、使用 6 題選擇題。

B. 防災技能（測驗）：使用 3 題是非題、使用 2 題選擇題。

C. 防災態度（分量表）：使用 6 題五點量表。

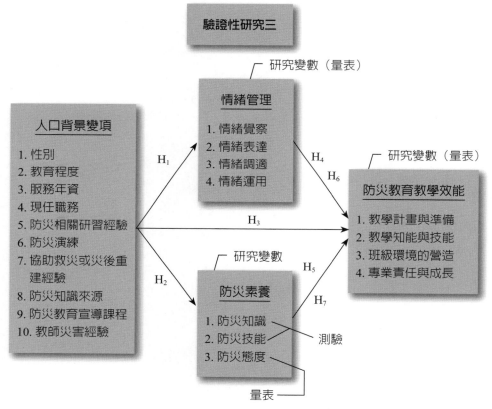

引自：2016 黃秀娟碩士論文

② **探索性研究**：部分研究變數從文獻之理論而來，已歸納建構出內涵因素構面；部分研究變數因文獻極為稀少，以致無法歸納建構出內涵因素構面。但無論是否已歸納建構出內涵因素構面，研究架構中的每個研究變數皆要有文獻期刊等理論支持。

　　換言之，已歸納建構出內涵因素構面的量表，或者測驗表的分量表可以直接填入研究架構中；無法歸納建構出內涵因素構面的量表，或者測驗表的分量表可以「**題項內容**」填入研究架構中，俟正式問卷回收後，使用因素分析之主成分分析法萃取，取得因素後，命名之，再填入研究架構中。

　　例如：下列範例一，2013 年畢業之休閒資源暨綠色產業研究所王凱媚在進行一篇有關〈國小學童低碳生活實踐、資源回收行為與綠色消費態度相關之研究 —— 以雲林縣斗六市為例〉因果性研究的探討，研究架構之資源回收行為量表及綠色消費態度量表，各因素構面皆從文獻期刊之理論瀏覽後，經由研究者吸收並加以論述而採用

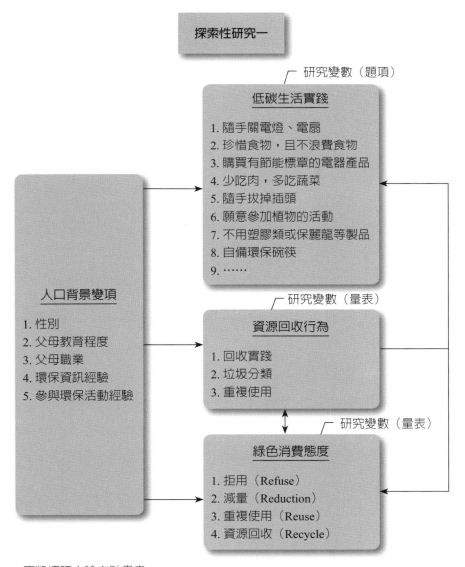

引自：2013 王凱媚碩士論文計畫書

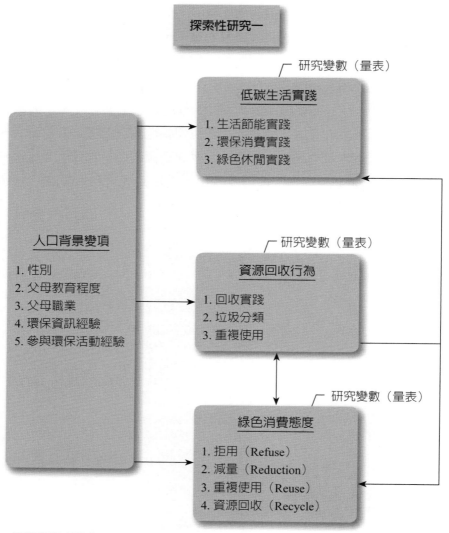

引自：2013 王凱媚碩士論文

之，如同前述之驗證性研究，唯獨低碳生活實踐量表，因為文獻來源缺少，經蒐集文獻有關之議題整理為有相關主題之問卷題項，研究變數暫時以題項表示，俟正式問卷分析萃取出因素名稱後，再修正之。

如以上兩圖所示，其中在第二圖中，學位論文已經完成時，顯示了因素分析萃取之三個命名因素：

1. 生活節能實踐。
2. 環保消費實踐。
3. 綠色休閒實踐。

　　下列範例二，爲2011許雅貞論文計畫書，論文題目爲〈雲林縣國小教師之環境覺知與環境議題關心度對環境教育教學自我效能之影響研究〉，整篇研究架構包含人口背景變項及三個研究變數，三個研究變數是以李克特五點量表設計來測量，變數間的單箭頭表示因果關係，雙箭頭則表示有相關性來進行探討。

　　研究架構中，可以清楚看到各個研究變數除了變數名稱，標示爲「研究變數（題項）」表示相關的文獻極爲稀少，而標示爲「研究變數（量表）」則表示有完整的相關文獻理論找出其中的因素構面。框架中「研究變數（題項）」的內容僅以代表性的問卷題項題目表示，正式問卷後，再使用因素分析來找出這些因素構面，值得注意的是其文獻蒐集實際上與驗證性研究的過程相同，都是要經過瀏覽文獻，經由研究者彙整並加以論述而建構出預定之研究變數名稱。唯一不同的是，驗證性研究可以確定因素構面；而探索性研究，需要設計問卷題項後，經因素分析之統計分析方法，再萃取出數個新產生的因素分別給予命名。

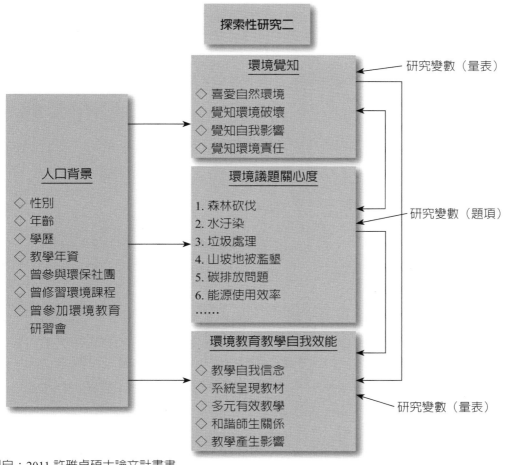

引自：2011許雅貞碩士論文計畫書

以上所顯示之圖形是許雅貞碩士論文計畫書中，探索性研究的環境議題關心度研究變數，乃使用問卷題項表示；對照本書 106 頁完成之論文研究架構，研究變數經由正式問卷並統計分析後所萃取之組成因素，並完成了因素的命名。

3.2　問卷設計與信效度分析

博碩士論文完成了前言、文獻探討及研究方法前三章，當然這當中最重要的就是本書 3.1 節所建立的研究架構，有了研究架構，也就決定確認了研究工具的進一步動作，設計問卷題項、問卷預試及問卷信效度分析，若都順利符合標準，就可以丟出正式問卷。以下將分別一步一步帶領讀者說明如何完成這些看似複雜，但其實不會白白浪費太多時間的重要歷程。

3.2.1 從研究架構圖設計問卷

在建立之研究架構圖後，研究者應該很清楚研究架構中所列出的人口背景變項及研究變數等。本單元將以 2016 年畢業之企業管理研究所黃秀娟所完成之論文〈嘉義縣國小教師情緒管理、防災素養對防災教育教學效能關係之研究〉為例，說明如下：

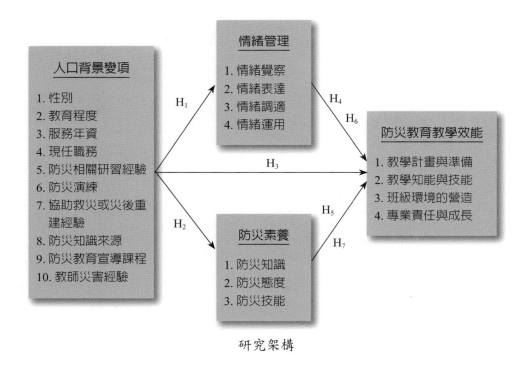

研究架構

(1)研究架構圖中之人口背景變項，即基本資料問卷設計如下：

【第一部分】基本資料

1. 性別：□男　　□女

2. 教育程度：□一般大學（含師資班或教育學程）

　　　　　　□師專、師範院校或教育大學

　　　　　　□研究所（含）以上

3. 服務年資：□ 10 年（含）以下　　□ 11～20 年　　□ 21 年（含）以上

4. 現任職務：□教師兼主任　　□教師兼組長　　□級任教師　　□科任教師

5. 請問您是否曾經參加防災研習或修習防災學分？　　□是　　□否

6. 請問您平時是從何處得到有關災害的知識或訊息？（可複選）

　　□電視　　□廣播　　□電腦網路　　□家人或親戚朋友　　□報紙雜誌　　□相關書籍
　　□研習活動

7. 在目前服務學校期間，您是否曾經參加防災演練？　　□是　　□否

8. 在目前服務學校期間，您曾經進行哪些防災教育宣導教學？（可複選）

　　□防災教育課程　　□融入教學領域　　□防災教育影片觀賞　　□無

9. 您是否曾經協助救災或災後重建工作？　　□是　　□否

10. 請問您曾經親身遭遇過哪些災害？（可複選）

　　□無　　□颱風　　□地震　　□淹水　　□土石流　　□山崩　　□火災　　□墜落
　　□龍捲風

　　人口背景變項問卷設計之原則：選項之拿捏必須盡可能設計規劃各族群預計有 30 個人以上為佳，因為關係到後續推論統計之分析檢定，例如：t 檢定是對兩個群組適用的差異性檢定方法。

　　例如：性別，有男與女兩個族群，各族群 30 個人以上，即可檢定性別在研究變數—情緒管理量表上是否有顯著差異，亦即可使用 t 檢定；若族群超過 2 個，如現任職務有四個選項，亦即有 4 個族群，各族群也最好都 30 個人以上，這時即可用單因子變異數分析檢定其在研究變數—情緒管理量表上是否有顯著差異。

　　若因為無法事前預測各族群達到 30 個人以上，也可以問卷輸入完成後，不足 30 人的族群可以併入其他族群。30 個人以上之族群在量表上之統計檢定是所謂大樣本之統計，它能符合標準常態分布之平均數抽樣分配之統計準則。

(2) 防災素養量表包含防災知識及防災技能測驗表、以及防災態度分量表，問卷設計規劃為：

① 防災知識（測驗）：使用 4 題是非題、使用 6 題選擇題。

② 防災技能（測驗）：使用 3 題是非題、使用 2 題選擇題。

③ 防災態度（分量表）：使用 6 題五點量表。

這些測驗表及量表，在相關文獻法規上已經使用多年，研究者可參考修改後即可使用，並註明出處來源。問卷設計如下：

【第二部分】防災素養調查問卷

一、知識技能：請你詳細閱讀題目後，在認為是對的題目在（ ）中打○，錯的打 ×。

1.（ ） 臭氧層破洞是造成全球暖化的主要原因之一。

2.（ ） 易燃物容器洩漏或發生其他危險，則必須緊急處置傾倒出之溶液，並保持地面乾淨，如此一來，可避免危害之發生。

3.（ ） 若遇到毒性化學物質外溢的情況，首要就是打開電風扇使空氣流通。

4.（ ） 為減少遭逢強烈地震後的損失，投保住宅地震保險制度為有效的方式。

5.（ ） 演練活動不可於校園災害防救計畫撰寫完畢前先行進行。

6.（ ） 若校地狹小，防災演練可以借用他校辦理。

7.（ ） 若在校園中遇到大規模災害，學生們應自行組成應變小組，自主行動。

二、知識技能：請你詳細閱讀題目後，在四個選項中，選擇一個最適當的答案。

1.（ ） 下列何者不是造成洪水發生的原因？(1) 人類活動範圍過度擴張 (2) 堤岸設置高度不足 (3) 防洪措施管理或操作不當 (4) 暴雨強度太大。

2.（ ） 近年來，臺灣常發生嚴重的坡地災害，甚至造成慘痛的傷亡。請問下列何者是容易發生坡地災害的地方？(1) 溪谷口、溪床、河岸 (2) 水源地、集水區 (3) 填方邊坡旁 (4) 以上皆是。

3.（ ） 火災發生時，該怎麼使用緩降機，下列敘述，何者不正確？(1) 將掛鉤確實掛在緩降機固定架的鉤環上，並將螺絲旋緊 (2) 將輪盤從開口部放下 (3) 將安全帶套在腰間，並將束環往上束緊 (4) 身體面對牆壁，採取下降姿態，下降時輕推牆壁。

4.（ ） 下列搬運傷患步驟注意事項，何者為是？(1) 移動前，先檢查全身傷勢，必要時加以固定 (2) 搬運途中輕搖患者手臂不讓其失去意識，並持續觀察傷勢 (3) 如無搬運或固定器具，放棄使用任何器材，迅速送醫 (4) 徒手搬運時，應從

傷患後方拉直其雙臂向後直行（不可橫拖）。

5.（　）滅火器的使用動作，包括 A. 噴嘴對準火苗、B. 用力壓下把手、C. 將安全栓拉出，其先後順序為何？(1)ACB (2)BCA (3)CBA (4)CAB。

6.（　）當發生電器火災的時候，應該使用哪種物品撲滅火勢？(1) 水 (2) 二氧化碳滅火器 (3) 沾溼的棉被 (4) 乾的布。

7.（　）校園防災工作籌劃中，何者不適當？(1) 研訂學校災害防救計畫 (2) 製作教育數位學習素材 (3) 建立在地化防災教學模組 (4) 傳授野外求生技術。

8.（　）火災後，主要支援協調工作，不包括下列哪項？(1) 聯絡工程人員作硬體修復 (2) 消防單位到達後，校長將現場指揮權移轉至消防單位 (3) 連繫自來水單位集中供水，以利救災 (4) 連繫慈善團體協助安置受傷人員、連繫警政單位協助救災。

三、防災態度：請依照您個人對問題的實際情況或感受，在適當的□中打「✓」

	非常同意	大部分同意	部分同意	不同意	非常不同意
1. 熟悉疏散避難計畫是防災工作中很重要的一環，所以我應該多了解學校所擬定的防災計畫工作內容，並參與防災教育。	□	□	□	□	□
2. 我能將平常所學的防災知識、技能，來協助學校規劃防救計畫。	□	□	□	□	□
3. 為了避免社區火災產生，大家都圍堵在逃生梯而造成傷亡，我會向大家宣導擬定避難疏散計畫的重要性。	□	□	□	□	□
4. 宣導防災準備工作的成效愈高，愈能減少災害所耗損的社會資源。	□	□	□	□	□
5. 剛進入公共建築物時，我應該優先確認逃生出入口及逃生器材的位置。	□	□	□	□	□
6. 平時應該定期檢查瓦斯、水、電管線之安全，可以確保在地震時，管線不會輕易鬆脫或是斷裂，造成火災之發生。	□	□	□	□	□

(3) 情緒管理量表包含情緒覺察、情緒表達、情緒調適、情緒運用四個分量表，

問卷設計如下：

【第三部分】情緒管理調查問卷

填答說明：請依照您個人對問題的實際感受，在適當的□中打「✓」。

	完全符合	大致符合	部分符合	很少符合	全不符合

〔情緒覺察〕

1. 我能清楚察覺自己在教職工作上的情緒變化……… □ □ □ □ □

2. 我知道影響自己心情好壞的原因……………… □ □ □ □ □

3. 我能由學生的言談舉止，知道他的情緒狀況…… □ □ □ □ □

4. 當我在教職上有不適當的情緒反應時，我能很快察覺…… □ □ □ □ □

〔情緒表達〕

5. 工作時，我不會因為心情不佳而遷怒他人……… □ □ □ □ □

6. 在工作上，當我與他人意見不同時，我能心平氣和的溝通… □ □ □ □ □

7. 在教職工作中，我能表達自己真實的想法和感受………… □ □ □ □ □

〔情緒調適〕

8. 我能很快跳脫教職工作帶給我的情緒低潮………… □ □ □ □ □

9. 進行教學工作時，若出現負面情緒，我能緩和情緒以調適心情……………… □ □ □ □ □

10. 教學時，我能時常保持愉快樂觀的心情……… □ □ □ □ □

11. 我能尋求學校同事、長官的安慰或支援，以紓解負面的情緒 □ □ □ □ □

〔情緒運用〕

12. 在教職工作中碰到困難，我能積極面對不逃避……… □ □ □ □ □

13. 我能轉換思考角度，以樂觀正向的態度設法去解決教職上的問題……………… □ □ □ □ □

14. 我能運用溝通技巧來提升學校裡的人際關係……… □ □ □ □ □

15. 在教職工作上，不因情緒問題影響我的表現……… □ □ □ □ □

　　以上問卷表格之四個組成因素，亦即情緒覺察、情緒表達、情緒調適、情緒運用四個分量表（即因素構面），每個分量表之題項設計，至少要 3 題，因此研究者在設計預試問卷時，最好多設計幾題，一般而言，3～5 題以上即可，這是因為在預試分析時，可能會有刪題之情況發生，甚至刪題後，分量表只有 1 題存在，因此要多設計一些題項。在正式問卷時，若每個分量表都有 3 題以上，在解釋研究架構理論上會較有說服性。

　　(4) 防災教育教學效能量表包含教學計畫與準備、教學知能與技能、班級環境的營造、專業責任與成長四個分量表（因素構面），問卷設計如下：

【第四部分】防災教育教學效能調查問卷

填答說明：請依照您個人對問題的實際感受，在適當的□中打「✓」。

	非常同意	大部分同意	部分同意	不同意	非常不同意
〔教學計畫與準備〕					
1. 能因應防災教育尋找妥適的教學資源	□	□	□	□	□
2. 能根據教學目標，設計適當防災教學活動	□	□	□	□	□
3. 具有任教防災教育充足的知識	□	□	□	□	□
4. 防災教育能適當的融入教學領域	□	□	□	□	□
〔教學知能與技能〕					
5. 進行防災教育教學時，我會應用不同的教學技巧，來引起學生的學習興趣	□	□	□	□	□
6. 進行防災教育教學時，對於學生良好的表現，我會加以肯定、讚美	□	□	□	□	□
7. 我能根據學生個別差異，給予不同的防災教育指導方式	□	□	□	□	□
〔班級環境的營造〕					
8. 進行防災教育教學時，我會給予學生自我表達的機會	□	□	□	□	□
9. 我能營造安全的防災教育環境	□	□	□	□	□
10. 我能指導學生安全使用防災教學設備	□	□	□	□	□
11. 進行防災教育教學時，我能保持良好的師生互動	□	□	□	□	□

〔專業責任與成長〕

12. 我會配合防災教育教學需要，進行分組討論或實地演練等教
學方式‧‧‧ □ □ □ □ □

13. 防災教育教學後，我會反省、檢討自己教學上的得失‧‧‧‧‧‧ □ □ □ □ □

14. 遭遇防災教育教學困境時，我能與他人討論尋求解決‧‧‧‧‧‧ □ □ □ □ □

15. 我能主動吸收與防災教育有關的新知‧‧‧‧‧‧‧‧‧‧‧‧‧‧‧‧‧‧‧ □ □ □ □ □

　　綜整以上，研究者在設計問卷上，都可以參考文獻期刊上所使用之問卷題項，但是要使用時仍須特別注意，各種問卷的對象、時空及背景等都不會完全一樣，因此格外注意要適度修改為自己可用的問卷題項。提醒讀者，有些參考文獻的問卷設計因為年代久遠，經過沿用多次，可能已經不適用，或有錯誤及誤植之情況。

　　只要讀者研讀文獻時，熟讀研究變數之定義，亦即對於量表及分量表之內涵意義，清楚明白，也可以自行設計問卷題項，至於問卷的更多設計技巧，可以參考相關問卷設計的專書。另外設計問卷調查題項總數，盡可能不要超過 80 題，書面問卷之張數也不要超過 5 頁，也有研究者使用 Google 表單設計問卷調查，其研究對象較有侷限性，謹慎使用也未嘗不可。

　　(5) 問卷編製原則：編製問卷題項是一門藝術（art），好的題項可使受試者較容易回答，而不好的題項則會使受試者不知如何回答。編製的問卷題項需考慮以下原則（引用修改自姚開屏及陳坤虎於職能治療學會雜誌發表之〈如何編製一份問卷：以健康相關生活品質問卷為例〉特稿）：

　　① 題項需清楚易懂：例如：「我喜歡棒球」，非常清楚明確。

　　② 題項需只有單一中心主題：一個題項只能問單一主題，不能問兩個或以上的主題。例如：「我喜歡棒球及游泳」，這題所描述的有兩個主題，一為是否喜歡棒球；另一為是否喜歡游泳。如果受測者只喜歡其中一項，則不知該如何回答此題項。

　　③ 題項需避免模糊的陳述：例如：「我常常玩棒球」，「常常」的定義不是很清楚，且依每個人的認知而有所差異，故避免使用。這樣類似的語詞還有：通常、經常、偶爾、很少、大概等。

　　④ 題項需避免雙重否定：例如：「我不是不喜歡棒球」，容易造成受測者混淆題項的意思。

　　⑤ 題項要簡短、扼要，避免太過冗長。

　　⑥ 題項應避免使用困難的字彙、俗語或專業用詞。

⑦ 需考慮受測者的閱讀能力來編寫題項的內容及所用字詞。

⑧ 需考慮受測者的生理能力：例如：身障人士如何回答題項。

⑨ 題項儘量避免用負向字（negative word）：如「我今天不快樂」，「不」就為負向字。

⑩ 正向題項為主及反向題項安插數題：正向題項如「我喜歡棒球」，反向題如「我討厭棒球」，而不是「我不喜歡棒球」。

⑪ 所問的問題是受試者可以圈選的，也就是說每一個人都有可回答的答案。

⑫ 避免太普遍或太不可能的問題：如「我喜歡好人」，這種題項幾乎所有的受試者都會有肯定的答案，所以不適合當作題項，除非有特殊的目的，例如：要檢驗受試者是否認真回答問題，就可用如「我出生在土星」等類似題項參雜於問卷中，來檢測受試者回答的認真程度。

⑬ 盡量避免使用敏感性或侵犯隱私的問題：除非有特別的目的或需要，應盡量避免使用不必要的敏感性問題，如「你是否有性幻想」。

⑭ 不用假設或猜測的語句：如「假如我有一百萬，我會去旅行」，這類題目是屬於假設性問題，但並不一定是受試者現今真實的情況，所以應盡量避免使用此類題項。

⑮ 避免「暗示性」的問題或字眼，例如：你最近有沒有回「家」。

⑯ 避免使用「社會期許」（social desirability）問題：如「我會遵守交通規則」。

3.2.2 專家效度與問卷預試

辛苦完成了問卷設計，這時還需要檢查問卷是否真的有效，最方便快速的方法是找 2～3 位有關論文題目專業領域之專家或學者，檢視是否刪題或修正問卷題項，此為專家效度，也稱為內容效度（content validity），也就是以研究者的專業知識來主觀判斷所選擇的尺度是否能正確的衡量研究所欲衡量的東西。

確認修正或刪除了專家學者所建議的題項後，即可發出預試問卷。預試問卷要發放多少份？一般都在 60 份以上，但仍需視問卷內容及所用研究方法而定，以下有三點原則可參考運用：

1. 各量表之題項，以最多題項數目之量表乘上 3～5 倍，若量表的因素都為可確認因素（構面）個數的組成，可用以上 3 倍人數份數，來做為預試樣本（吳明隆、涂金堂，2009）。

2. 若要使用探索性研究找出萃取因素的量表，則要進行因素分析，Gorsuch（1983）建議樣本數最少爲題項數的 5 倍，且要大於 100 爲宜。

3. 預試發放對象雖跟正式問卷對象一樣，但可以較容易取得的樣本來蒐集分析即可。

預試問卷輸入：在 SPSS 建立預試問卷的基本電子檔案，以備問卷回收時資料之輸入。當打開 SPSS 軟體，會產生新的資料檔，包含變數檢視及資料檢視兩部分，以下將圖說兩部分之建立變數與輸入資料：本書內之解說與截圖完全以 SPSS 18 版爲主，讀者使用之版本若在 25 版以後，其功能上並無差別。

(1) 滑鼠左鍵點選 變數檢視 ：電腦上打開 SPSS 軟體，可看到未命名之空白資料，畫面中有變數檢視及資料檢視兩部分，都是空白，無任何資料。

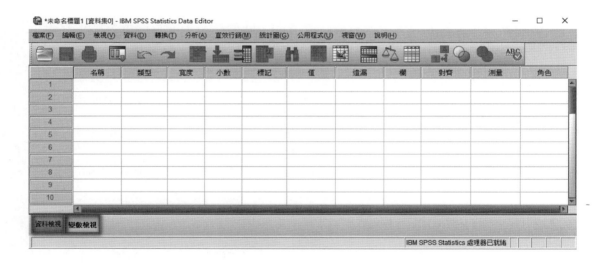

(2) 建立問卷編號：首先在變數檢視中，建立問卷編號及研究架構中所有的變數名稱，變數名稱建議使用簡短英文，以自己可以辨認了解即可，畢竟進行 SPSS 的操作，都是自己在操作。若英文實在無法辨認區分，再使用中文名稱，但不建議名稱太長，免得跑得報表到處都是冗長的中文……。

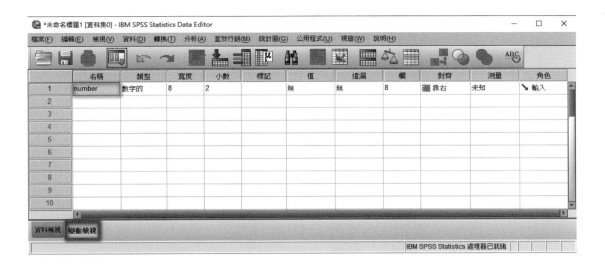

(3) 調整變數的參數值：如**小數**、**測量**等。由於問卷的輸入數值幾乎都是整數，**小數**可取 0；所有人口背景的調查變數，都是屬於**名義**變數。

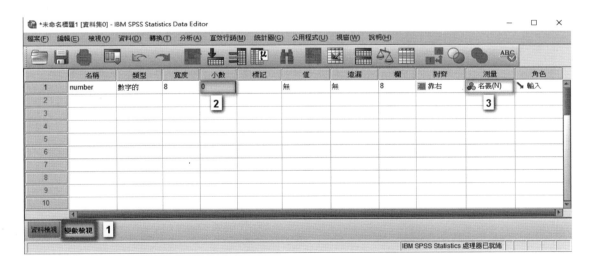

(4) 輸入性別：此時變數名稱為問卷之實際內容，因為爾後問卷回收輸入的都是數字代號，因此需要給予**值**的定義，如男生 1、女生 2。

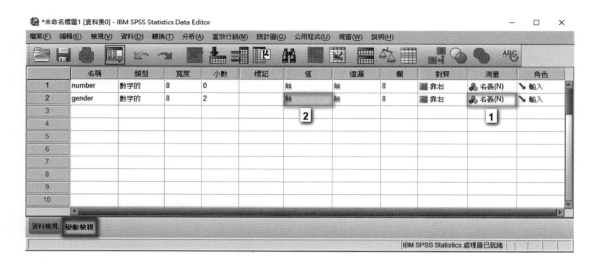

(5) 滑鼠左鍵點選 值：輸入男生 1，按 新增，再輸入女生 2，按 新增，然後按 確定。

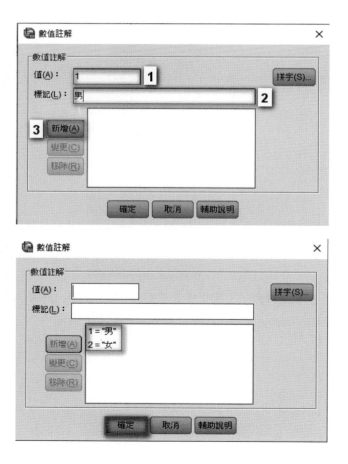

　　(6) 輸入其他人口背景變數：因為都有兩個選項以上，都需要依照如性別方式去
輸入數值註解，完成後，此一部分算是輸入完成了。

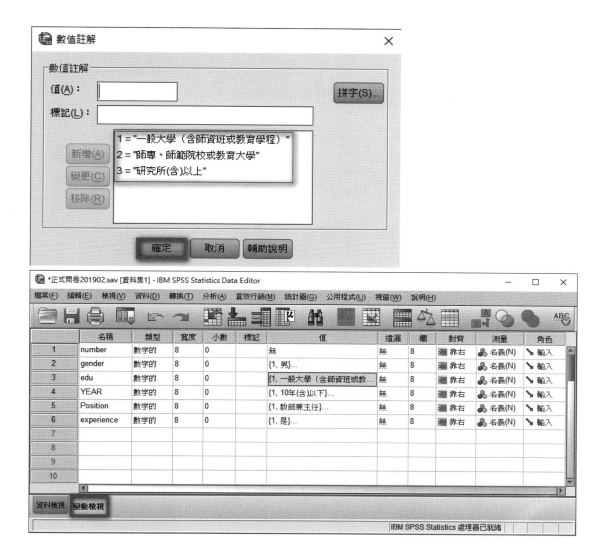

　　(7) 複選題之輸入：每一個勾選的選項都要設計 1 題，有勾選的問卷輸入 1；無
勾選的輸入 0。

例如：請問您平時是從何處得到有關災害的知識或訊息？（可複選）

　　　　□電視　　□廣播　　□電腦網路　　□家人或親戚朋友　　□報紙雜誌

　　　　□相關書籍　　□研習活動

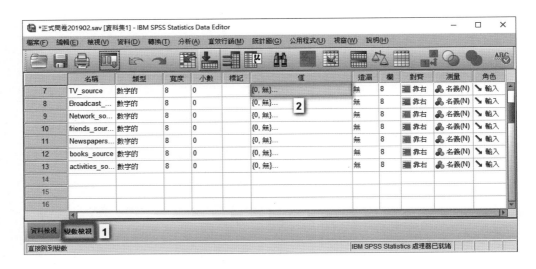

上述複選題共有 7 個選項，分別設計 7 題，有勾選輸入 1；無勾選輸入 0。

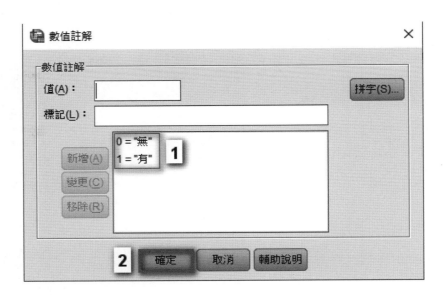

(8) 量表輸入：若使用李克特五點量表編製，分別依據正負傾向順序給予 5、4、3、2、1 分，亦即愈正向的選項分數愈高。

例如：以下情緒管理量表（四個因素構面，共 15 題）

(一) 情緒覺察能力（4 題）

    1. 我能清楚察覺自己在教職工作上的情緒變化。

    2. 我知道影響自己心情好壞的原因。

    3. 我能由學生的言談舉止，知道他的情緒狀況。

　　4. 當我在教職工作上做出不適當的情緒反應時，我能很快察覺。

(二) 情緒表達能力（3題）

　　5. 我不會因為教職工作心情不佳而遷怒他人。

　　6. 在工作上，當我與他人意見不同時，我通常能理性平和的溝通。

　　7. 在教職工作中，我能表達自己真實的想法和感受。

(三) 情緒調適能力（4題）

　　8. 我能盡快跳脫教職工作帶給我的情緒低潮。

　　9. 進行教學工作時，若出現負面情緒，我能緩和情緒以調適心情。

　　10. 教學時，我能時常保持愉悅樂觀的心情。

　　11. 我能尋求學校同事、長官的安慰或支援，以紓解負面的情緒。

(四) 情緒運用能力（4題）

　　12. 在教職工作中碰到困難，我能積極面對不逃避。

　　13. 我能轉換思考角度，以樂觀正向的態度設法去解決教職上的問題。

　　14. 我能運用溝通技巧來提升學校裡的人際關係。

　　15. 在教職工作上，不因情緒問題影響我的表現。

　　量表輸入如下兩圖所示。第一圖為題項名稱輸入，第二圖為五點量表數值註解輸入，依據給定分數，在回收問卷後，按填答情形輸入數值。

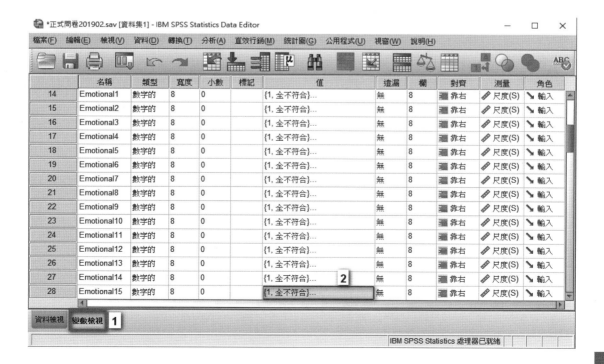

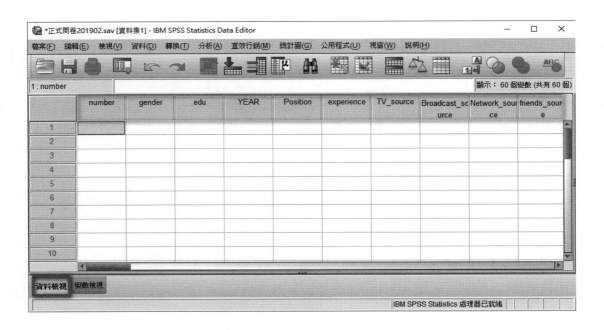

(9) 滑鼠左鍵點擊 資料檢視 開始輸入資料：前面**變數檢視**所建立的變數名稱，在**資料檢視**畫面已經都呈現，等待輸入。每一橫列代表一份問卷資料，因此在書面問卷上給予編號，並在電腦**資料檢視**的 number 處對映此一編號後，依序輸入此份問卷 gender、edu、YEAR……等資料，記得輸入之數字要依據**變數檢視**中所定義**值**輸入喔！

(10) 開始輸入所有問卷調查資料後，將在下一節中繼續進行信、效度分析。

	number	gender	edu	YEAR	Position	experience	TV_source	Broadcast_source	Network_source	friends_source	Newspapers_source	books_sou...	activities_source
1	1	2	3	3	1	1	1	0	1	0	0	0	1
2	2	2	2	2	3	1	1	0	1	0	1	1	0
3	3	1	3	2	1	1	1	1	0	0	0	0	1
4	4	2	3	1	3	1	1	1	1	1	1	1	1
5	5	2	1	3	3	1	1	1	1	0	0	1	1
6	6	1	3	3	2	1	1	0	1	0	0	0	1
7	7	1	2	2	3	1	1	0	0	0	1	0	1
8	8	2	2	2	4	1	0	0	0	0	1	0	1
9	9	2	3	2	2	1	1	0	0	0	0	0	0
10	10	2	2	2	3	1	1	1	1	0	1	0	0
11	11	2	2	2	4	1	1	1	1	0	0	0	1
12	12	2	1	2	3	1	1	0	0	0	0	0	1
13	13	1	2	3	1	1	1	0	1	0	0	0	1
14	14	1	2	3	3	1	1	0	1	0	0	0	1
15	15	1	2	3	3	1	1	1	1	0	1	0	1
16	16	2	1	2	3	2	0	0	1	0	1	0	1
17	17	1	2	2	3	2	1	0	1	0	1	0	1
18	18	2	1	3	3	1	1	0	1	0	1	1	1
19	19	1	3	2	3	1	0	0	1	1	1	1	1
20	20	1	3	2	4	2	1	0	1	0	1	0	0

3.2.3 信、效度分析

　　信、效度分析：所謂「信度」是衡量沒有誤差的程度，也是測驗結果的一致性（consistency）程度，信度是以衡量的變異理論為基礎，本書將介紹普遍使用之內在信度（Cronbach α）。

　　所謂「效度」是指衡量的工具是否能真正衡量到研究者想要衡量的問題，除前面介紹之專家內容效度外，本書也使用研究生極其普遍採用的建構效度（construct validity）。在進行信、效度分析時，反向題的問題要進行轉換後（即 5 分變成 1 分，4 分變成 2 分，3 分不變，2 分變成 4 分，1 分變成 5 分），再進行信、效度分析。

　　1. 反向記分處理：反向題在 SPSS 處理時，要將其轉換成正向題，以利統計分析。但什麼是正向？什麼是負向？要視量表的名稱而定，如果量表的所有題項都是在測量樣本對於某些行為的負面影響的觀點，那不能稱為負向題，例如：探討工作壓力或憂鬱指數等量表，這時就無法去嚴格區別正向與負向，只能說他的工作壓力負荷很高或很低、他的憂鬱指數傾向較高或較低去描述量表的分數，總之在設計問卷題項

時，不管對於任何正、負向的量表，研究者常習慣設計一些反向的題項在量表內，只要量表內所有題項的意義方向是一致的，就可用李克特量表的定義去加總分析，因此設計一些反向題項時，記得在信、效度分析前要做轉換的動作。

(1) 按選 轉換 → 重新編碼成同一變數

(2) 將反向題拉入**數值變數**：例如，B7、B12 及 B25 三題為反向題

(3) 點擊 舊值與新值 ：5 分變成 1 分，4 分變成 2 分，3 分不變，2 分變成 4 分，1 分變成 5 分，每變更一對數值，要按**新增**，需做四次。

(4) 點擊 繼續 ：回到 (2) **重新編碼成同一變數**後，按下**確定**，即可同步完成變更 B7、B12 及 B25 三題所有問卷填答資料之分數轉換。讀者可以檢視這三題內所有輸入的數字已經完全更換，與原先輸入資料不一樣。

在正式問卷中，此一部分反向轉換也需特別注意，要在各種敘述統計及推論統計分析之前，就要轉換完成，以免統計分析錯誤。為了保險起見，建議把各種版本各存一份，例如：原始輸入資料一份、反向轉換後一份，都存一份，以便將來若還需要回頭檢視，如此會比較周全。

(5) 報表匯出：信度或效度分析的報表，因為要在論文中使用，需要轉為 WORD 檔案，才能較為方便編輯及複製。

按選 檔案 → 匯出 ，建立檔名存入電腦，即可打開使用，另在 SPSS26 版中又多了「匯出為 Web 報告」選項，亦可依需要使用之。

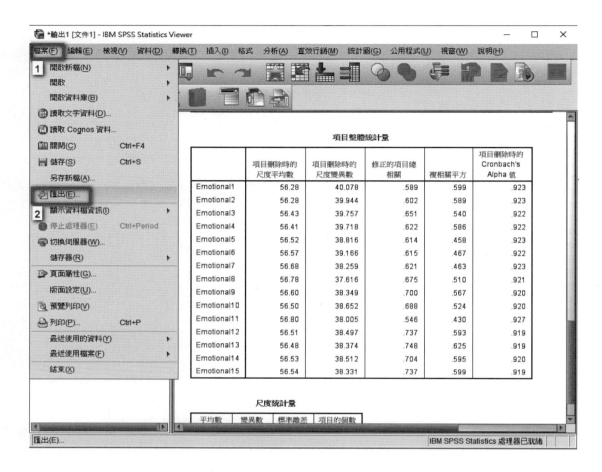

2. 效度分析：由於問卷到底有無真正有效衡量，是此份問卷是否可用的關鍵，若可用則才可以進行信度分析；若效度有問題，則一般需要重新設計問卷，只好重來。

效度只對問卷中的量表來進行，其他人口背景變項則無關信效度；效度是針對量表的題項來進行，不能使用變數轉換後的變數來作，可以整份量表來做分析，也可以針對量表中的各因素分量表來作；若問卷中有是非或選擇題的測驗卷，則需進行區分度及難度來評估優劣，讀者可上網查詢相關計算原理及操作說明。

(1) 按選 分析 → 維度縮減 → 因子 。

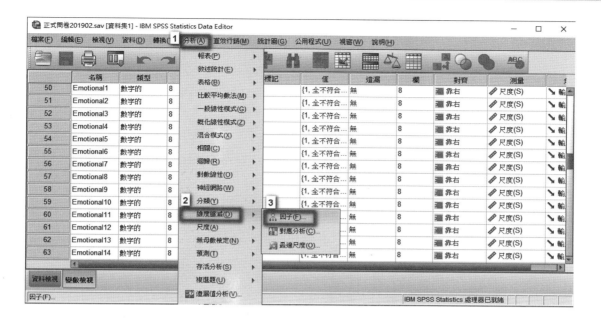

(2) 把上述共 15 題之情緒管理量表使用 Shift 鍵選取，拖曳到**變數**框。

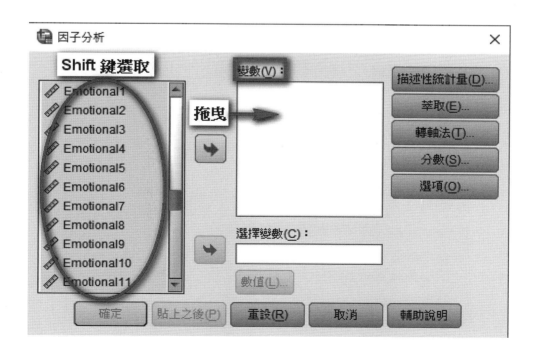

(3) 點擊 描述性統計量 ，勾選**單變量描述性統計量**以及 KMO 與 Bartlett 的球形檢定，再按**繼續**。KMO 即是一般的建構效度指標，若球形檢定結果達到顯著，則可

以進行因素分析的討論。

(4) 點擊 萃取 處已經內定主成份分析方法，無須再設定。

(5) 點擊 轉軸法 ，選取 最大變異法 ，按繼續即可，雖其他方法也可以，有關轉軸法專業解釋及應用，讀者可上網查詢。

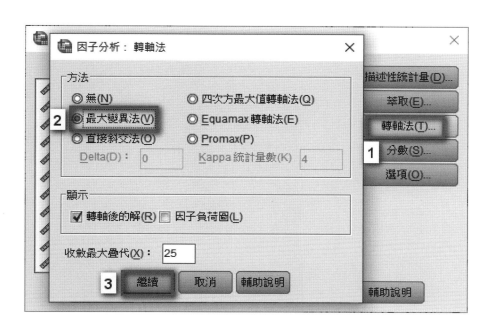

(6) 點擊 分數 處，並不需要設定。最後點擊 選項 ，在做探索性研究萃取因素時，記得一定要勾選**依據因素負荷排序**，在做預試時，可以不需勾選，按繼續，進行下一步驟。

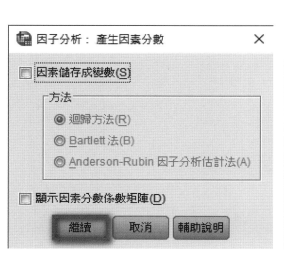

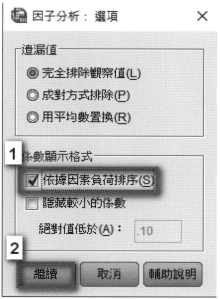

(7) 設定了以上這些參數後，便可以在因子分析左下方按**確定**，以執行報表。

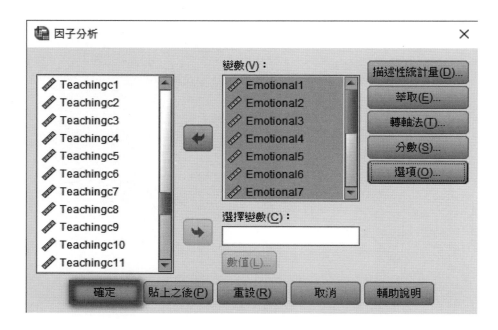

(8) 產生報表，如附圖有**敘述統計**資料及 KMO 與 Bartlett 的**球形檢定**結果。

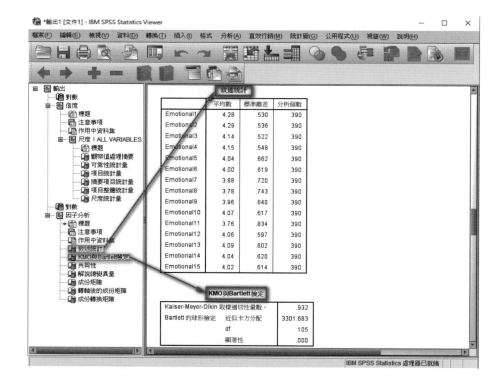

KMO 值為 0.932，且**球形檢定**結果達到顯著水準，可以進行因素分析。

建構效度（或稱構念效度）指問卷或量表能測量到理論上的構念或特質之程度。建構效度有兩類：收斂效度與區別效度。而檢測量表是否具備建構效度，最常使用之方法為因素分析法。同一因素構面中，若各題項之因素負荷量（factor loading）愈大（一般以大於 0.5 為準），則愈具備「收斂效度」，此一部分可在**轉軸後的成分矩陣**來查看，此一部分將留在 4.1.8 節因素分析與命名來討論。若問卷題項在非所屬因素構面中，其因素負荷量愈小（一般以低於 0.5 為準），則愈具備「區別效度」。而 KMO 值，一般最好在 0.6 以上，KMO 值愈低，愈不適合進行因素分析。

3. **信度分析**：順利完成了效度分析，且 KMO 值也在 0.6 以上時，可進行信度分析；信度分析與效度分析相同，都只可以對量表的題項來進行，不能使用變數轉換後的變數來作，可以整份量表來作分析，也可以針對量表中的各因素分量表來作；若問卷中有是非或選擇題的測驗卷，則如前述需進行區分度及難度的分析評估。

(1) 按選 分析 → 尺度 → 信度分析 。

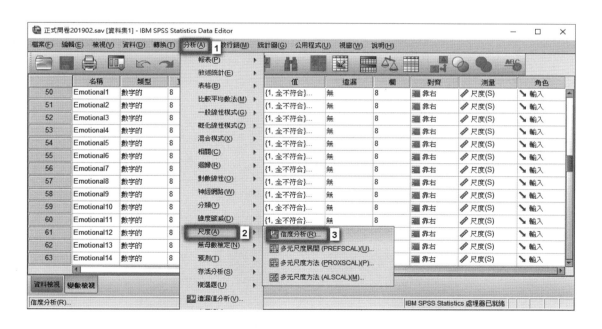

(2) 把上述共 15 題之情緒管理量表使用 Shift 鍵選取，拖曳到項目框框。

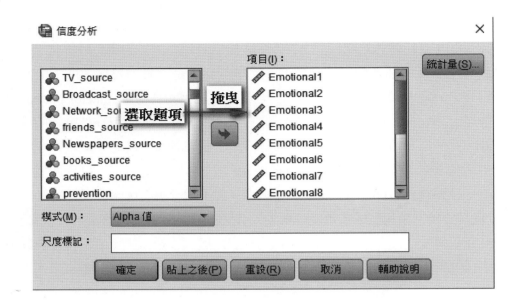

(3) 點擊 統計量 ，勾選項目、尺度、刪除項目後之量尺摘要以及平均數，按繼續。

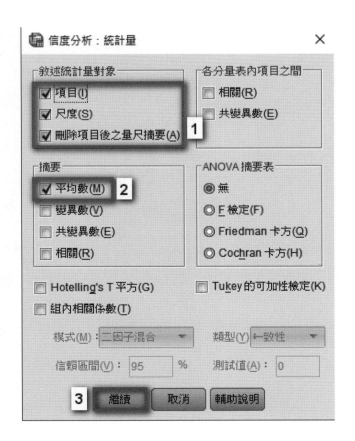

(4) 按 確定 ：以上參數設定完成，直接按下**確定**，即可產生報表。

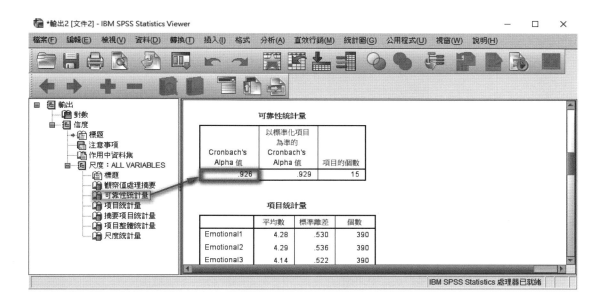

報表中 Cronbach's α 值為 0.926，一般信度 Cronbach's α 值在 0.6 以上時，是可接受的。

4. **報表匯出**：信、效度分析的報表，需在論文中使用，可轉為 WORD 檔案，才能較為方便編輯及複製。

按選 檔案 → 匯出 ，建立檔名存入電腦，即可打開使用。

3.3 正式問卷編輯

經由預試之信、效度分析，可以篩選不佳的題項，進行修改或直接刪除而變成正式問卷。

1. **效度分析的題項刪除原則**：若進行探索性研究，在轉軸後的成份矩陣觀察，同一因素構面中，若各題項之因素負荷量（factor loading）愈大（一般以大於 0.5 為準），則愈具備「收斂效度」。若問卷題項在非所屬因素構面中，其因素負荷量愈小（一般以低於 0.5 為準），則愈具備「區別效度」。

下表共萃取 4 個成份，其中 C15 題為第 2 成份，因素負荷 0.592 具備「收斂效度」，但它在第 1 成份因素負荷為 0.553，超過 0.5 不具備「區別效度」；另外，C12

雖然因素負荷 0.812，但在第 4 成份中只有一個題項，不足以單獨形成完整之因素構面，因此上述預試之 C12 及 C15 題項可考慮刪除，但讀者切記這是針對探索性研究而言，對驗證性研究則可忽略。

轉軸後的成份矩陣ᵃ

	元件			
	①	②	③	4
C6	.783	.150	.329	.247
C1	.756	.243	.125	.106
C7	.752	.231	.283	.178
C3	.724	.445	-.116	.010
C8	.689	.347	.179	.227
C5	.678	.337	.078	-.147
C2	.676	.250	-.012	-.214
C4	.548	.335	-.040	-.485
C9	.506	.434	.238	.338
C14	.255	.765	-.027	-.035
C18	.213	.683	.183	-.084
C13	.212	.624	.089	.400
C20	.438	.622	.068	-.027
C16	.183	.609	.444	-.087
C15	.553	.592	-.019	.153
C10	.268	.550	-.059	.041
C17	.370	.521	.493	.116
C11	.006	-.084	.794	-.086
C19	.402	.429	.545	.059
C12	.104	.042	-.093	.812

萃取方法：主成分分析。

旋轉方法：旋轉方法：含 Kaiser 常態化的 Varimax 法。ᵃ

a. 轉軸收斂於 8 個疊代。

2. 信度分析的題項刪除原則：不論是探索性或驗證性研究，在項目整體統計量表中之修正的項目總相關觀察是否小於 0.4 以下。

　　其中預試題項之 C11、C12 的相關係數各為 0.097、0.116，皆遠小於 0.4 以下，可考慮刪除。

項目整體統計量

	項目刪除時的尺度平均數	項目刪除時的尺度變異數	修正的項目總相關	複相關平方	項目刪除時的 Cronbach's Alpha 值
C1	71.80	203.070	.702	.651	.912
C2	72.22	205.993	.563	.525	.915
C3	71.66	200.861	.737	.754	.911
C4	72.26	208.949	.477	.514	.916
C5	71.66	201.911	.667	.610	.912
C6	71.41	202.165	.720	.732	.911
C7	71.30	201.917	.732	.730	.911
C8	71.28	202.146	.732	.713	.911
C9	71.05	207.473	.694	.679	.913
C10	71.68	205.964	.475	.405	.917
C11	71.28	222.780	.097	.298	.923
C12	72.53	218.014	.116	.347	.929
C13	71.21	206.977	.563	.522	.915
C14	71.59	201.591	.610	.577	.913
C15	71.32	201.825	.754	.694	.911
C16	71.33	207.650	.558	.578	.915
C17	71.34	204.544	.694	.650	.912
C18	71.59	204.482	.575	.583	.914
C19	71.50	202.015	.666	.633	.912
C20	71.87	200.449	.695	.634	.911

　　3. 綜整確認題項及發出正式問卷：在以上信度及效度分析中，對探索性研究而言，包含 C11、C12、C15，而效度分析第 3 成份包含 C11 及 C19，觀察 C19 因素負荷 0.545，而其在非所屬因素構面第 1、2 成份中因素負荷分別為 0.402、0.429 極為接近 0.5，因而「區別效度」較差，因此可以考慮刪除，而最終只保留第 1、2 因素成份組成；但若對驗證性研究來說，可以免去效度的因素分析，只要刪除 C11、C12 兩題即可。

(一) 預試分析撰寫

讀者在學位論文第三章研究方法有關研究工具一節，可以描述預試問卷的編製及信、效度分析等，撰寫之章節順序可參考如下：

1. 預試問卷的編製：包含人口背景基本資料、各量表因素構面之介紹說明。
2. 預試問卷的審查及施測：說明專家效度如何進行、問卷之發放方式等。
3. 預試問卷信、效度分析：如前述之各量表及整份問卷之信、效度加以說明，刪題之依據及解說，相關的表格數據都可放在**研究方法**這一章。

(二) 抽樣設計

經修正或刪除預試不佳之題項後，即可發出正式問卷，但正式問卷之發放必須要先事先規劃設計，因此若研究之母體很龐大，則需要抽樣設計，然後始可進行發放。

四種常用之隨機抽樣方法：

1. 簡單隨機抽樣（simple random sampling）：母體中所有可能的樣本，其被抽出的機率均相等的抽樣方法。一般常用抽籤法及亂數表法兩種方式。

2. 系統抽樣（systematic sampling）：將母體個數為 N 的資料依序由 1 至 N 加以編號，並給一個抽樣間隔 k，然後以簡單隨機抽樣的方式，從第一組區間中抽出一個樣本，以此數為起點，每隔 k 個單位時間抽取一個樣本，直到抽取所需之樣本為止。

3. 分層抽樣（stratified sampling）：將母體按其差異性分為若干個次群體，稱之為層，任兩個層的交集為空集合，且所有層的聯集為整個母體，然後在各層中依其母體的比率以簡單隨機抽樣法抽出各層之隨機樣本，下列範例可做為參考。

表 3-1　嘉義縣國小教師發放學校比例及份數統計表

學校規模	學校數	教師數	比例	正式發放份數	正式發放學校數
6 班（含）以下	68	544	29.03%	125	16
7 到 12 班	32	478	25.51%	110	9
13 到 24 班	14	358	19.10%	82	4
25 班（含）以上	10	494	26.36%	113	3
總計	124	1,874	100%	430	32

表 3-2　南投縣行政區域劃分及國小三到六年級抽樣班級數分配一覽表

行政區域	所包括之市鄉鎮名稱	班級數	國小班級比例	抽樣比例	抽樣班級數
縣轄市	南投市	288	2	2	54
鎮	竹山鎮、埔里鎮、集集鎮、草屯鎮	702	5	5	135
鄉	名間鄉、鹿谷鄉、水里鄉、中寮鄉、國姓鄉、魚池鄉、信義鄉、仁愛鄉	536	3	3	81

表 3-3　雲林縣斗六市國小高年級學生數分布與抽樣樣本分配統計表

學校規模	學校數（所）	高年級學生數（人）	所占全市高年級比例	抽樣學校數（所）	每校抽樣班級數（班）	抽樣數		問卷數（份）
小型學校	4	326	10.2	2	1	A 校 B 校	六 24 五 18	42
中型學校	2	226	7.1	1	1	C 校	五 30	30
大型學校	7	2,642	82.7	7	1-2	D 校 E 校 F 校 G 校 H 校 I 校 J 校	六 34 六 31，五 29 六 28 六 31，五 31 六 30，五 29 五 31 六 31，五 30	335
合計	13	3,194	100%	10	-	10 校	17 班	407

4. 集群抽樣（cluster sampling）：將母體依其相似性，分成若干的次群體，稱為集群，使得任兩個集群的交集為空集合，且所有集群的聯集為整個母體，然後利用簡單隨機抽樣，抽出若干集群。

(三) 發出正式問卷

依據設計好的抽樣方法，可以郵寄或親自送問卷調查樣本至機關學校等，並以現場或郵寄回收為原則。

回收率＝（實際完成詢問的個案數／計畫完成的樣本總個案數）×100％

　　要進行學位論文分析和口頭報告撰寫時，問卷回收率至少要有 50% 才足夠；60% 才算好；70% 則是非常好。

　　回答不完全或漏答、單選題卻被回答成複選題、回答者的資格不符（職務、年齡或性別）等等的問卷都算是無效問卷，可予以剔除。

第 **4** 章
學位論文統計分析教戰手冊

筆者二十多年來指導研究生撰寫論文的經驗，發現研究生常常鑽入「牛角尖」裡，白做工而浪費太多的寶貴時間。筆者苦思如何開導啓發這些研究生能夠去思考理解自己認知的盲點，點醒迷思並激起其想像力、磨練其邏輯能力。從蒐集文獻來建立研究架構到蒐集 DATA、分析資料、詮釋資料、撰寫論文，以至準備學位考試，其實這些研究生很努力，也都很敬業樂群，只要多鼓舞他們動手去做，沒有難成的事！

熟悉本書第 2 章統計分析概念的讀者，在本章的閱讀操作中，將如魚得水般的操作自如，但即使沒有時間瀏覽的讀者，也將能領會淺顯易懂的統計分析操作及實例的說明，在此特別要強調的就是，本書將博碩士論文研究所需基本會使用的問卷調查統計方法都納入了，除母數分析方法，也特別介紹因問卷調查人數太少，研究生鮮少碰觸的無母數分析方法及實務操作，只要跟著本章一步步的範例指引，讀者會發現本書介紹的各種分析檢定方法其實並不難懂，期望讀者能善用本書，得心應手、心想事成。

4.1　敘述統計分析撰寫與詮釋

寫論文最難處就是不知如何下筆，如果有個撰寫的程序，清楚的指引完成整本的論文程序，那該多好！雖然寫作論文，不應該侷限一定的程序，但是一套標準又符合學位論文撰寫要求的實務範例模式，不失是一種快速而有效撰寫學位論文的捷徑。

在前一章完成了預試的信效度分析，修正剔除不好的問卷題項，重新編修問卷題目後，就可以發出正式問卷，正式問卷發放的抽樣設計，只要符合隨機抽樣的原理原則，就可以順利進行發放及回收，當將每一筆正式問卷輸入到 SPSS 檔案，全部完成後，依序作以下的檢查與正反向題項調整，以及變數轉換後，就可以立即作敘述統計與推論統計的分析囉！

4.1.1 資料檢查

正式問卷回收並輸入電腦後，這份問卷尚無法開始進行任何敘述統計分析，更不用說是推論統計。首先必須先作好幾個檢查程序，才能進行變數轉換。

1. **剔除無效問卷**：整份未作答者，當然無效；若整份問卷同時勾選在相同位置，無效。若只是因為不細心漏答一兩題，則可以在輸入完所有問卷後，依據填答較多比例選項的**眾數**情況再給予補填。

2. 檢查是否有遺漏值：輸入的問卷資料，難免有遺漏的地方，可以在資料檢視的每一個變數的上方，按滑鼠右鍵，點選「**遞增排序**」後，再點選「**遞減排序**」，查看是否有遺漏值或輸入錯誤資料。如下所示：使用**遞增排序**，發現題項 B19 有一份漏打；使用**遞減排序**，發現題項 B13 錯誤輸入 8 之數值。檢查填答的問卷後，予以修正。

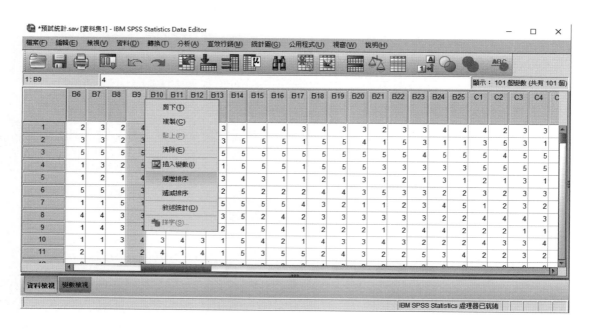

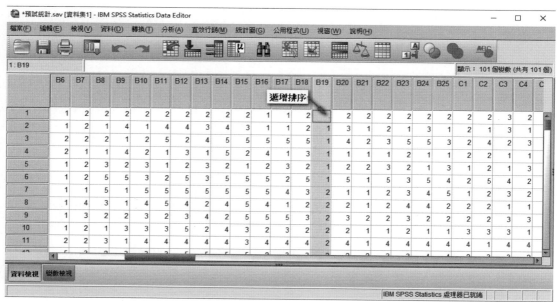

4.1.2 反向題項記分處理

反向題在 SPSS 處理時，要先將其轉換成正向題，才可進行統計分析，此一操作實務在 3.2.3 節已有說明，主要是針對量表而言，在此不再贅述。

4.1.3 變數轉換

研究架構中的量表及其因素構面，都必須另外給予一個加總後的變數，才能進行後續的統計分析。以下以 3.2 節**情緒管理量表**共有四個因素，15 題，即：

情緒覺察能力（4 題）：1-4 題，定義其變數為 Emotional_I

情緒表達能力（3 題）：5-7 題，定義其變數為 Emotional_II

情緒調適能力（4 題）：8-11 題，定義其變數為 Emotional_III

情緒運用能力（4 題）：12-15 題，定義其變數為 Emotional_IV

情緒管理量表（15 題）：1-15 題，定義其變數為 Emotional_Total

按選 轉換 → 計算變數

在目標變數輸入 Emotional_I，再把四個題項變數 Emotional1 + Emotional2 + Emotional3 + Emotional4 加總到**數值運算式**後，按下**確定**。

依序完成 Emotional_II，Emotional_III，Emotional_IV 及總量表 Emotional_Total 的加總。

其中 Emotional_Total = Emotional_I+Emotional_II+Emotional_III+Emotional_IV

點選 變數檢視，可清楚看到，已經新產生了五個變數。

Emotional_I

Emotional_II

Emotional_III

Emotional_IV

Emotional_Total

若還有其他量表，按照以上程序加總完成，亦即先把因素構面的題項加總到分量表（即因素構面），最後再把分量表加總到量表（即構面或研究變數）。

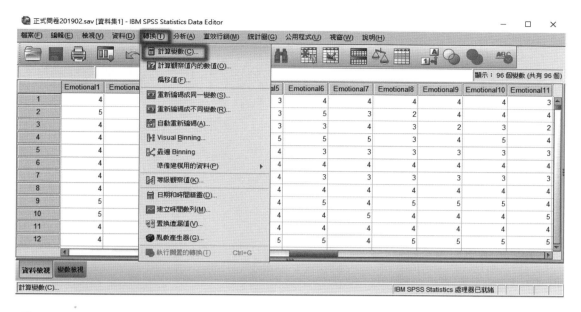

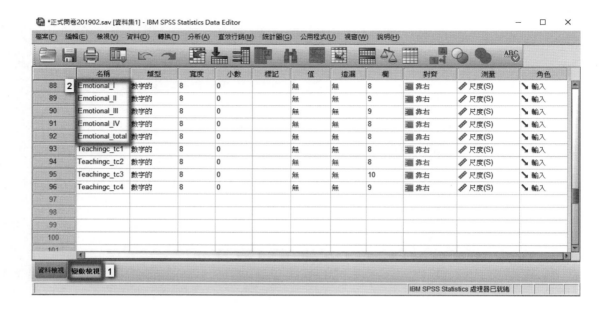

4.1.4 次數分配表

人口背景資料的呈現，在學位論文第四章一開頭便可以介紹調查對象的各項統計人數、比例等結果。

按選 分析 → 敘述統計 → 次數分配表 。

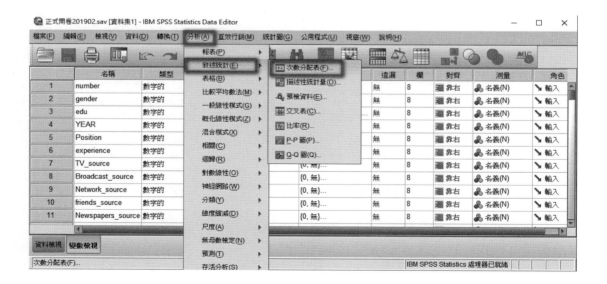

將人口背景變項拖曳到→**變數**。

　　點選 統計量 ，勾選標準差及平均數，接著點擊**繼續**，回到次數分配表畫面，按下**確定**，即可計算各人口背景之次數及百分比，可整理後放到學位論文第四章敘述統計基本資料分析結果，亦即下一節所介紹內容。

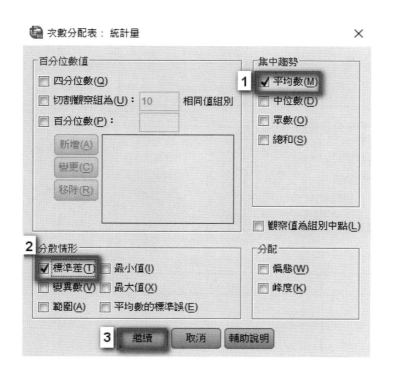

次數分配表

性別

		次數	百分比	有效百分比	累積百分比
有效的	男	127	32.6	32.6	32.6
	女	263	67.4	67.4	100.0
	總和	390	100.0	100.0	

教育程度

		次數	百分比	有效百分比	累積百分比
有效的	一般大學（含師資班或教育學程）	92	23.6	23.6	23.6
	師專、師範院校或教育大學	119	30.5	30.5	54.1
	研究所(含)以上	179	45.9	45.9	100.0
	總和	390	100.0	100.0	

年資

		次數	百分比	有效百分比	累積百分比
有效的	10年(含)以下	60	15.4	15.4	15.4
	11-20年	203	52.1	52.1	67.4
	21年(含)以上	127	32.6	32.6	100.0
	總和	390	100.0	100.0	

職務

		次數	百分比	有效百分比	累積百分比
有效的	教師兼主任	32	8.2	8.2	8.2
	教師兼組長	59	15.1	15.1	23.3
	級任教師	246	63.1	63.1	86.4
	科任教師	53	13.6	13.6	100.0
	總和	390	100.0	100.0	

防災經驗

		次數	百分比	有效百分比	累積百分比
有效的	是	340	87.2	87.2	87.2
	否	50	12.8	12.8	100.0
	總和	390	100.0	100.0	

4.1.5 基本資料分析撰寫

　　主要在呈現人口背景資料的人數及比例情況，可以在論文中分小節適度敘述，並不是說所有數據都要描述，只要把論文中需要強調重要的，或是比例上較特殊的、與其他文獻研究調查數據有差異的等等都可以加以敘述，例如：調查項目中有一題：現任職務共有 4 個選項，可以在論文中簡要敘述調查結果：「現任職務四類中，比例最高的為級任教師占了 63.1%，超過了一半，其他的依序為教師兼組長、科任教師及教師兼主任……」。

　　最後並製作成一張研究對象之基本人口背景分析表，事實上，表中呈現的是完整調查資訊，其他想要了解的讀者都可以去詳細瀏覽閱讀。

表 4-1　國小教師人口背景分析表（N=390）

類別	基本資料	人數（N）	百分比（%）
性別	1. 男性	127	32.6
	2. 女性	263	67.4
教育程度	1. 一般大學	92	23.6
	2. 師專院校	119	30.5
	3. 研究所	179	45.9
服務年資	1.10 年（含）以下	60	15.4
	2.11～20 年	203	52.1
	3.21 年（含）以上	127	32.6
現任職務	1. 教師兼主任	32	8.2
	2. 教師兼組長	59	15.1
	3. 級任教師	246	63.1
	4. 科任教師	53	13.6
防災研習經驗	1. 是	340	87.2
	2. 否	50	12.8
防災演練	1. 是	382	97.9
	2. 否	8	2.05
協助救災	1. 是	93	23.8
	2. 否	297	76.2

類別	基本資料	人數（N）	百分比（%）
防災知識來源 （複選題）	1. 電視	323	82.8
	2. 廣播	117	30.0
	3. 電腦	317	81.3
	4. 家人	119	30.5
	5. 報紙雜誌	207	53.1
	6. 書籍	87	22.3
	7. 研習	272	69.7
防災教育宣導課程 （複選題）	1. 防災課程	267	68.5
	2. 融入其他教學領域	235	60.3
	3. 防災教育影片觀賞	341	87.4

4.1.6 描述性統計量撰寫

　　問卷調查中的量表或測驗表，是本單元分析的重點，因為不涉及任何統計檢定，因此分析出來的結果，只能依據事實陳述，不能加以推論臆測。

　　本單元將分兩部分，一部分是調查研究對象全體的各量表分數表現的情況；另一部分是在各人口背景族群分布下的各量表分數表現的情況。

　　1. 單純量表分數：經過前述題項加總後之轉換變數，包含「分量表」及「總量表」，皆是本單元所要統計分析的變數，「因素」也就是「分量表」，是由「題項」加總而來，而各個「分量表」加總後得到了「總量表」。問卷中量表的題項在敘述統計表中，沒必要做分析探討，因為題項都是各因素內的一部分組成，因素本就是一個「概念（concepts），概念具連繫功能，主要是用以溝通」。從一個題項分析去描述並不能把該因素的內涵說清楚，最好的方式是把該因素所包含的題項加總後，再來分析該因素，才不致造成以偏概全。

　　由於題項加總後之分數，會隨著各因素題項的數目不同，加總後的分數，愈多題項數的因素加總分數會愈高，而無法相對比較分數的表現，因此加總後除了「平均數」外，建議可以多加一欄「題項平均」，以加總分數除以題項數即可得「題項平均」，在量表及分量表都可以使用題項平均來呈現。

　　需注意的是「題項平均」的作法較適合用在敘述統計，而推論統計目的在做比較分析檢定，加總的分數就可以判定大小，因此並不一定需要使用「題項平均」去做檢

定分析。

按選 轉換 → 計算變數 產生另一個變數，如下圖將前述已轉換變數之「情緒管理量表」Emotional_total 除以總題數 15，給予另一變數名稱 MEAN_Emotional_total，按確定後即產生新變數。其他分量表之題項平均作法類似，第二圖顯示 1 個總量表，及 8 個分量表的題項平均變數。

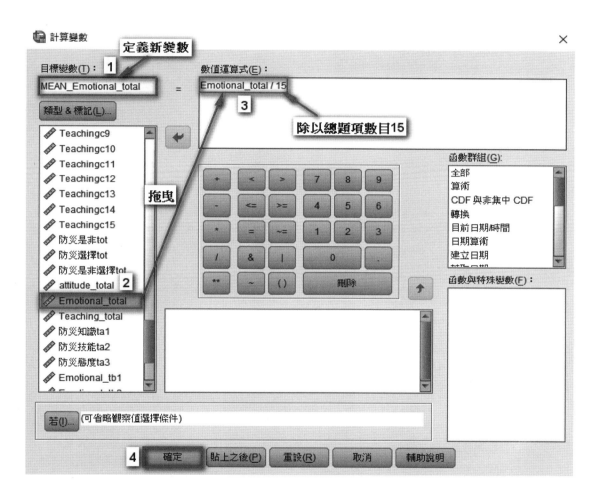

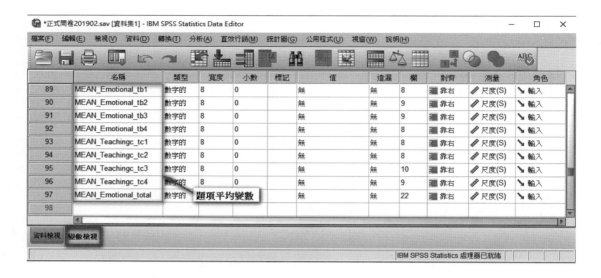

(1) 按選 分析 → 敘述統計 → 描述性統計量 。

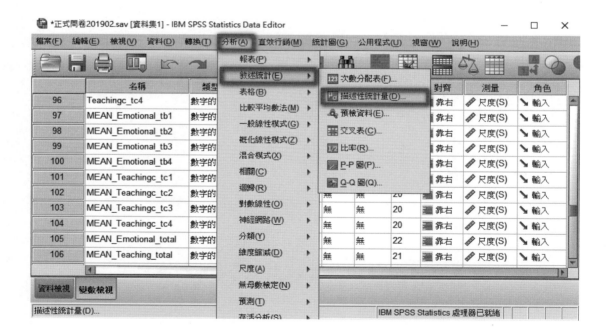

(2) 將所有加總變數及其題項平均變數拖曳到**變數**，按**確定**。

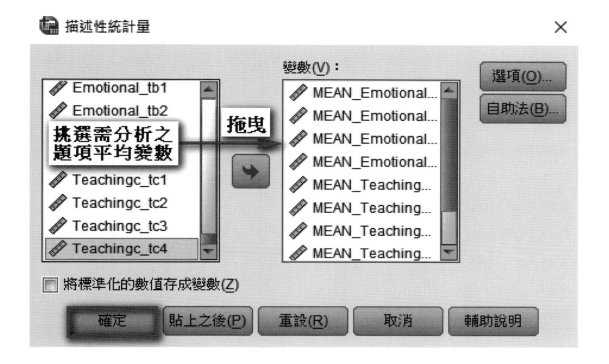

(3) 產生之報表，以 WORD 匯出後，在論文中編輯修改使用。

敘述統計

	個數	最小值	最大值	平均數	標準差
MEAN_Emotional_tb1	390	2.50	5.00	4.2154	.44500
MEAN_Emotional_tb2	390	2.33	5.00	3.9752	.53146
MEAN_Emotional_tb3	390	2.00	5.00	3.8936	.54774
MEAN_Emotional_tb4	390	2.25	5.00	4.0506	.51441
MEAN_Teachingc_tc1	390	2.25	5.00	3.9821	.54901
MEAN_Teachingc_tc2	390	2.75	5.00	4.1263	.51853
MEAN_Teachingc_tc3	390	2.00	5.00	3.9622	.52570
MEAN_Teachingc_tc4	390	2.00	5.00	4.0521	.58873
MEAN_Emotional_total	390	2.67	5.00	4.0376	.44379
MEAN_Teaching_total	390	2.67	5.00	4.0660	.48325
有效的 N（完全排除）	390				

(4)單純性量表統計分析撰寫：使用以下表格方式呈現，主要在說明問卷調查分析的總量表的表現如何，再針對各分量表加以補充說明。一般學位論文的整個描述重點，在「量表」！若有必要再去談「分量表」；這在推論統計的各種檢定也是如此！一般李克特五點量表之統計分數，因為給分為 1～5 分，中心點為 3 分，因此只要題項平均分數超過 3 分，即是偏向正向表現，愈接近 5 分愈正向；低於 3 分，即是反向表現，愈接近 1 分愈反向。

正反項的意義，要看量表的名稱，有負面意義之量表，如工作壓力量表，分數愈高，其壓力負荷愈大，因此並不適合用正反向來區別，因為一般常聽到這種說法「適度壓力對個人是有幫助的！」因此在各題項加總時，所有題項要先有一致性，全部調整正向描述或反向描述都可，這在本書前面單元已經討論過了，希望讀者切記。下表之題項平均約在 4 分左右，表示受試者之自我情緒管理知覺顯為正向，可撰寫描述為：本研究情緒管理得分顯示研究對象情緒管理表現正向，而在分量表之「情緒覺察」，則更顯正向表現。

表 4-2　情緒管理得分情形（N=390）

由題項平均數判定

量表層面	題數	平均數	題項平均數	具備程度
情緒覺察	4	16.86	4.22	正向
情緒表達	3	11.93	3.97	有些正向
情緒調適	4	15.57	3.89	有些正向
情緒運用	4	16.20	4.05	正向
總量表	15	60.56	4.03	正向

2. 族群量表分數：若欲進一步了解各人口背景變項各族群在量表上之表現，則可以更進一步深入了解不同受試者其背景的情形，例如：不同性別族群在以上量表的表現情形，也可以輕鬆在 SPSS 統計軟體上取得。

(1) 按選 分析 → 比較平均數法 → 平均數 。

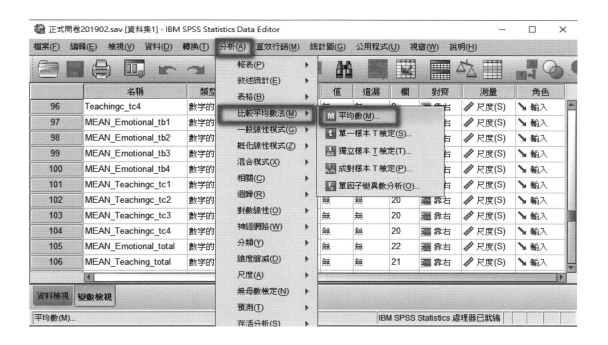

(2) 將所有量表及題項平均量表拖曳到**依變數清單**，人口背景變項性別（gender）拖曳到自變數清單。

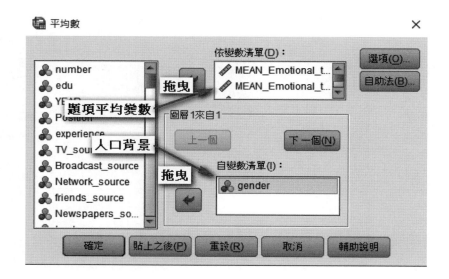

(3) 點擊 選項 ，有平均數、觀察值個數及標準差，可不用調整，續按**繼續**後，再按**確定**。

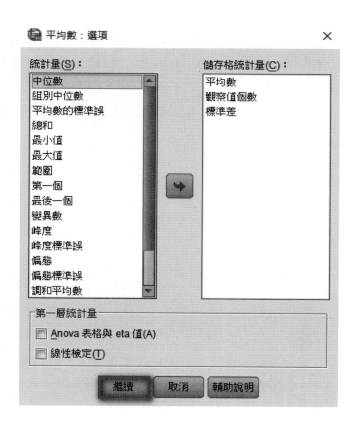

(4) 產生之報表，以 WORD 匯出後，在學位論文中編輯修改。

gender		MEAN_Emotional _total	MEAN_Teaching_ total	Emotional _total	Teaching_ total
男	平均數	4.0604	4.1087	60.91	61.63
	個數	127	127	127	127
	標準差	.45172	.49703	6.776	7.455
女	平均數	4.0266	4.0454	60.40	60.68
	個數	263	263	263	263
	標準差	.44035	.47604	6.605	7.141
總和	平均數	4.0376	4.0660	60.56	60.99
	個數	390	390	390	390
	標準差	.44379	.48325	6.657	7.249

題項平均數　報表　平均數

(5) 多層族群量表分數：以上例在性別族群下再往下一層之教育程度來查看量表的得分，可在以上第 (2) 步驟，按下一個，選擇拖曳另一個 edu 教育程度到自變數清單，再按確定。

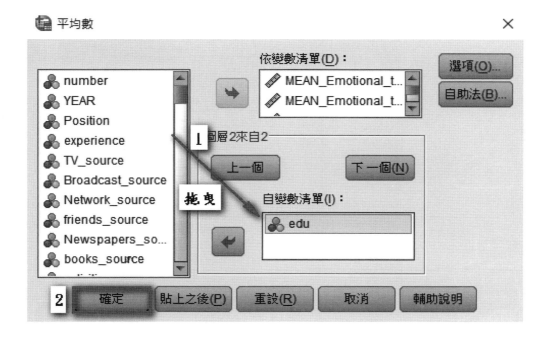

			MEAN_Emotional_total	MEAN_Teaching_total	Emotional_total	Teaching_total
gender	edu					
男	一般大學（含師資班或教育學程）	平均數	4.3282	4.4103	64.92	66.15
		個數	13	13	13	13
		標準差	.40135	.44874	6.020	6.731
	師專、師範院校或教育大學	平均數	3.8991	3.9487	58.49	59.23
		個數	39	39	39	39
		標準差	.43418	.53212	6.513	7.982
	研究所(含)以上	平均數	4.0978	4.1396	61.47	62.09
		個數	75	75	75	75
		標準差	.44362	.46060	6.654	6.909
	總和	平均數	4.0604	4.1087	60.91	61.63
		個數	127	127	127	127
		標準差	.45172	.49703	6.776	7.455
女	一般大學（含師資班或教育學程）	平均數	3.9755	4.0523	59.63	60.78
		個數	79	79	79	79
		標準差	.41071	.44768	6.161	6.715
	師專、師範院校或教育大學	平均數	4.0942	4.1350	61.41	62.03
		個數	80	80	80	80
		標準差	.46355	.49378	6.953	7.407
	研究所(含)以上	平均數	4.0135	3.9712	60.20	59.57
		個數	104	104	104	104
		標準差	.44157	.47521	6.624	7.128
	總和	平均數	4.0266	4.0454	60.40	60.68
		個數	263	263	263	263
		標準差	.44035	.47604	6.605	7.141
總和	一般大學（含師資班或教育學程）	平均數	4.0254	4.1029	60.38	61.54
		個數	92	92	92	92
		標準差	.42554	.46266	6.383	6.940
	師專、師範院校或教育大學	平均數	4.0303	4.0739	60.45	61.11
		個數	119	119	119	119
		標準差	.46153	.51199	6.923	7.680
	研究所(含)以上	平均數	4.0488	4.0417	60.73	60.63
		個數	179	179	179	179
		標準差	.44315	.47520	6.647	7.128
	總和	平均數	4.0376	4.0660	60.56	60.99
		個數	390	390	390	390
		標準差	.44379	.48325	6.657	7.249

題項平均數　報表　平均數

(6) **各族群量表統計分析撰寫**：使用以下表格方式呈現，主要在說明問卷調查分析在不同分布族群的總量表的表現如何，也可加入分量表加以補充說明。本單元僅介紹單純性別男、女族群去察看情緒管理量表及防災教育教學效能量表，使用以上 SPSS 的報表，填入適當之表格內即可，表中有原始統計之資料，以及經過調整轉換之題項平均資料。很明顯的，從「題項平均」的數據可以看到分數表現亦即 3 分以上趨向正向；3 分以下趨向反向，可清楚辨識出正反傾向的情況；但題項加總的「平均數」統計結果只能看出分數表現，而無法即時辨識出正反傾向的情況。

表 4-3　不同性別在情緒管理與防災教育教學效能得分情形

性別	情緒管理		防災教育 教學效能		情緒管理		防災教育 教學效能	
	平均數	標準差	平均數	標準差	題項 平均	標準差	題項 平均	標準差
男	60.91	6.776	61.63	7.455	4.06	.452	4.11	.497
女	60.40	6.605	60.68	7.141	4.03	.440	4.05	.476

(7) 只需針對部分觀察值資料來進行分析探討研究，例如：某項調查研究，需要選擇人口背景性別的女性來做研究，去探討女性在某量表的各種表現，其實可以很方便的使用 SPSS 的「**資料**」下的「**選擇觀察值**」來按選女性做部分族群的篩選，再進行各種敘述統計分析與相關的檢定。

4.1.7 複選題分析

複選題可以選擇多個答案，但在分析時會有很多限制，因為 SPSS 對複選題僅能做次數分配與交叉分析而已，而無法進行卡方檢定，以 SPSS 處理複選題，得事先定義複選題資料，係由哪幾個變數組合而成的，才能進行後續的次數分配與交叉分析。例如：

請問您平時是從何處得到有關災害的知識或訊息？（可複選）

□電視　　□廣播　　□電腦網路　　□家人或親戚朋友　　□報紙雜誌　　□相關書籍
□研習活動

在 SPSS 中，要建立複選題輸入資料，7 個選項要設計 7 題，每個選項有兩個值，一個是 1，代表受試者有勾選；一個是 0，表示受試者沒有勾選。

按選 分析 → 複選題分析 → 定義變數集 。

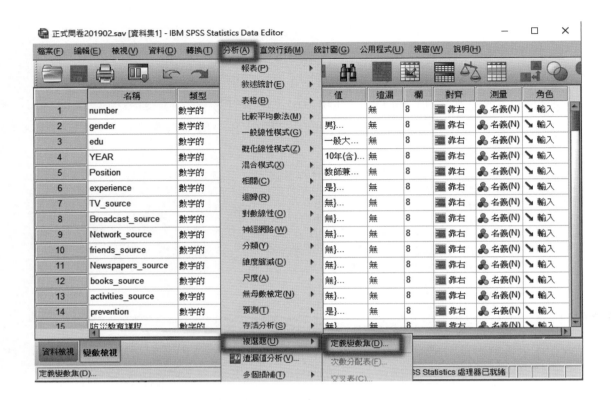

將 7 個複選題選項拖曳到**變數集內的變數**，在變數編碼為二分法計數值框內填入 1，此值即在問卷輸入有勾選者的數值代碼。

同時在名稱的地方輸入變數名稱**複選題分析**，按**新增**，再按**關閉**，即完成定義，便可進行**複選題分析**。

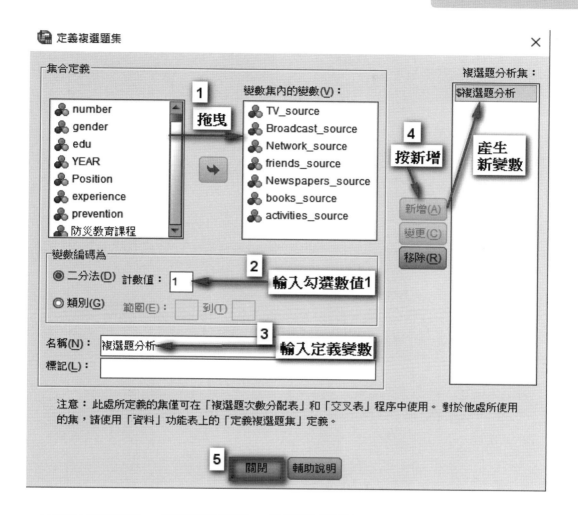

　再度按選 分析 → 複選題分析 → 次數分配表，把 $ 複選題分析拖曳到表格，按下確定。

觀察值百分比爲每一個選項，全部受試者有多少百分比人數勾選該選項；而反應值的百分比，視重新調整計算所有勾選該選項占總勾選次數的百分比。觀察值百分比總和是 370.7%，表示平均每一個受試者勾選了約 3.7 個選項的知識或訊息來源。

$複選題分析 次數

		反應值		觀察值百分比
		個數	百分比	
$複選題分析[a]	TV_source	323	22.4%	83.0%
	Broadcast_source	117	8.1%	30.1%
	Network_source	317	22.0%	81.5%
	friends_source	119	8.3%	30.6%
	Newspapers_source	207	14.4%	53.2%
	books_source	87	6.0%	22.4%
	activities_source	272	18.9%	69.9%
總數		1442	100.0%	370.7%

a. 二分法群組表列於值 1。

再按選 分析 → 複選題分析 → 交叉表 ，把 $ **複選題分析**拖曳到列，其他欲分析的人口背景變項**或**多個拖曳到欄，並要一一定義數值大小，按下**確定**。

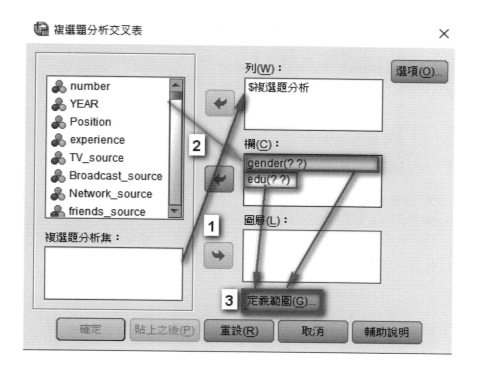

輸入最小值及最大值，性別輸入 1、2；教育程度 1、3，按下**繼續**。

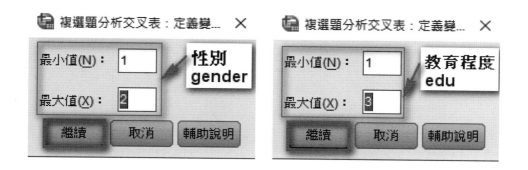

按下**確定**，產生交叉分析報表，以下為**性別**與 $ **複選題分析**：

$複選題分析*gender 交叉表列

			gender		總數
			男	女	
$複選題分析[a]	TV_source	個數	104	219	323
	Broadcast_source	個數	33	84	117
	Network_source	個數	103	214	317
	friends_source	個數	31	88	119
	Newspapers_source	個數	62	145	207
	books_source	個數	29	58	87
	activities_source	個數	90	182	272
總數		個數	127	262	389

百分比及總數是根據應答者而來的。

a. 二分法群組表列於值 1。

以下為**教育程度**與 $ 複選題分析：

$複選題分析*edu 交叉表列

			edu			總數
			一般大學（含師資班或教育學程）	師專、師範院校或教育大學	研究所（含）以上	
$複選題分析[a]	TV_source	個數	74	102	147	323
	Broadcast_source	個數	32	35	50	117
	Network_source	個數	72	105	140	317
	friends_source	個數	34	29	56	119
	Newspapers_source	個數	52	65	90	207
	books_source	個數	26	20	41	87
	activities_source	個數	66	82	124	272
總數		個數	91	119	179	389

百分比及總數是根據應答者而來的。

a. 二分法群組表列於值 1。

論文撰寫說明：上述之交叉分析表，稍微修正後，可以直接使用於論文中！

4.1.8 因素分析與命名

　　這一單元使用探索性研究的讀者需要仔細研讀，而使用驗證性研究的讀者可略過。在做效度分析時都會使用**分析維度減縮因子**的程序來檢視效度，這當中只要把各題項拖曳到**變數**框框裡面，很快即可得到分析的結果。要做探索性研究就是在找出萃取因素並給予命名，它只是多了以下這個勾選步驟而已。在 SPSS 操作上，效度分析與因素分析事實上幾乎沒什麼差別，只是在看報表的時候，你到底要不要去看這一塊**轉軸後的成份矩陣**，唯一需要特別注意的地方是，有沒有在因子分析的**選項**勾選**依據因素負荷排序**這個選項，這才是關鍵。以下將為讀者以實例一步步解說，相信大家了解後，就不會聽到「因素分析」而不知所措。

　　1. 因素分析：將正式問卷，使用 SPSS 以因素分析主成份分析法，萃取量表之各個因素構面。

　　(1) 檢查確認正式問卷無誤：輸入是否還有其他遺漏或錯誤等，需檢查以下幾個項目：

　　① 問卷數須達到量表中最大題項數量量表的 5 倍數量，一般至少要有 100 份有效問卷以上。

　　② 問卷中填答是否有缺漏，電腦檢查輸入過程是否有誤植或漏打等疏失發生。

　　③ 量表設計中有使用反向題者，要在進行任何統計分析前調整分數。

　　④ 為方便查看分析報表，**變數檢視**的**名稱**，量表的各設計題項盡可能使用簡單的**英文**加上**數字**，並可以看出題項編號，**標記**的地方請勿填入任何註記，以增加辨認度。

　　⑤ 備好問卷設計的相關資料，清楚地列出各量表的題項編號及題項的問卷內容，以備後續分析命名時使用，若沒問題時，再進行下一步驟。

正式問卷data(撰寫因素分析)_1.sav [資料集1] - PASW Statistics Data Editor

	名稱	類型	寬度	小數	標記	值	遺漏	欄	對齊	測量	角色
27	LA1	數字的	8	0		{1, 不曾參與...	無	6	靠右	尺度(S)	輸入
28	LA2	數字的	8	0		{1, 不曾參與...	無	6	靠右	尺度(S)	輸入
29	LA3	數字的	8	0		{1, 不曾參與...	無	6	靠右	尺度(S)	輸入
30	LA4	數字的	8	0		{1, 不曾參與...	無	6	靠右	尺度(S)	輸入
31	LA5	數字的	8	0		{1, 不曾參與...	無	6	靠右	尺度(S)	輸入
32	LA6	數字的	8	0		{1, 不曾參與...	無	6	靠右	尺度(S)	輸入
33	LA7	數字的	8	0		{1, 不曾參與...	無	6	靠右	尺度(S)	輸入
34	LA8	數字的	8	0		{1, 不曾參與...	無	6	靠右	尺度(S)	輸入
35	LA9	數字的	8	0		{1, 不曾參與...	無	6	靠右	尺度(S)	輸入
36	LA10	數字的	8	0		{1, 不曾參與...	無	6	靠右	尺度(S)	輸入
37	LA11	數字的	8	0		{1, 不曾參與...	無	6	靠右	尺度(S)	輸入
38	LA12	數字的	8	0		{1, 不曾參與...	無	6	靠右	尺度(S)	輸入

資料檢視　變數檢視

PASW Statistics 處理器已就緒

　　(2) 因素分析將以 2014 年楊英莉論文〈影響國小教師運用農業體驗活動於校外教學行為意向之研究〉中之休閒活動參與量表實例說明，該量表採用探索性研究，為找出其內涵因素，依據參考之文獻資料，共設計 21 題項，使用李克特五點量表量測。

　　題型說明：問卷設計採用五點量表，由受試者依自己的認知情形，勾選一項與自己最符合的情形，最近一年當中，平均三個月參與 9 次（含）以上為「經常參與」、6-8 次為「較常參與」、3-5 次為「偶爾參與」、1-2 次為「很少參與」、0 次則代表「不曾參與」。以下題項是想請教您平均三個月參與休閒活動的情形，請依您自己參與該項休閒活動程度的實際情形來填答。例如：李老師最近一年平均每個月去唱歌 3 次，估計三個月下來至少 9 次，因此李老師在「經常參與」的□打勾。

	經常參與	較常參與	偶爾參與	很少參與	不曾參與		經常參與	較常參與	偶爾參與	很少參與	不曾參與
1. 參觀展覽	□	□	□	□	□	6. 飼養寵物	□	□	□	□	□
2. 觀賞藝術表演	□	□	□	□	□	7. 戶外遊憩	□	□	□	□	□
3. 逛書店	□	□	□	□	□	8. 社團活動	□	□	□	□	□
4. 看電視電影	□	□	□	□	□	9. 親友聚會	□	□	□	□	□
5. 唱歌	□	□	□	□	□	10. 宗教活動	□	□	□	□	□

	經常參與	較常參與	偶爾參與	很少參與	不曾參與			經常參與	較常參與	偶爾參與	很少參與	不曾參與
11. 球類運動………	☐	☐	☐	☐	☐		17. 繪畫…………	☐	☐	☐	☐	☐
12. 水上運動………	☐	☐	☐	☐	☐		18. 攝影…………	☐	☐	☐	☐	☐
13. 跑步…………	☐	☐	☐	☐	☐		19. 樂器演奏……	☐	☐	☐	☐	☐
14. 騎自行車………	☐	☐	☐	☐	☐		20. 園藝…………	☐	☐	☐	☐	☐
15. 登山…………	☐	☐	☐	☐	☐		21. 作物栽培……	☐	☐	☐	☐	☐
16. 健行…………	☐	☐	☐	☐	☐							

(3) 按選 分析 → 維度縮減 → 因子 。

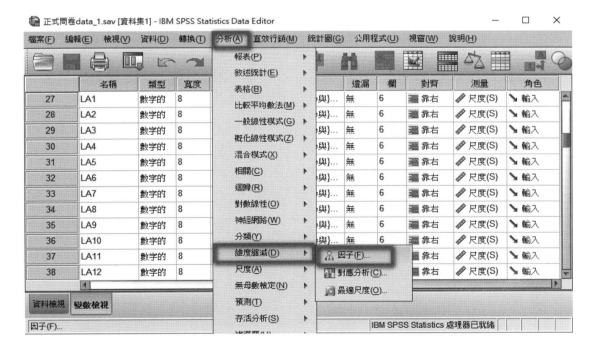

(4) 在因子分析視窗選取欲分析萃取因素之量表所有題項拖曳到變數：本範例為使用探索性研究蒐集文獻期刊後建構「休閒活動參與量表」，並設計問卷題項共 21題，圖內 LAxx 表示為休閒活動參與量表之各題項編號，將以上 21 題項拖曳到變數框內。

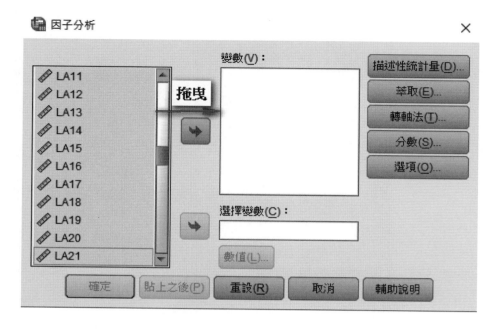

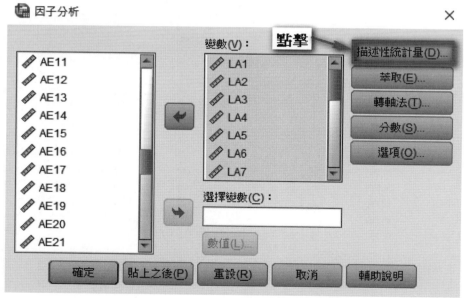

(5) 點擊 描述性統計量 ：勾選單變量描述性統計量及 KMO 與 Bartlett 的球形檢定，按繼續。

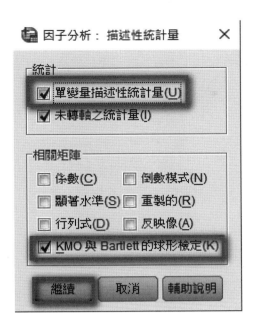

(6) 點擊 轉軸法 ：勾選最大變異法，按繼續。

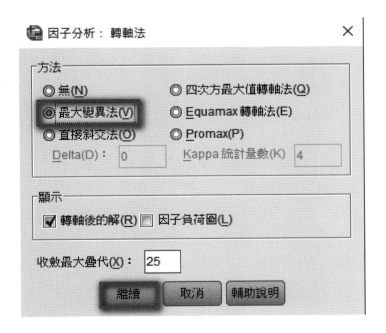

(7)點擊 選項 ：勾選依據因素負荷排序，按繼續，回到因子分析視窗，按下確定，即可產生因素分析之報表。

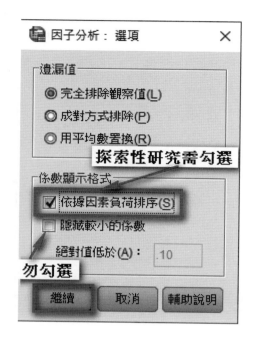

(8) 報表匯出：效度分析的報表，需在論文中使用，可轉為 WORD 檔案，才能較為方便編輯及複製。

按選 檔案 → 匯出 ，建立檔名存入電腦，即可打開使用。

(9) 擷取報表之「**轉軸後的成份矩陣**」，並分析查看萃取因素之個數，以及因素負荷值是否達到以下準則：

■ 因素負荷量（factor loading）愈大（一般以大於 0.5 為準），則愈具備「收斂效度」。

■ 若問卷題項在非所屬因素構面中，其因素負荷量愈小（一般以低於 0.5 為準），則愈具備「區別效度」。

■ 每個因素構面，至少需 3 個題項，少於 3 時，則需考慮是否影響理論完整性，再決定是否刪除，若因素構面只剩 1 個題項，則強烈建議刪除。如果跑出某一個因素只有 2 題，可以考慮先將因素負荷量比較低的那一題刪除後再重新分析；或者也可以看這 2 題的信度高或不高，若高則保留，若不高則 2 題都刪除之。建議刪除題目的時候，可以一次只刪除 1 題，然後每次都要重跑因素分析，看看與上一個階段的變化狀況有何不同，再做最佳的處理。

從以下轉軸後的成份矩陣表，可以看到共萃取 5 個因素，讀者可從元件的第 1 因素往下看，表內的數字即「因素負荷量」，因為都是依大小值順序排列，一般樣本數

100 以上時，各元件組成都從 0.5 以上取值，因此從 0.782, 0.778,……0.719，爲第 1 個因素；再接續往右第 2 個因素從 0.844, 0.828, 0.736……0.541，爲第 2 個因素；再分別接續往右第 3 個、第 4 個至第 5 個因素構面。

　　問卷題項在非所屬因素構面中，其因素負荷量愈小（一般以低於 0.5 爲準），則愈具備「區別效度」，所指的意思是，例如：LA10 爲第 5 因素成份，其因素負荷量爲 0.786，觀看 LA10 在其他因素構面之因素負荷量（絕對值）皆小於 0.5，因此具備「區別效度」，不用考慮刪除。

轉軸後的成份矩陣

	元件				
	1	2	3	4	5
LA15	.782	.175	.065	.038	.049
LA16	.778	.184	.081	.004	.048
LA14	.772	.183	.026	-.062	.070
LA13	.756	.037	.033	.043	.005
LA11	.746	.063	-.084	.069	.053
LA12	.719	.066	.131	.090	-.013
LA21	.160	.844	.003	.025	.026
LA20	.118	.828	.027	.041	.046
LA17	.108	.736	.187	-.043	.035
LA18	.162	.690	.049	.099	-.018
LA19	.081	.541	.249	.035	.172
LA2	.040	.170	.878	-.057	.026
LA1	.092	.225	.839	-.064	.018
LA3	.056	.024	.790	.091	-.017
LA5	.017	.005	-.118	.821	.053
LA4	-.024	-.006	.114	.722	-.001
LA7	.148	.031	.098	.701	.157
LA6	.027	.107	-.110	.693	-.111
LA8	.099	.095	-.022	.043	.808
LA10	.014	.069	-.064	-.152	.786
LA9	.031	.016	.111	.183	.695

萃取方法：主成分分析。
旋轉方法：旋轉方法：含 Kaiser 常態化的 Varimax 法。[a]

2. **因素命名**：經由上述使用 SPSS 以因素分析主成份分析法萃取出各個因素構面，需要給予命名，這就好像一位昆蟲學家，發現了一隻地球上從未發現過的昆蟲，而給予命名。

因此探索性研究之所以相對於驗證性研究有創新理論的高度與價值，但所創的這個理論，還要看學術界未來是否會頻頻引用，才可看出其學術的貢獻性。以前例休閒活動參與量表 21 題項，經仔細考慮每個因素構面的題項內容，分別命名為：

「知識進修」：LA1、LA2、LA3

「消遣娛樂」：LA4、LA5、LA6、LA7

「社交聯誼」：LA8、LA9、LA10

「體能運動」：LA11、LA12、LA13、LA14、LA15、LA16

「技藝學習」：LA17、LA18、LA19、LA20、LA21

命名並無絕對的標準，因此只要花點時間，整個題項瀏覽一遍，每一個因素構面要給一個概念名稱，一一命名後，還要看是否彼此「格式」、「用語」是否一致，或許統計上的「相斥概念」就可以去思考命名，而這所有命名的因素構面，最後是投射到該**量表**的正確內涵，還需讀者自行判斷是否恰當來決定。

本範例各因素構面題項內容及命名如下表：

表 4-4　休閒活動參與量表因素分析表

因素名稱	因素構面內容	因素負荷	轉軸後平方負荷量		總解釋變異量
			特徵值	解釋變異量 %	
知識進修	LA2 觀賞藝術表演	.878	2.302	10.960	
	LA1 參觀展覽	.839			
	LA3 逛書店	.790			
消遣娛樂	LA5 唱歌	.821	2.277	10.845	61.591%
	LA4 看電視電影	.722			
	LA7 戶外遊憩	.701			
	LA6 飼養寵物	.693			
社交聯誼	LA8 社團活動	.808	1.841	8.768	
	LA10 宗教活動	.786			
	LA9 親友聚會	.695			

表 4-4（續）

因素名稱	因素構面內容	因素負荷	轉軸後平方負荷量		總解釋變異量
			特徵值	解釋變異量 %	
體能運動	LA15 登山	.782	3.589	17.090	
	LA16 健行	.778			
	LA14 騎自行車	.772			
	LA13 跑步	.756			
	LA11 球類運動	.746			
	LA12 水上運動	.719			
技藝學習	LA21 作物栽培	.844	2.925	13.927	
	LA20 園藝	.828			
	LA17 繪畫	.736			
	LA18 攝影	.690			
	LA19 樂器演奏	.541			

4.1.9 集群分析與命名

　　集群分析（cluster analysis）是一種多變量分析程序，其目的在於將欲調查的資料分成幾個相異性最大的群組，而群組內的相似程度最高。集群分析較偏向於探索性分析方法，觀察值所屬群組特性還未知。所以，在集群分析前，尚不知獨立觀察值可分為多少個集群，而集群特性也無法得知。集群分析是將「觀察值個體」予以分組，如果觀察值的個數較多（通常觀察值在200個以上），以採用「K-Means 集群分析法」較為適宜（吳明隆，2006）。

第一階段分群：階層式集群分析法

　　使用「K-Means 集群分析法」時，要先訂定事先集群數目，研究者可先將全體觀察值先使用「階層式集群分析法」之「華德法 Ward's」：評估使用**次數**或**頻率**大小順序之問卷題項或量表，例如：與休閒運動參與程度有關的「參與頻率」、「持續時間」、「平均強度」等的全體觀察值以「階層式集群分析法」進行分析。將所有受試者劃分其所隸屬之集群，使同一集群內的休閒運動參與程度有高度的同質性，而不同集群內休閒運動參與程度有高度的異質性，藉此以歸納不同集群休閒運動參與程度之特徵與差異。

第二階段分群：K-Means集群分析法

利用第一階段的華德法選出各群的中心點後，再利用非層次集群分析法中的 K-Means 集群分析法找出最後集群之個數，做為兩階段集群分析的最終結果，以確定受試者所隸屬之集群，並且依據投入的變數分群意義給予命名。本單元將以休閒資源暨綠色產業學系 2012 畢業林伶怡之碩士論文〈雲林縣國小教師休閒運動參與程度、休閒運動滿意度及節能減碳行為意向之研究〉研究架構中之休閒運動參與程度有關之「參與頻率」、「持續時間」、「平均強度」三變數，進行集群分析。分析程序如下：

1. 階層式集群分析法：使用華德法 Ward's 確定集群之組織個數。

按選 分析 → 分類 → 階層式集群分析法 。

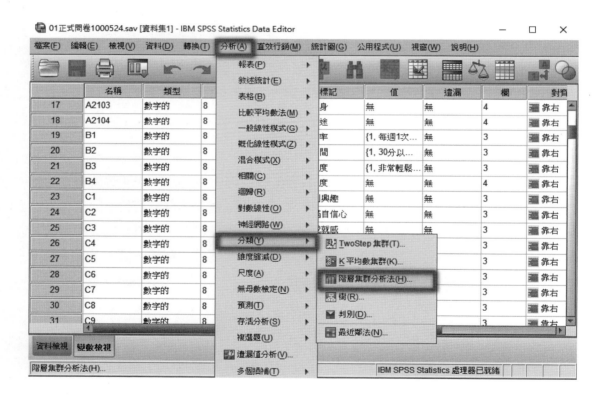

將參與頻率「B1」、持續時間「B2」、平均強度「B3」三變數拖曳到變數框格。

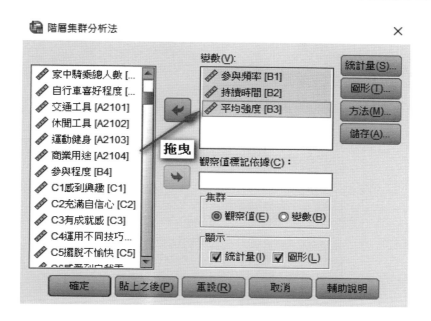

點選 方法 ，勾選 Ward's 法，按繼續。

回到階層式集群分析法主畫面，按確定即可產生統計報表結果，可清楚看到報表
上 Ward 連法之組合集群共 2 集群，因此繼續進行以下 K-Means 集群分析法找出各

個觀察值分類之清單。

Ward連法

群數凝聚過程

階段	組合集群		係數	先出現的階段集群		下一階段
	集群1	集群2		集群1	集群2	
1	278	400	.000	0	0	118
2	367	399	.000	0	0	34
3	193	398	.000	0	0	196
4	389	397	.000	0	0	12
5	358	396	.000	0	0	42
6	391	395	.000	0	0	10
7	378	394	.000	0	0	23
8	382	393	.000	0	0	19
9	390	392	.000	0	0	11
10	6	391	.000	0	6	24
11	7	390	.000	0	9	16
12	1	389	.000	0	4	37
13	384	388	.000	0	0	17
14	364	387	.000	0	0	37
15	385	386	.000	0	0	16
16	7	385	.000	11	15	28
17	31	384	.000	0	13	30
18	316	383	.000	0	0	83
19	15	382	.000	0	8	35
20	373	381	.000	0	0	28
21	377	380	.000	0	0	24
22	347	379	.000	0	0	52
23	165	378	.000	0	7	76
24	6	377	.000	10	21	48
25	371	376	.000	0	0	30
26	152	375	.000	0	0	349

2. K-Means 集群分析法：按選 分析 → 分類 → K 平均數集群 。

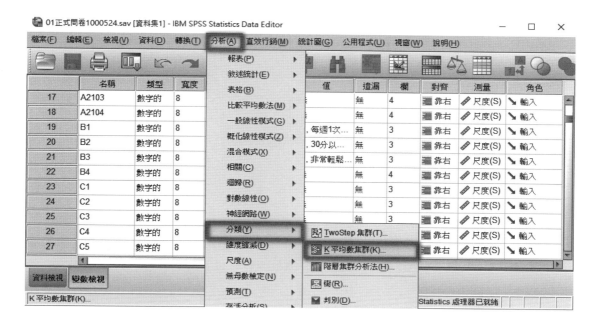

將參與頻率「B1」、持續時間「B2」、平均強度「B3」三變數拖曳到**變數**框格，集群個數之空白框格填入 2。

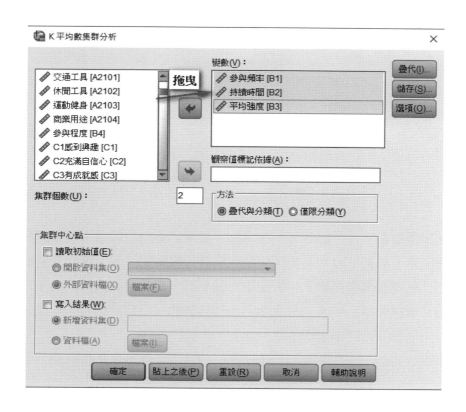

點選**儲存**，勾選**各集群組員**，以產生群組清單。

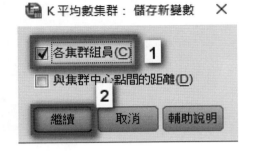

按**繼續**，回到 K 平均數集群主畫面，按**確定**即可產生統計報表結果，可以清楚看到表中有兩群組分別為集群 1 共 273 人；集群 2 共 127 人。

各集群中的觀察值個數

集群	1	273.000
	2	127.000
有效的		400.000
遺漏值		.000

最後集群中心點

	集群	
	1	2
參與頻率	2	3
持續時間	2	3
平均強度	2	2

註：數字愈大，其參與度愈高

　　論述結果撰寫如下：「觀察第一個集群，發現其共同特徵為平均每週參與休閒運動的『參與頻率』偏低、每次參與休閒運動的『持續時間』少，依研究需要將第一個集群命名為『低運動參與度組』；觀察第二個集群，發現其共同特徵為平均每週參與休閒運動的『參與頻率』較多、每次參與休閒運動的『持續時間』久，依研究需要將第二個集群命名為『高運動參與度組』。」

　　同時也在 SPSS 的**變數檢視**處出現新變數 QCL_1，此即是集群分組的清單。

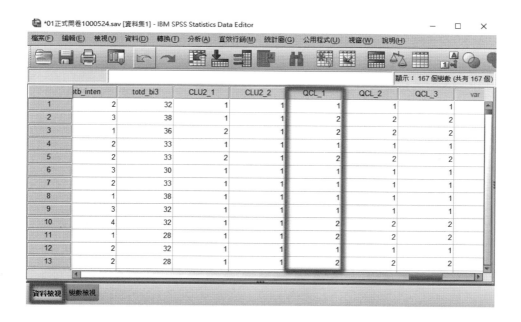

查看**資料檢視**，已經分出 1、2 之集群清單了，後續就可以使用 QCL_1 這個變數，它就跟人口背景變項相似，可以做其他量表的兩個族群差異性分析。

4.2　推論統計分析撰寫與詮釋

前面已經介紹完了敘述統計部分，還加上探索性研究的因素分析萃取方法，以下將針對學位論文較難的推論統計來介紹，讀者可以就各單元的基本檢定方法放到論文

中討論。若有需要而時間又許可，也可以考慮將各單元中較為複雜統計檢定技術放到論文內。各項統計檢定方法常用的有幾項：**獨立樣本 t 檢定、單因子變異數分析、相關分析及交叉分析**及其他的檢定方法，讀者可視需要參考應用。本節仍將以 2014 年休閒管理研究所楊英莉之論文〈影響國小教師運用農業體驗活動於校外教學行為意向之研究〉為例，來加以操作解說。

4.2.1 t 檢定

本單元將介紹三種 t 檢定方法，包括單一樣本、獨立樣本、相依樣本。

學位論文中，所有問卷調查的人口變項，少不了「性別」的調查，因此在探討男性與女性在研究變數上的表現差異，幾乎都會用到獨立樣本 t 檢定。

若論文研究在探討前後測的實驗性研究，就會用到相依樣本 t 檢定，這在實驗性教學或專業訓練的研究上，是不可或缺的統計技術。

因此在族群或時間序列，可以區分為兩群的個體，研究檢定其差異性的問題，則必須使用 t 檢定，至於單一樣本 t 檢定，則是探討某一研究變數的得分情形，是否與某一目標值有所差異的檢定，當然也視為在做兩群個體的比較。

1. **單一樣本 t 檢定**：若我們要檢定受試者的休閒活動參與量表（21 題）平均分數是否等於 84 分，這是雙尾檢定的題目。可以操作如下：

按選 分析 → 比較平均數法 → 單一樣本 t 檢定 ，將休閒活動參與量表的總量表加總後變數 LA_Total 拖曳到檢定變數，並在**檢定值**填入 84。

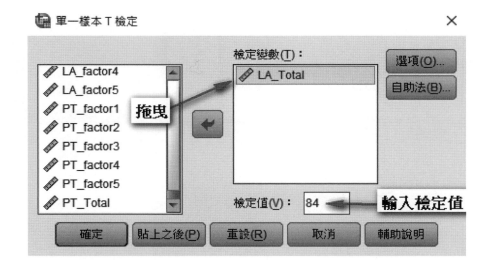

按下**確定**，報表顯示 LA_Total 的平均分數 57.95，檢定之**顯著性**（雙尾）為 .000<0.05，因此達到**顯著水準**；換言之，受試者的休閒活動參與量表平均分數**顯著低於** 84 分的成績，**顯著性**（雙尾）就是統計上的 p 值，p 值小於 0.05，即達到**顯著水準**。

單一樣本統計量

	個數	平均數	標準差	平均數的標準誤
LA_Total	489	57.9530	10.14707	.45887

達到顯著水準

單一樣本檢定

			檢定值 = 84			
	t	自由度	顯著性（雙尾）	平均差異	差異的 95% 信賴區間	
					下界	上界
LA_Total	-56.764	488	.000	-26.04703	-26.9486	-25.1454

■ **達到顯著水準**（Reach a significant level）：這句用語是統計上的用語，用口語來說就是「真的有顯著差異」。因為學位論文的統計檢定，幾乎完全使用雙尾檢定，也就是檢定到底有沒有差異，若檢定結果 p 值小於 0.05，就會結論只說：「有顯著的差異」，論文若這樣寫，就非常可惜，因為已經辛苦做出來了，「有顯著差異」的描述還是不具體，一般人還是看不懂，也就是到底差異在哪裡？就要具體說出來誰大？誰小？就清楚了。

此一部分，在接下來的案例分析說明，都會一一指出來要怎麼寫在論文中。

2. **獨立樣本 t 檢定**：若調查一研究變數，對象只有兩個族群，兩群的受試者彼此間無任何關聯，去檢定兩者間有無顯著差異，可以使用此法，例如：上例中，想了解不同性別受試者在休閒活動參與量表（21 題）以及教師人格特質量表（19 題）是否有顯著不同。同樣的，這是雙尾檢定的問題，可以操作如下：

按選 **分析** → **比較平均數法** → **獨立樣本 t 檢定**，將休閒活動參與量表的總量表加總後變數 LA_Total，以及教師人格特質量表的總量表加總後變數 PT_Total，全部拖曳到**檢定變數**，把性別拖曳到**分組變數**。

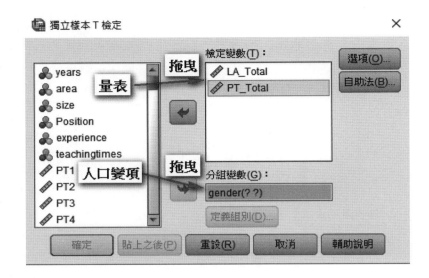

點擊 定義組別 →並給定組別 1 輸入 1；組別 2 輸入 2 的數值，按**繼續**。1 與 2 數值就是原先建立性別資料時，所定義的數值代號 1 男及 2 女。

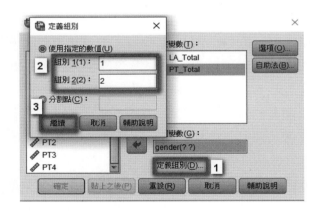

點擊**確定**，即產生統計報表結果，第一表為敘述統計包含男女性在兩個量表的平均數；第二表為檢定的結果。

組別統計量

	gender	個數	平均數	標準差	平均數的標準誤
LA_Total	男	128	60.4609	8.81025	.77872
	女	361	57.0637	10.44796	.54989
PT_Total	男	128	70.0391	7.11370	.62877
	女	361	68.2133	6.89657	.36298

獨立樣本檢定

		變異數相等的 Levene 檢定		平均數相等的 t 檢定		
		F 檢定	顯著性	t	自由度	顯著性（雙尾）
LA_Total	假設變異數相等	6.761	.010	3.287	487	.001
	不假設變異數相等		(顯著)	3.564	262.231	.000
PT_Total	假設變異數相等	1.071	.301	2.552	487	.011
	不假設變異數相等		(不顯著)	2.515	217.240	.013

上表顯示 SPSS 統計軟體在做 t 檢定時，需進行兩個步驟，第一部分是使用 Levene 檢定兩個族群的變異數是否相等，若相等（檢定不顯著），則要用變異數相等的 t 檢定方法去檢定；若變異數不等（檢定顯著），則用變異數不相等的 t 檢定方法去檢定。上表中 LA_Total，使用 Levene 檢定變異數顯著（p 值 .010），亦即變異數是不等的，在右側的 t 檢定，須看下方顯著性，其 p 值為 .000 達到顯著水準；PT_Total，使用 Levene 檢定變異數不顯著（p 值 .301），亦即變異數是相等的，在右側的 t 檢定，須看上方顯著性，其 p 值為 .011 達到顯著水準。因此受試者性別在兩個量表的 t 檢定都呈現顯著差異，此時再去查看第一個敘述統計的男女性的平均值做比較，之前提過：達到顯著水準，口語來說就是「真的有顯著差異」，那我們就真的去看兩者的平均數大小，再做結論。查看平均數：

LA_Total：男 60.46；女 57.06，男性教師在休閒活動參與量表之表現顯著高於女性。
PT_Total：男 70.04；女 68.21，男性教師在教師人格特質量表之表現顯著高於女性教師。

(1) 論述結果撰寫：「男性教師在休閒活動參與及教師人格特質量表之表現均顯著高於女性教師」。

另外，若 t 檢定顯著性（雙尾），也就是 p 值若大於 0.05，則不顯著，即表示男女性在量表上之表現沒有差別，也不需去查看平均數，此時去描述反而會有更大問題！千萬記住：「未達到顯著水準，也就是 p 值大於 0.05，就是沒有差異！沒有差異！不要再去比較大小了！」

(2) 獨立 t 檢定之統計分析撰寫：一般在博碩士論文中常只呈現 t 檢定之結果，不須把 Levene 檢定也呈現，若讀者了解其真正意義，可以解釋清楚，也可以放上。下表不只呈現教師人格特質量表的情況，其他因素構面之分量表，也一併加入表內檢定。

論述結果可以撰寫如下：

「臺南市國小男性教師在教師人格特質上之表現顯著高於女性教師，其他因素構面除友善性與嚴謹性未達顯著水準，並未呈現男女性老師之差異情形，而在情緒穩定性、外向性及開放性方面，男性教師的表現均顯著高於女性教師。」

表 4-5　性別與教師人格特質量表 t 檢定分析表（N=489）

量表構面	性別	人數	平均數	標準差	t 值	p 值
情緒穩定性	(1) 男生	128	16.00	2.3071	3.100**	.002
	(2) 女生	361	15.27	2.2882		
外向性	(1) 男生	128	12.53	2.4429	3.048**	.002
	(2) 女生	361	11.75	2.5290		
開放性	(1) 男生	128	13.70	2.9996	2.277*	.023
	(2) 女生	361	13.01	2.9702		
友善性	(1) 男生	128	16.02	1.9481	−1.757	.080
	(2) 女生	361	16.36	1.8700		
嚴謹性	(1) 男生	128	11.79	1.6960	−0.278	.781
	(2) 女生	361	11.84	1.6477		
整體教師人格特質	(1) 男生	128	70.04	7.1137	2.552*	.011
	(2) 女生	361	68.21	6.8966		

* 表 $P < 0.05$，** 表 $P < 0.01$

3. 相依樣本 t 檢定：若論文研究在探討一個人於不同時間之前後測的實驗性研究，就會用到相依樣本 t 檢定，這在實驗性教學或專業訓練的研究上，是不可或缺的統計技術。本單元，將使用 2018 年休閒管理研究所畢業之蕭沂頫，論文名稱〈護理之家失智老人寵物療法之研究〉，在研究失智老人經過動物性輔助治療後之動作面、表達面、情緒面是否有顯著改善。其研究架構如以下，本單元範例，在探討 2016 年失智老人經過 6 週動物性輔助治療後之動作面、表達面、情緒面是否有顯著之改善。同樣的，這是雙尾檢定的問題，可以操作如下：

按選 分析 → 比較平均數法 → 成對樣本 t 檢定，出現成對樣本 t 檢定之新視窗。

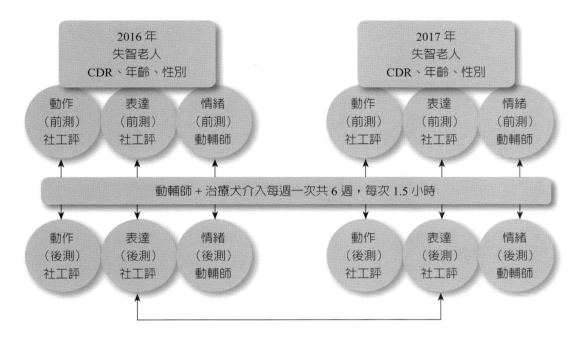

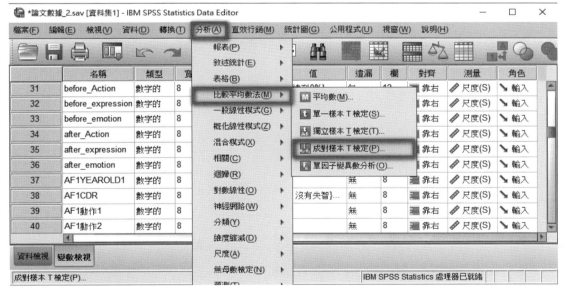

在成對樣本 t 檢定之新視窗，完成動作、表達、情緒三對前後測配對資料如下：

第 1 個配對處，將配對之動作前測及動作後測拖曳到變數 1 及變數 2；

第 2 個配對處，將配對之表達前測及表達後測拖曳到變數 1 及變數 2；

第 3 個配對處，將配對之情緒前測及情緒後測拖曳到變數 1 及變數 2。

再按確定。

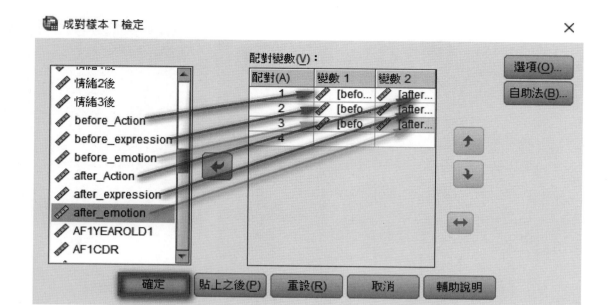

報表結果產生兩個報表，第一表為成對樣本之敘述統計：

成對樣本統計量

			平均數	個數	標準差	平均數的標準誤
動作前後	成對 1	before_Action	6.47	15	3.292	.850
		after_Action	7.93	15	3.011	.777
表達前後	成對 2	before_expression	15.87	15	9.992	2.580
		after_expression	16.53	15	7.530	1.944
情緒前後	成對 3	before_emotion	4.67	15	3.109	.803
		after_emotion	7.53	15	3.833	.990

以下第二表為成對樣本檢定結果：

成對樣本檢定

		成對變數差異					t	自由度	顯著性（雙尾）
		平均數	標準差	平均數的標準誤	差異的 95% 信賴區間				
					下界	上界			
動作前後　成對 1	before_Action - after_Action	-1.467	1.642	.424	-2.376	-.558	-3.460	14	.004
表達前後　成對 2	before_expression - after_expression	-.667	5.273	1.362	-3.587	2.254	-.490	14	.632
情緒前後　成對 3	before_emotion - after_emotion	-2.867	2.416	.624	-4.205	-1.529	-4.595	14	.000

（達顯著水準）

　　成對樣本檢定結果，在第二表之顯著性（雙尾），成對 1 及成對 3 達到顯著水準，亦即 p 值皆小於 0.05，成對 1 為失智老人在動作之前後測；成對 3 為失智老人在情緒之前後測。查看成對 1 及成對 3 之後測平均數，均大於前測平均數，顯示有顯著改善。

　　因此，**論述結果可以撰寫如下：「2016 年護理之家失智老人經過動物性輔助治療 6 週後之動作面、情緒面有顯著改善，至於在表達面則無明顯改變。」**

（附註：第二表成對樣本平均數為差值，表示前測減去後測之值，因此會出現負值。）

4.2.2 單因子變異數分析

　　超過兩個母體平均數間的差異性檢定，其原理是以平均數間的變異數（組間變異）除以隨機變異（組內誤差變異）得到的比值（F 值），能同時檢定三個（或以上）平均數的差異情形。當 F 值愈大，表示研究者關心的組間（母體間）平均數的分散情形較誤差變異來得大，若大於研究者設定的臨界值，研究者即可獲得「拒絕虛無假設、接受對立假設」的結論。

　　本單元仍將以 2014 年休閒管理研究所楊英莉論文〈影響國小教師運用農業體驗活動於校外教學行為意向之研究〉之休閒活動參與量表來做討論，分別探討背景變項之**校外農業體驗教學經驗**與**學校規模**，在休閒活動參與量表的表現差異性。因此這是雙尾檢定的問題，可以操作如下：

　　按選 分析 → 比較平均數法 → 單因子變異數分析 ，將休閒活動參與量表（LA_Total）及其 5 個因素構面拖曳到**依變數清單**，將校外農業體驗教學經驗（teachingtimes）拖曳到因子。

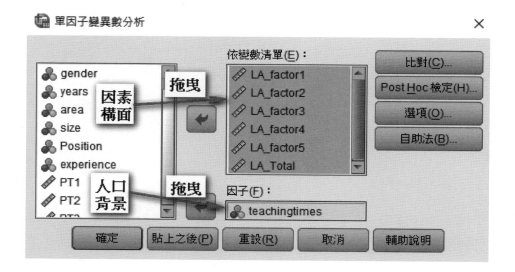

點擊 PostHoc 檢定 ，勾選 LSD、Tukey 法及 Scheffe 法，按繼續。

　　點擊 選項 ，勾選描述性統計量及變異數同質性檢定，按繼續。回到單因子變異
數分析主畫面，按下確定。另須注意的是若 Levene 變異數同質性檢定達顯著性，即
p 值小於 0.05 時，則需勾選 Tamhane's T2 或 Dunnett's T3，各組人數大於 50 則使用
Games-Howell 來進行多重比較；本例 Levene 檢定未達顯著水準。

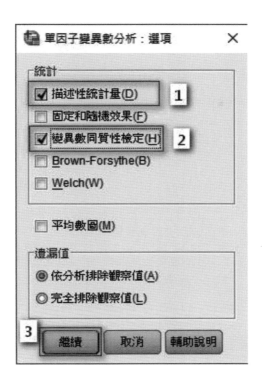

ANOVA 檢定表顯示，LA 總量表及第 3 及第 5 分量表皆達到顯著水準。

單因子變異數分析

		平方和	自由度	平均平方和	F	顯著性
LA_factor1	組間	26.868	3	8.956	1.889	.130
	組內	2299.148	485	4.741		
	總和	2326.016	488			
LA_factor2	組間	4.038	3	1.346	.124	.946
	組內	5280.343	485	10.887		
	總和	5284.380	488			
LA_factor3	組間	49.730	3	16.577	2.951	.032
	組內	2724.176	485	5.617		達到顯著
	總和	2773.906	488			
LA_factor4	組間	142.875	3	47.625	1.834	.140
	組內	12591.714	485	25.962		
	總和	12734.589	488			
LA_factor5	組間	184.873	3	61.624	3.196	.023
	組內	9352.186	485	19.283		達到顯著
	總和	9537.059	488			
LA_Total	組間	1106.255	3	368.752	3.640	.013
	組內	49139.663	485	101.319		達到顯著
	總和	50245.918	488			

另外，也顯示如下表之描述性統計量資料：

描述性統計量

		個數	平均數	標準差	標準誤	平均數的 95% 信賴區間		最小值	最大值
						下界	上界		
LA_factor1	無	164	9.3780	2.22997	.17413	9.0342	9.7219	6.00	15.00
	1~3次	242	9.4174	2.15658	.13863	9.1443	9.6904	4.00	15.00
	4~6次	54	9.0185	1.99519	.27151	8.4739	9.5631	6.00	14.00
	7次（含）以上	29	10.2069	2.36612	.43938	9.3069	11.1069	7.00	15.00
	總和	489	9.4070	2.18321	.09873	9.2130	9.6009	4.00	15.00
LA_factor2	無	164	12.7012	3.28816	.25676	12.1942	13.2082	5.00	19.00
	1~3次	242	12.5041	3.24676	.20871	12.0930	12.9153	5.00	19.00
	4~6次	54	12.6481	3.51899	.47887	11.6876	13.6086	5.00	19.00
	7次（含）以上	29	12.5517	3.38680	.62891	11.2635	13.8400	6.00	20.00
	總和	489	12.5890	3.29069	.14881	12.2966	12.8813	5.00	20.00
LA_factor3	無	164	8.4939	2.21400	.17288	8.1525	8.8353	3.00	14.00
	1~3次	242	9.1157	2.44674	.15728	8.8059	9.4255	3.00	15.00
	4~6次	54	9.2407	2.50234	.34053	8.5577	9.9237	4.00	15.00
	7次（含）以上	29	9.3448	2.31880	.43059	8.4628	10.2269	5.00	14.00
	總和	489	8.9346	2.38416	.10782	8.7227	9.1464	3.00	15.00
LA_factor4	無	164	14.8902	5.07370	.39619	14.1079	15.6726	6.00	27.00
	1~3次	242	15.5124	5.15102	.33112	14.8601	16.1647	6.00	30.00
	4~6次	54	15.9074	5.23150	.71192	14.4795	17.3353	6.00	28.00
	7次（含）以上	29	17.1034	4.43480	.82352	15.4165	18.7904	6.00	26.00
	總和	489	15.4417	5.10837	.23101	14.9878	15.8956	6.00	30.00
LA_factor5	無	164	10.9573	4.43957	.34667	10.2728	11.6419	5.00	25.00
	1~3次	242	11.6983	4.35413	.27989	11.1470	12.2497	5.00	23.00
	4~6次	54	11.8889	4.25005	.57836	10.7288	13.0489	5.00	21.00
	7次（含）以上	29	13.5517	4.67964	.86899	11.7717	15.3318	5.00	23.00
	總和	489	11.5808	4.42076	.19991	11.1880	11.9736	5.00	25.00
LA_Total	無	164	56.4207	9.70610	.75792	54.9241	57.9173	32.00	79.00
	1~3次	242	58.2479	10.23968	.65823	56.9513	59.5446	30.00	83.00
	4~6次	54	58.7037	10.15285	1.38163	55.9325	61.4749	36.00	81.00
	7次（含）以上	29	62.7586	10.43913	1.93850	58.7878	66.7295	38.00	79.00
	總和	489	57.9530	10.14707	.45887	57.0514	58.8546	30.00	83.00

　　LA_Total 為休閒活動參與量表，因素構面 LA_factor3 為社交聯誼，LA_factor5 為技藝學習，有顯著差異時，需進一步使用多重比較方法來找出兩兩比較的實際差異，一般 Scheffe 法最為嚴謹，學位論文中最常使用。稍微寬鬆的 Tukey 法以及最寬鬆的 LSD 法，僅可做為參考。LA_Total 及 LA_factor5 的檢定可在 Scheffe 法檢定顯示差異的 * 星號出來，但社交聯誼 LA_factor3 在 Scheffe 法中卻無法檢定出差異來。因此我們若查看多重比較的 Tukey 法，可發現校外農業體驗教學經驗在社交聯誼 LA_factor3 顯示有差異的 * 星號，如下表顯示：

				平均差異	標準誤	顯著性	下界	上界
LA_factor3	Tukey HSD	無	1~3次	-.62180*	.23971	.048	-1.2398	-.0038
			4~6次	-.74684	.37184	.186	-1.7054	.2118
			7次（含）以上	-.85093	.47742	.283	-2.0817	.3799
		1~3次	無	.62180*	.23971	.048	.0038	1.2398
			4~6次	-.12504	.35669	.985	-1.0446	.7945
			7次（含）以上	-.22913	.46572	.961	-1.4297	.9715
		4~6次	無	.74684	.37184	.186	-.2118	1.7054
			1~3次	.12504	.35669	.985	-.7945	1.0446
			7次（含）以上	-.10409	.54562	.998	-1.5107	1.3025
		7次（含）以上	無	.85093	.47742	.283	-.3799	2.0817
			1~3次	.22913	.46572	.961	-.9715	1.4297
			4~6次	.10409	.54562	.998	-1.3025	1.5107
	Scheffe 法	無	1~3次	-.62180	.23971	.082	-1.2943	.0507
			4~6次	-.74684	.37184	.259	-1.7900	.2963
			7次（含）以上	-.85093	.47742	.366	-2.1903	.4884
		1~3次	無	.62180	.23971	.082	-.0507	1.2943
			4~6次	-.12504	.35669	.989	-1.1257	.8756
			7次（含）以上	-.22913	.46572	.970	-1.5356	1.0774
		4~6次	無	.74684	.37184	.259	-.2963	1.7900
			1~3次	.12504	.35669	.989	-.8756	1.1257
			7次（含）以上	-.10409	.54562	.998	-1.6347	1.4266
		7次（含）以上	無	.85093	.47742	.366	-.4884	2.1903
			1~3次	.22913	.46572	.970	-1.0774	1.5356
			4~6次	.10409	.54562	.998	-1.4266	1.6347

在 Tukey 法中看到「無」與「1～3 次」間的星號 * 表示有顯著差異，查看描述性統計量表之社交聯誼 LA_factor3 平均數，「無」8.4939；「1～3 次」9.1157，雖然「1～3 次」校外農業體驗教學經驗者在因素構面社交聯誼表現顯著高於「無」校外農業體驗教學經驗者，但這個結論只做參考，不建議放在嚴謹的學位論文裡。

若讀者在單因子變異數分析檢定為顯著水準時卻在多重比較 Scheffe 法中無法檢定出差異來，在學位論文中可略去不講並視為無顯著之結果，這是因通常達到顯著之 p 值若非常接近常用的檢定水準 0.05 時，多重比較 Scheffe 法中較難找出兩兩之差異。若有需要，額外勾選 Tukey 法以及 LSD 法只是做個人參考，是否必要呈現在論文中，可徵詢指導教授的意見。

論文中將以上單因子變異數分析檢定之統計分析論述結果可以撰寫如下：「從表 4-6 分析檢定之結果顯示，有 7 次（含）以上校外農業體驗教學經驗的教師在休閒活動參與表現及其因素構面的技藝學習表現均顯著高於無校外農業體驗教學經驗的教師。」

表 4-6　校外農業體驗教學經驗與休閒活動參與差異性分析表（N=489）

因素構面	校外農業體驗教學經驗	個數	平均數	標準差	F 值	p 值	事後比較
知識進修	(1) 無	164	3.1260	.7433	1.889	0.130	
	(2) 1～3 次	242	3.1391	.7188			
	(3) 4～6 次	54	3.0062	.6650			
	(4) 7 次（含）以上	29	3.4023	.7887			
消遣娛樂	(1) 無	164	3.1753	.8220	.124	0.946	
	(2) 1～3 次	242	3.1260	.8116			
	(3) 4～6 次	54	3.1620	.8797			
	(4) 7 次（含）以上	29	3.1379	.8467			
社交聯誼	(1) 無	164	2.8313	.7380	2.951*	0.032	
	(2) 1～3 次	242	3.0386	.8155			
	(3) 4～6 次	54	3.0802	.8341			
	(4) 7 次（含）以上	29	3.1149	.7729			
體能運動	(1) 無	164	2.4817	.8456	1.834	0.140	
	(2) 1～3 次	242	2.5854	.8585			
	(3) 4～6 次	54	2.6512	.8719			
	(4) 7 次（含）以上	29	2.8506	.7391			
技藝學習	(1) 無	164	2.1915	.8879	3.196*	0.023	(4) > (1)
	(2) 1～3 次	242	2.3397	.8708			
	(3) 4～6 次	54	2.3778	.8500			
	(4) 7 次（含）以上	29	2.7103	.9359			
整體休閒活動參與	(1) 無	164	2.7612	.4266	3.641*	0.013	(4) > (1)
	(2) 1～3 次	242	2.8458	.4573			
	(3) 4～6 次	54	2.8555	.4547			
	(4) 7 次（含）以上	29	3.0432	.4723			

* 表 P < 0.05，** 表 P < 0.01

　　另外，繼續探討背景變項**學校規模**在休閒活動參與量表的表現差異情形，過程與上述操作過程一樣，在單因子變異數分析主畫面，把校外農業體驗教學經驗換成學校規模（size），按**確定**即可產生報表結果。

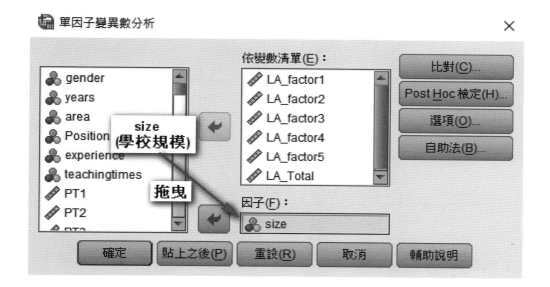

變異數分析報表顯示皆無達到顯著水準，論文之報表如下，且論述結果可以撰寫如下：「從表 4-7 結果顯示，服務於不同學校規模的受試者，在休閒活動參與量表及所有構面表現上，皆無顯著差異。」

表 4-7　學校規模與休閒活動參與差異性分析表（N=489）

量表構面	學校規模	個數	平均數	標準差	F 值	p 值	事後比較
知識進修	(1) 6 班（含）以下	104	3.0481	.70507	.706	0.549	
	(2) 7～30 班	166	3.1406	.73420			
	(3) 31～60 班	154	3.1775	.70805			
	(4) 61 班（含）以上	65	3.1641	.79522			
消遣娛樂	(1) 6 班（含）以下	104	3.1995	.83345	.941	0.420	
	(2) 7～30 班	166	3.0633	.80467			
	(3) 31～60 班	154	3.1705	.86541			
	(4) 61 班（含）以上	65	3.2231	.74362			
社交聯誼	(1) 6 班（含）以下	104	2.8718	.81822	1.188	0.314	
	(2) 7～30 班	166	2.9759	.75796			
	(3) 31～60 班	154	3.0606	.81868			
	(4) 61 班（含）以上	65	2.9590	.78729			
體能運動	(1) 6 班（含）以下	104	2.5737	.78271	1.742	0.158	
	(2) 7～30 班	166	2.5813	.85669			
	(3) 31～60 班	154	2.4827	.81765			
	(4) 61 班（含）以上	65	2.7692	.99595			

表 4-7（續）

量表構面	學校規模	個數	平均數	標準差	F 值	p 值	事後比較
技藝學習	(1) 6 班（含）以下	104	2.2942	.88393	.429	0.732	
	(2) 7～30 班	166	2.3410	.86249			
	(3) 31～60 班	154	2.3481	.85644			
	(4) 61 班（含）以上	65	2.2123	1.00802			
整體休閒活動參與	(1) 6 班（含）以下	104	2.7975	.45128	.418	0.827	
	(2) 7～30 班	166	2.8204	.48087			
	(3) 31～60 班	154	2.8479	.39710			
	(4) 61 班（含）以上	65	2.8655	.49946			

4.2.3 雙因子變異數分析

雙因子變異數分析用於探討兩獨立變數在依變數上的影響，**廣泛應用於實驗設計的研究**。例如：比較三種廣告方式（A, B, C）在五個不同廣告時段（I, II, III, IV, V），所達成的廣告銷售額是否不同。廣告方式、廣告時段是兩個因子（factor），廣告銷售額則是要量測的依變數。因子「廣告方式」有 3 個水準（level）；因子「廣告時段」有 5 個水準。前一單元所介紹「單因子變異數分析」→只有 1 個依變數以及 1 個因子，但因子有 3 個以上水準。

問卷調查使用同時兩個因子的變異數分析極為稀少，但同時觀察兩個因子對於量表的影響，除了可以獲得兩個單因子變異數分析的結果，也可以檢視兩個因子是否對量表有交互作用；換言之，有沒有彼此干擾影響量表的效果。

以下針對問卷釐清定義：

「因子」：問卷中的人口背景變項，是一種間斷變數，亦是自變數（independent variable）。

「水準」：問卷中的人口背景變項的選項（族群）。

「**依變數**」：問卷中的量表或測驗表，是一種連續變數，分數可以加總量測。

本單元仍繼續上例，檢定分析以兩個因子「校外農業體驗教學經驗」及「性別」同時對「休閒活動參與量表」影響之效果。

操作如下：

按選 分析 → 一般線性模式 → 單變量 ，出現單變量之新視窗。

將「休閒活動參與量表」LA_Total →拖曳到依變數框格；

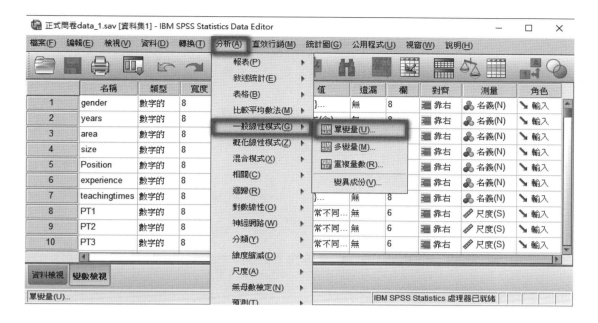

將兩個因子「校外農業體驗教學經驗」teachingtimes 及「性別」gender →拖曳到固定因子框格。

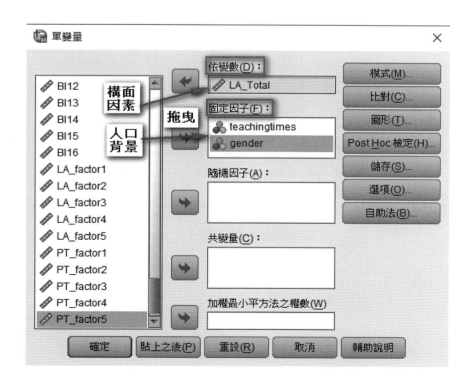

203

點選 選項 ：在因子與因子交互作用框格將 teachingtimes、gender 及 teachingtimes* gender 拖曳到**顯示平均數**，在顯示框勾選**敘述統計**、**效果大小估計值**及誤差變異量的**同質性檢定**，並勾選**比較主效果**，按**繼續**。

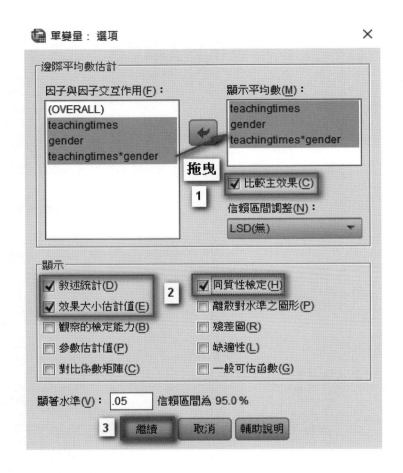

點選 圖形 ：將因子框格 teachingtimes 及 gender，分別拖曳到**水平軸**及**個別線**，按**新增**後，再按**繼續**。

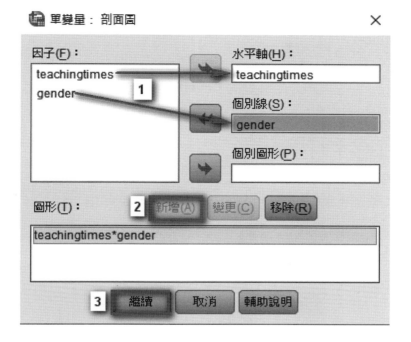

回到單變量主視窗，按下**確定**，分析報表即產生。包含有敘述統計表：

敘述統計

依變數: LA_Total

teachingtimes	gender	平均數	標準離差	個數
無	男	59.1905	8.50606	42
	女	55.4672	9.94047	122
	總數	56.4207	9.70610	164
1~3次	男	60.8261	8.91621	69
	女	57.2197	10.57137	173
	總數	58.2479	10.23968	242
4~6次	男	59.3636	9.64648	11
	女	58.5349	10.38164	43
	總數	58.7037	10.15285	54
7次（含）以上	男	67.1667	6.24233	6
	女	61.6087	11.09766	23
	總數	62.7586	10.43913	29
總數	男	60.4609	8.81025	128
	女	57.0637	10.44796	361
	總數	57.9530	10.14707	489

以下誤差變異量的 Levene 檢定等式，未達到顯著水準，表示 4×2 水準的**觀察值**資料變異數皆相等。

誤差變異量的 Levene 檢定等式[a]

依變數: LA_Total

F	df1	df2	顯著性
1.351	7	481	.225

檢定各組別中依變數誤差變異量的虛無假設是 相等的。　未達顯著水準

a. Design: 截距 + teachingtimes + gender + teachingtimes * gender

受試者間效應項的檢定，包含 teachingtimes、gender 的主要效應檢定結果，以及 teachingtimes * gender 的交互作用影響檢定。

受試者間效應項的檢定

依變數: LA_Total

來源	型 III 平方和	df	平均平方和	F	顯著性	淨相關 Eta 平方
校正後的模式	2333.952[a]	7	333.422	3.347	.002	.046
截距	610220.95	1	610220.95	6126.158	.000	.927
teachingtimes	873.236	3	291.079	2.922	.034	.018
gender	499.590	1	499.590	5.016	.026	.010
teachingtimes * gender (交互作用)	84.752	3	28.251	.284	.837	.002
誤差	47911.966	481	99.609		達顯著水準	不顯著
總數	1692575.0	489				
校正後的總數	50245.918	488				

a. R 平方 = .046 (調過後的 R 平方 = .033)

論述結果可以撰寫如下：「結果顯示交互作用的 F 檢定，p 值 0.837 未達顯著水準，表示兩因子沒有交互作用，因此可以再個別去看 teachingtimes、gender 的主要效應，表內顯示其 p 值分別為 0.034 及 0.026 達到顯著水準，表示兩個因子『校外農業體驗教學經驗』及『性別』分別在『休閒活動參與量表』有顯著差異，需再看成對比較分析其實際差異之情形。」

■ 交互作用若有顯著時，應該怎麼辦？

表示兩個因子會互相干擾影響相依變數結果，因爲很難去區別，哪些是「校外農業體驗教學經驗」造成的？哪些是「性別」造成的。因此最好的對策，就是只選擇一個對論文較重要的因子（人口背景變項），獨立去進行單因子變異數分析，不要兩個都做，以避免交互作用在這兩個因子糾纏不清。

另外，還有一個解決方法，就是在任何一個因子中只選取一個水準的觀察值，在另一個因子中去做主要效應的分析檢定，又稱爲單純效應。

例如：上例中，若性別與校外農業體驗教學經驗兩個因子有顯著交互作用，可以只取男性觀察值，去看校外農業體驗教學經驗在**休閒活動參與量表**的差異性表現，有點像是單因子變異數分析，但是只取男性去檢定，或是只取女性去檢定。

回到原來討論主題，繼續再去看單因子之主要效應統計分析前，先討論「校外農業體驗教學經驗」，敘述統計如下報表：

估計值

依變數： LA_Total

teachingtimes	平均數	標準誤差	95% 信賴區間 下界	上界
無	57.329	.893	55.575	59.083
1~3次	59.023	.711	57.627	60.419
4~6次	58.949	1.686	55.636	62.262
7次（含）以上	64.388	2.288	59.893	68.883

成對比較分析報表如下：

成對比較

依變數： LA_Total

(I) teachingtimes	(J) teachingtimes	平均差異 (I-J)	標準誤差	顯著性	差異的 95% 信賴區間	
					下界	上界
無	1~3次	-1.694	1.141	.138	-3.936	.548
	4~6次	-1.620	1.908	.396	-5.369	2.128
	7次（含）以上	-7.059*	2.456	.004	-11.884	-2.234
1~3次	無	1.694	1.141	.138	-.548	3.936
	4~6次	.074	1.830	.968	-3.522	3.669
	7次（含）以上	-5.365*	2.395	.026	-10.072	-.658
4~6次	無	1.620	1.908	.396	-2.128	5.369
	1~3次	-.074	1.830	.968	-3.669	3.522
	7次（含）以上	-5.438	2.842	.056	-11.022	.146
7次（含）以上	無	7.059*	2.456	.004	2.234	11.884
	1~3次	5.365*	2.395	.026	.658	10.072
	4~6次	5.438	2.842	.056	-.146	11.022

*. 平均差異在 .05 水準是顯著的。

　　論述結果可以撰寫如下：「顯示『7次（含）以上』校外農業體驗教學經驗教師在『休閒活動參與量表』的表現均顯著高於『無』及『1～3 次』的校外農業體驗教學經驗教師。」

　　再來討論「性別」，敘述統計如下報表：

估計值

依變數： LA_Total

gender	平均數	標準誤差	95% 信賴區間	
			下界	上界
男	61.637	1.357	58.970	64.304
女	58.208	.709	56.815	59.600

成對比較分析報表如下：

成對比較

依變數： LA_Total

(I) gender	(J) gender	平均差異 (I-J)	標準誤差	顯著性	差異的 95% 信賴區間	
					下界	上界
男	女	3.429[*]	1.531	.026	.420	6.438
女	男	-3.429[*]	1.531	.026	-6.438	-.420

*. 平均差異在 .05 水準是顯著的。

論述結果可以撰寫如下：「男性教師在休閒活動參與量表的表現顯著高於女性教師。」

最後來看剖面圖：

剖面圖

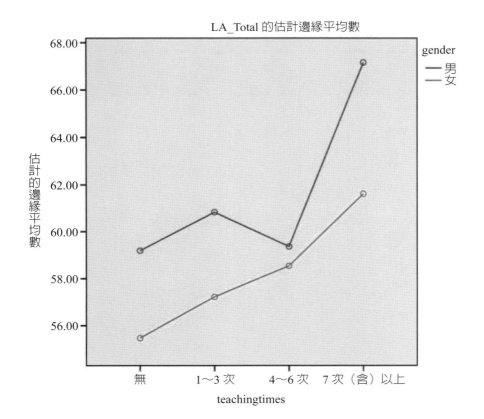

LA_Total 的估計邊緣平均數

事實上是否有「交互作用」可以從剖面圖判斷，圖中分別為男、女的休閒活動參與量表在不同校外農業體驗教學經驗次數的分布曲線，因為兩條曲線並未交集，且延伸其曲線，也無交集之可能，因此可以斷定兩因子無交互作用。

〔補充操作〕

若讀者有興趣，以上例子也可以畫出條形圖：

按選 統計圖 → 歷史對話記錄 → 條形圖 。

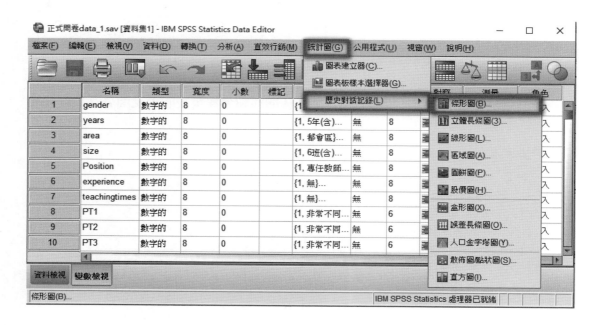

出現長條圖選單。

按選 集群 。

點擊 定義 ，在**條形圖表示**點選**其他統計量**（例如：平均數），將**性別** gender 拖曳到**類別軸**；**校外農業體驗教學經驗** teachingtimes 拖曳到**定義集群依據**，按確定。

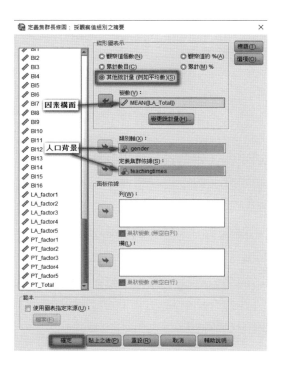

　　圖形報表產生：可以清楚辨別性別 2 個集群及校外農業體驗教學經驗 4 個集群在「休閒活動參與量表」的表現。

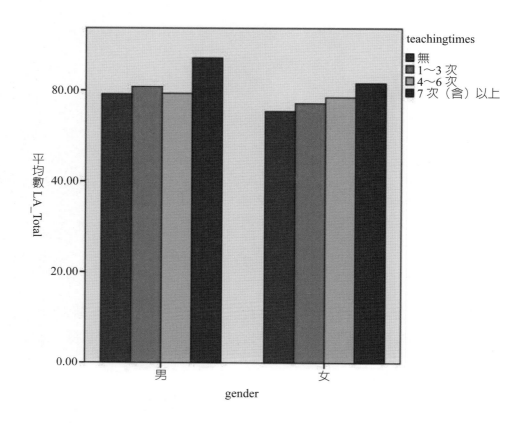

4.2.4 相關分析

　　當兩個變項皆為連續變項（如量表、測驗分數等）時，適合利用皮爾森積差相關找出兩變項的線性相關的程度。假設我們想要了解某班學生國文與英語的關聯程度，想知道是否學生的國文成績愈高，英語成績也會愈高。

　　一般研究者認為，相關係數 0.3 以下為低相關，0.3～0.7 為中等相關，0.7 以上為高度相關，正值的相關係數為正相關；負值的相關係數為負相關。

　　本單元將討論前例之休閒活動參與量表與教師人格特質量表，兩量表之相關分析檢定，除了量表間外，另外也介紹分量表之間的相關分析。

　　按選 分析 → 相關 → 雙變數 。

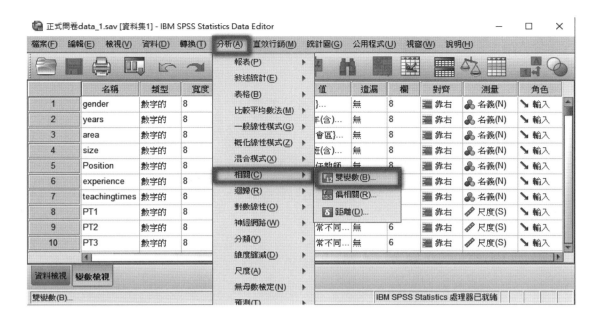

將休閒活動參與量表 LA_Total，與教師人格特質量表 PT_Total 變數，拖曳到**變數**框格內。

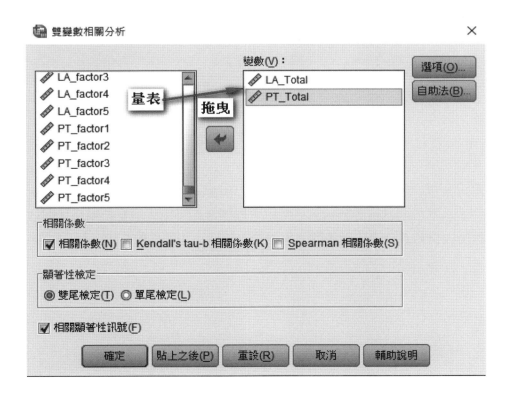

點擊 選項 ，勾選平均數與標準差，按繼續，回到上圖之雙變數相關分析主畫面，按下確定。

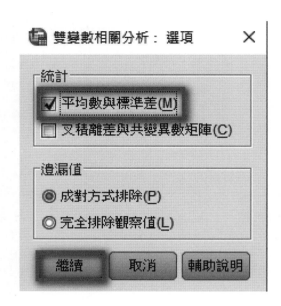

產生統計分析報表，包含描述性統計量以及相關分析檢定兩個報表。

描述性統計量

	平均數	標準差	個數
LA_Total	57.9530	10.14707	489
PT_Total	68.6912	6.99303	489

相關分析表內星號表示顯著水準符號，0.285 為相關係數，雙星表示 p 值小於 0.01 的顯著水準，因此統計分析論述結果可以撰寫如下：「檢定結果為休閒活動參與量表與教師人格特質量表兩量表間呈現顯著正相關，相關係數 0.285 為低相關程度。」

相關

		LA_Total	PT_Total
LA_Total	Pearson 相關	1	.285**
	顯著性 (雙尾)		.000
	個數	489	489
PT_Total	Pearson 相關	.285**	1
	顯著性 (雙尾)	.000	
	個數	489	489

**. 在顯著水準為0.01時 (雙尾)，相關顯著。

撰寫表格格式：

表 4-8　休閒活動參與量表與教師人格特質量表相關分析摘要表

	休閒活動參與	教師人格特質
休閒活動參與	1	.285**
教師人格特質	.285**	1

** 表 p < .01；* 表 p < .05

　　除了量表間的相關分析檢定，若有需要，分量表間也可以做相關分析檢定。操作同上，但休閒活動參與量表與教師人格特質量表的分量表各有 5 個，必須把這 10 個分量表拖曳到**變數**框格，按**確定**即可產生報表。

報表之 10×10 的表格實在太大，擷取論文中需要的檢定標記及相關係數值，重新編製分析摘要表，再把報表相關數據填入。

		LA_factor1	LA_factor2	LA_factor3	LA_factor4	LA_factor5
PT_factor1	Pearson 相關	.019	.074	.140	.128	.067
	顯著性（雙尾）	.671	.101	.002	.004	.138
	個數	489	489	489	489	489
PT_factor2	Pearson 相關	.154	.146	.159	.211	.190
	顯著性（雙尾）	.001	.001	.000	.000	.000
	個數	489	489	489	489	489
PT_factor3	Pearson 相關	.174	.050	.085	.150	.211
	顯著性（雙尾）	.000	.266	.059	.001	.000
	個數	489	489	489	489	489
PT_factor4	Pearson 相關	.030	.072	.069	-.009	.074
	顯著性（雙尾）	.514	.114	.126	.849	.104
	個數	489	489	489	489	489
PT_factor5	Pearson 相關	.000	.051	.033	-.048	.001
	顯著性（雙尾）	1.000	.261	.469	.291	.990
	個數	489	489	489	489	489

經重整以上報表，重新編製論文所需使用之以下**因素構面**相關分析表，由於因素構面間顯著相關較為繁雜而勉強詮釋，往往難以理解，如本例之相關係數皆小於 0.3 屬低相關，推論到母體有實際的困難，若研究者能試著合理詮釋，可視需要再斟酌是否放進論文中論述。

表 4-9　休閒活動參與量表與教師人格特質量表因素構面相關分析摘要表

	知識進修	消遣娛樂	社交聯誼	體能運動	技藝學習
情緒穩定	.019	.074	.140**	.128**	.067
外向性	.154**	.0146**	.159**	.211**	.190**
開放性	.174**	.050	.085	.150**	.211**
友善性	.030	.072	.069	-.009	.074
嚴謹性	.000	.051	.033	-.048	.001

** 表 p < .01；* 表 p < .05；表內數字為相關係數

4.2.5 交叉分析與卡方檢定

　　論文之問卷設計中，除了量表或測驗表外，人口背景變項間的分析也絕不能少，兩者缺一不可。類別資料之間最重要的分析就是交叉分析，交叉分析會使用到**列聯表**（Contingency table）來顯示兩個變數的交叉數值，列聯表或稱之為交叉表（Cross table），由統計軟體來做此一表格呈現，並不是很難的事，SPSS 可以很輕易地完成，並且順便作卡方檢定（Chi-square test）呢！

　　本單元將討論前例楊英莉論文〈影響國小教師運用農業體驗活動於校外教學行為意向之研究〉，其正式問卷基本資料調查之「性別」分別對「任教地區」及「擔任職務」做交叉分析檢定，以了解兩變數之間的關係。

　　按選 分析 → 敘述統計 → 交叉表 。

　　將性別（gender）拖曳到列；任教地區（area）及擔任職務（Position）拖曳到**欄**，並勾選**顯示集群長條圖**，以方便觀察分布情況。

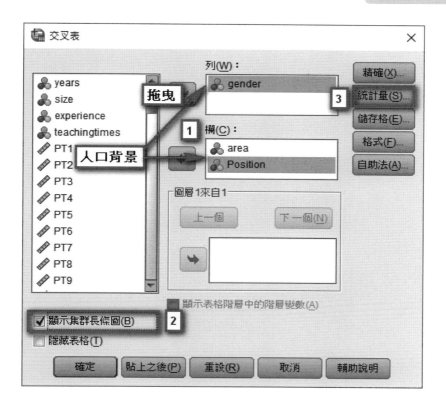

點擊 統計量，勾選卡方分配，按繼續，才可以操作檢定分析。

　　點選 儲存格 ，勾選個數之觀察值以及百分比之列，按繼續，可以在列中顯示百分比。

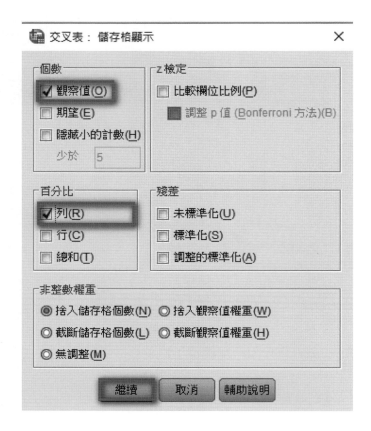

回到交叉表主畫面，按確定即可產生統計報表結果：

1. 性別（gender）與任教地區（area）之交叉分析：可得到交叉表及卡方檢定表交叉表中男女性在三個任教地區有統計勾選之列的百分比數據。

交叉表

			area			總和
			都會區	鄉鎮地區	農村地區	
gender	男	個數	35	34	59	128
		在 gender 之內的	27.3%	26.6%	46.1%	100.0%
	女	個數	147	113	101	361
		在 gender 之內的	40.7%	31.3%	28.0%	100.0%
總和		個數	182	147	160	489
		在 gender 之內的	37.2%	30.1%	32.7%	100.0%

卡方檢定第一列之 Pearson 卡方其漸進顯著性（雙尾）之 p 值 .001，達到顯著水準。

卡方檢定

	數值	自由度	漸近顯著性 (雙尾)
Pearson-卡方	14.727[a]	2	.001
概似比	14.387	2	.001
線性對線性的關連	13.411	1	.000
有效觀察值的個數	489		

a. 0格 (0.0%) 的預期個數少於 5。 最小的預期個數為 38.48。

另，長條圖顯示如下：

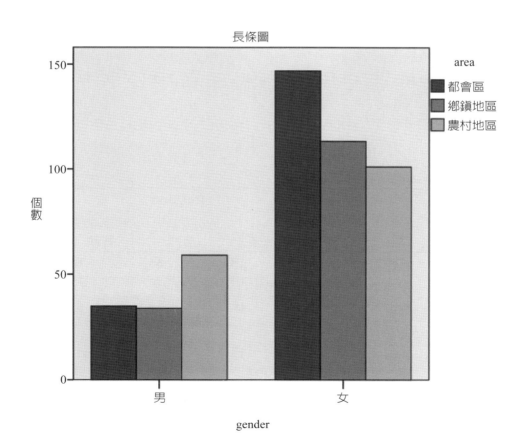

因此統計分析論述結果可以撰寫如下：「男性教師任教於農村地區的比例接近 46%，顯著高於女性教師的 28%，女性教師則有接近 41% 任教於都會區。」

表 4-10　國小教師性別與任教地區交叉分析

			任教地區			總和
			都會區	鄉鎮地區	農村地區	
性別	男	個數	35	34	59	128
		在性別之內的	27.3%	26.6%	46.1%	100.0%
	女	個數	147	113	101	361
		在性別之內的	40.7%	31.3%	28.0%	100.0%
總和		個數	182	147	160	489
		在性別之內的	37.2%	30.1%	32.7%	100.0%

卡方值 = 14.727，p 值 .001 達顯著水準

2. 性別（gender）與擔任職務（Position）之交叉分析：可得到交叉表及卡方檢定表。

交叉表中的男女性在三個擔任職務中，有統計勾選之列的百分比數據。

交叉表

			Position			總和
			專任教師	教師兼任導師	教師兼任行政	
gender	男	個數	18	54	56	128
		在 gender 之內的	14.1%	42.2%	43.8%	100.0%
	女	個數	55	244	62	361
		在 gender 之內的	15.2%	67.6%	17.2%	100.0%
總和		個數	73	298	118	489
		在 gender 之內的	14.9%	60.9%	24.1%	100.0%

卡方檢定第一行之 Pearson 卡方其漸進顯著性（雙尾）之 p 值 .000，達到顯著水準。

卡方檢定

	數值	自由度	漸近顯著性 (雙尾)
Pearson卡方	37.749[a]	2	.000
概似比	35.377	2	.000
線性對線性的關連	19.002	1	.000
有效觀察值的個數	489		

達顯著水準

a. 0格 (0.0%) 的預期個數少於 5。 最小的預期個數為 19.11。

另，長條圖顯示如下：

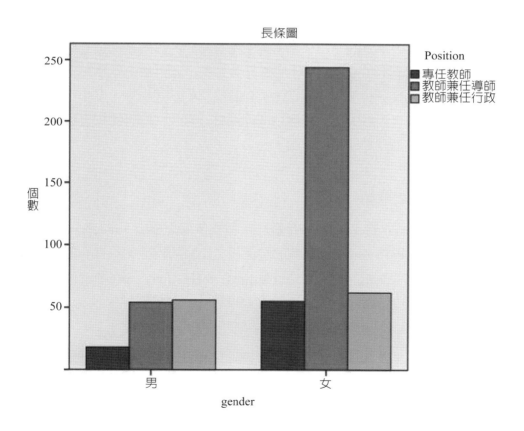

長條圖

因此統計分析論述結果撰寫如下：「教師兼任行政工作者，在男性教師有接近 44% 的比例，在女性教師則有近 17%，而女性教師兼任導師的比例更高達 67.6%，顯著高於男性教師的 42.2%。」

表 4-11　國小教師性別與擔任職務交叉分析

			擔任職務			總和
			專任教師	教師兼任導師	教師兼任行政	
性別	男	個數	18	54	56	128
		在性別之內的	14.1%	42.2%	43.8%	100.0%
	女	個數	55	244	62	361
		在性別之內的	15.2%	67.6%	17.2%	100.0%
總和		個數	73	298	118	489
		在性別之內的	14.9%	60.9%	24.1%	100.0%

卡方值＝37.749，p 值＜0.01 達顯著水準

交叉分析與卡方檢定的介紹，相信大家都有一定的了解了，還記得前面介紹的差異性分析檢定所用到的 t 檢定或單因子變異數分析，若再加上本單元對人口背景變項間的關聯性使用交叉分析與卡方檢定，這對於論文的論述結果，多少可以提供更多關鍵的資訊。只要讀者對於人口背景變項間的關聯性有任何的臆測或質疑，簡單操作本單元的作法，會很即時地回饋回來喔！

4.2.6 線性迴歸分析

線性迴歸（linear regression）是統計上在找多個自變數（independent variable）和依變數（dependent variable）之間的關係建立出來的模型。只有一個自變數和一個依變數的情形稱為簡單線性迴歸（simple linear regression），多於一個自變數的情形稱為多元線性迴歸（multiple regression）。

博碩士論文題目也可以看出來是否主要是探討因果關係的論文，一般有幾個關鍵詞，如「影響」、「模式」之類的。線性迴歸分析只是去預測自變數與依變數的關係，一般都可以計算獲得一個數學線性方程式，因此可以做預測，例如：一群人的身高與體重的關係，可以記錄輸入電腦後，得到一個方程式可以描述計算身高多少，體重會是多少之類的預測方程式。

但在一般的問卷調查，主要是量表，其數據並非如身高或體重的連續變數，而是間斷變數（discrete variable）中的一種順序變數，普通它只有 1～5 的數值，因此要做迴歸分析，一定要確認「研究架構」就是因果關係的論文，就可以使用迴歸分析去探討模式的意義。但記得，問卷調查使用線性迴歸分析，重點在找出自變數影響的權

重及權重的順序大小。本單元將以黃秀娟論文〈嘉義縣國小教師情緒管理、防災素養對防災教育教學效能關係之研究〉，研究架構中之情緒管理的四個因素構面與防災素養的防災態度因素構面為自變數，而防災教育教學效能為依變數，探討各因素構面對防災教育教學效能的影響程度大小。至於防災素養的另兩個防災知識及防災技能因素構面並未投入自變數中，是因研究主題的考量，且不建議自變數超過五個。

　　按選 分析 → 迴歸 → 線性 。

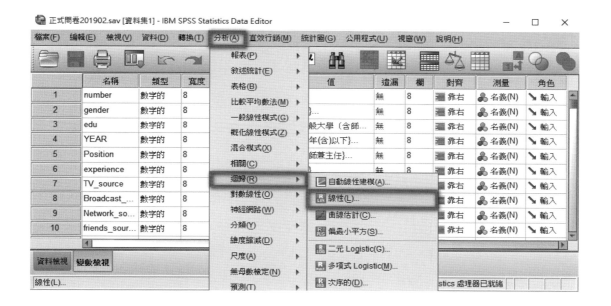

　　將自變數 Emotional_tb1、Emotional_tb2、Emotional_tb3、Emotional_tb4 以及 attitude_total 拖曳到自變數，Teaching_total 拖曳到依變數。方法的選項包含輸入、逐步迴歸分析法、向前法、向後法及移除法。

　　一般原始設定是保守的輸入法，也稱為強制法，若自變數繁多，要找出真正的影響變數，建議使用逐步迴歸分析法，本單元使用逐步迴歸分析法。

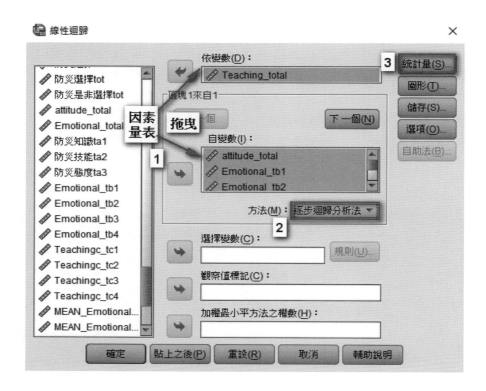

點擊 統計量 ，勾選估計值、描述性統計量、R 平方改變量及模式適合度，按繼續。

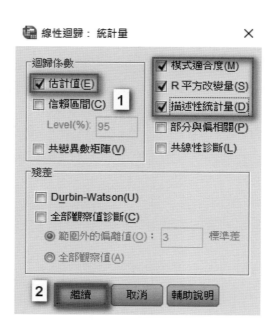

　　回到主畫面，按下**確定**即可產生統計報表結果，其中模式摘要中，R 平方改變量得知，增加 Emotional_tb4 時為模式增加 44.5% 的解釋力，增加 attitude_total 時為模式增加 8.7% 的解釋力，增加 Emotional_tb1 時為模式增加 1.3% 的解釋力，增加 Emotional_tb2 時為模式增加 0.8% 的解釋力，44.5%+8.7%+1.3%+0.8% 又剛好為 55.3%，因此很容易讓人認定此四筆數值剛好就是該變項的各自解釋力。

估計的標準誤

模式	R	R 平方	調過後的R 平方	估計的標準誤	變更統計量				
					R 平方改變量	F 改變	df1	df2	顯著性F改變
1	.667[a]	.445	.444	5.407	.445	311.191	1	388	.000
2	.730[b]	.532	.530	4.969	.087	72.312	1	387	.000
3	.739[c]	.545	.542	4.906	.013	11.014	1	386	.001
4	.744[d]	.553	.548	4.871	.008	6.662	1	385	.010

加總

a. 預測變數:(常數), Emotional_tb4
b. 預測變數:(常數), Emotional_tb4, attitude_total
c. 預測變數:(常數), Emotional_tb4, attitude_total, Emotional_tb1
d. 預測變數:(常數), Emotional_tb4, attitude_total, Emotional_tb1, Emotional_tb2

　　擷取係數報表，可看到逐步迴歸分析法，運用了向前法、向後法或移除法共經過 4 個模式進程，在第 4 個模式，查看表下 d 的註解可知，最後取出 Emotional_tb1 情緒覺察、Emotional_tb2 情緒表達、Emotional_tb4 情緒運用以及 attitude_total 防災態度，且排除了 Emotional_tb3 情緒調適。

係數[a]

模式		未標準化係數		標準化係數	t	顯著性
		B 之估計值	標準誤差	Beta 分配		
1	(常數)	22.910	2.176		10.529	.000
	Emotional_tb4	2.350	.133	.667	17.641	.000
2	(常數)	5.139	2.893		1.777	.076
	Emotional_tb4	2.033	.128	.577	15.883	.000
	attitude_total	.628	.074	.309	8.504	.000
3	(常數)	2.486	2.966		.838	.402
	Emotional_tb4	1.744	.154	.495	11.353	.000
	attitude_total	.540	.078	.265	6.950	.000
	Emotional_tb1	.627	.189	.154	3.319	.001
4	(常數)	2.056	2.949		.697	.486
	Emotional_tb4	1.479	.184	.420	8.053	.000
	attitude_total	.524	.077	.258	6.774	.000
	Emotional_tb1	.521	.192	.128	2.715	.007
	Emotional_tb2	.593	.230	.130	2.581	.010

影響權重因子 ← .420

達顯著水準

a. 依變數: Teaching_total

　　因為是問卷量表所跑出來的多元線性迴歸，不適合使用未標準化係數的下方 B 之估計值，去計算或預測方程式的趨勢；使用問卷量表的論文，要看標準化係數，這時模式之 Beta 分配四個變數皆達到顯著水準，其中 Emotional_tb4 情緒運用 0.420 最高，最小的 Emotional_tb1 情緒覺察 0.128。

　　因此統計分析論述結果可以撰寫如下：「情緒運用、防災態度、情緒表達、情緒覺察等因素構面的 β 標準化係數皆達到顯著性，其中情緒運用在模式的解釋力為 44.5%，防災態度有 8.7% 解釋力，情緒覺察有 1.3% 的解釋力，情緒運用有 0.8% 的解釋力，整個模式的解釋力為 55.3%，顯示這些層面對防災教育教學效能會正向影響教師的防災教育教學效能，其中又以情緒運用的影響最為重要。」

　　附記：若使用強制的輸入法，則產生之報表模式摘要及係數如下：

　　R 平方改變量只能一次顯示整個模式解釋力，無法呈現個別因素的解釋力貢獻。

模式摘要

模式	R	R 平方	調過後的 R 平方	估計的標準誤	變更統計量				
					R 平方改變量	F 改變	df1	df2	顯著性F 改變
1	.746[a]	.557	.551	4.858	.557	96.408	5	384	.000

a. 預測變數:(常數), Emotional_tb4, attitude_total, Emotional_tb1, Emotional_tb2, Emotional_tb3

下表呈現出，模式中並未排除未達顯著的 Emotional_tb3 情緒調適，因此 β 標準化係數數值與逐步迴歸分析法並不盡相同。

係數ª

模式		未標準化係數		標準化係數	t	顯著性
		B 之估計值	標準誤差	Beta 分配		
1	（常數）	2.251	2.943		.765	.445
	attitude_total	.526	.077	.259	6.814	.000
	Emotional_tb1	.466	.194	.114	2.398	.017
	Emotional_tb2	.480	.238	.106	2.013	.045
	Emotional_tb3	.359	.207	.109	1.731	.084
	Emotional_tb4	1.259	.223	.357	5.647	.000

模式變數

a. 依變數: Teaching_total

4.2.7 無母數分析

本章 4.2.1 t 檢定及 4.2.2 單因子變異數分析，分別用來檢定 2 組及 3 組以上的平均值是否相等的檢定方法，但必須符合常態分配的基本假設與變異數同質的檢定，同時也要有足夠的樣本數，若樣本不足 30 或資料不符合常態分配時，則必須選用本節之無母數方法（nonparametric tests）。

無母數檢定方式不需要對資料的分布做任何假設，若我們研究對象之樣本數不足，就不太適合再使用標準常態分配所推導出的檢定方法，如 t 檢定、變異數分析、皮爾森積差相關分析、線性迴歸等，這時讀者可以使用對應的無母數方法，就好像在二母體獨立樣本 t 檢定可用對應的無母數分析為 Mann-Whitney U-test（曼惠二氏 U 檢定法）來比較兩母體；在二母體相依樣本 t 檢定可用對應的無母數分析為 Wilcoxon rank signed test（Wilcoxon 符號等級檢定，前後測的實驗）來比較兩母體；而在多組樣本單因子變異數分析可用對應的無母數分析為 Kruskal-Wallis test（克 - 瓦二氏檢定）來比較三個母體以上；至於皮爾森積差相關分析（Pearson correlation）可用對應的無母數方法為 The Spearman's Rank Test（斯皮爾曼等級相關檢定）來檢定兩變數（量表）間之相關性。

以下將分別舉例說明，前面兩個無母數 Mann-Whitney U-test 及 Wilcoxon rank

signed test 的實例將以 2018 年休閒管理研究所蕭沂頵之論文〈護理之家失智老人寵物療法之研究〉為例說明；第三個 Kruskal-Wallis test 將以 2018 年休閒管理研究所劉景文之論文〈柴頭港溪水岸社區營造及休閒參與之研究〉為例說明。第四個 The Spearman's rank test（斯皮爾曼等級相關檢定）則再以〈護理之家失智老人寵物療法之研究〉為例說明。

1. Mann-Whitney U-test（曼惠二氏U檢定法，類似於威爾克森等級和檢定）

對應於「獨立樣本 t 檢定」的無母數方法，非常態分配、樣本總數少於 30 或每族群人數少於 10 人，可以考慮使用此無母數統計方法。本例在探討 2016 年經過 6 週寵物療法活動之失智老人共有 15 人（男 6 人，女 9 人），其前、後測結果之「性別」在動作、情緒及表達量表上，是否有所顯著差異。

按選 分析 → 無母數檢定 → 歷史對話記錄 → 二個獨立樣本。

將性別（GENDER）拖曳到分組變數，並輸入 1、2 數值；動作前總分、表達前總分、情緒前總分、動作後總分、表達後總分、情緒後總分拖曳到檢定變數清單，並勾選 Mann-Whitney U 統計量，並點擊選項→勾選描述性統計量→按繼續。

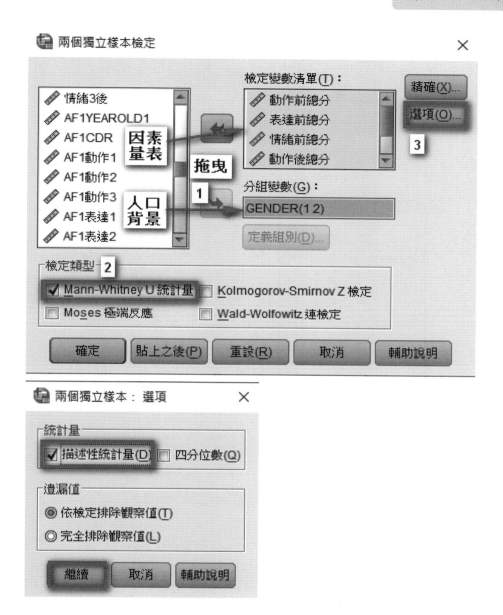

　　回到**兩個獨立樣本**主畫面按下確定。可以跑出報表 Mann-Whitney 檢定表及檢定**統計量**的結果。

Mann-Whitney 檢定

等級

	GENDER	個數	等級平均數	等級總和
動作前總分	男	6	7.08	42.50
	女	9	8.61	77.50
	總和	15		
表達前總分	男	6	6.25	37.50
	女	9	9.17	82.50
	總和	15		
情緒前總分	男	6	7.67	46.00
	女	9	8.22	74.00
	總和	15		
動作後總分	男	6	7.42	44.50
	女	9	8.39	75.50
	總和	15		
表達後總分	男	6	6.67	40.00
	女	9	8.89	80.00
	總和	15		
情緒後總分	男	6	6.58	39.50
	女	9	8.94	80.50
	總和	15		

性別在以上六個總分量表上之檢定結果，可以看漸進顯著性（雙尾）的值，即 p 值，其中最小的是表達前總分的 p 值爲 .211，其他的 p 值也全部大於 0.05。

論述結果可以撰寫如下：「研究顯示 2016 年失智老人共有 15 人，經過 6 週寵物療法活動後，男女性在動作、表達及情緒等六個總分量表上之檢定並無顯著差異。」

檢定統計量[a]

	動作前總分	表達前總分	情緒前總分	動作後總分	表達後總分	情緒後總分
Mann-Whitney U 統計量	21.500	16.500	25.000	23.500	19.000	18.500
Wilcoxon W 統計量	42.500	37.500	46.000	44.500	40.000	39.500
Z 檢定	-.656	-1.250	-.242	-.415	-.949	-1.019
漸近顯著性 (雙尾)	.512	.211	.809	.678	.343	.308
精確顯著性 [2*(單尾顯著性)]	.529	.224	.864	.689	.388	.328

（皆未達顯著水準）

a. 分組變數：GENDER　　b. 未對等值結做修正。

2. Wilcoxon rank signed test（Wilcoxon符號等級檢定，如前後測的實驗）

對應於「相依樣本 t 檢定」的無母數方法，非常態分配、樣本總數少於 30 或每族群人數少於 10 人，可以考慮使用此無母數統計方法。

本例在探討 2016 年失智老人 15 人，其動作前、後量表；情緒前、後量表及表達前、後量表在經過 6 週寵物療法活動所記錄之結果，是否有顯著改善。

按選 分析 → 無母數檢定 → 歷史對話記錄 → 二個相關樣本。
因為是前、後測之比較，也就是將動作前總分與動作後總分配對、表達前總分與表達後總分配對以及情緒前總分與情緒後總分配對。

換言之，配對 1 分別拖曳動作前總分與動作後總分到**變數** 1 及**變數** 2；配對 2 分別拖曳表達前總分與表達後總分到**變數** 1 及**變數** 2；配對 3 分別拖曳情緒前總分與情緒後總分到**變數** 1 及**變數** 2，並勾選 Wilcoxon **檢定**，並點擊**選項**→勾選**描述性統計量**→按**繼續**。

分別將動作、表達及情緒三對前後量表拖曳如下之成對檢定變數 1 及變數 2 中。

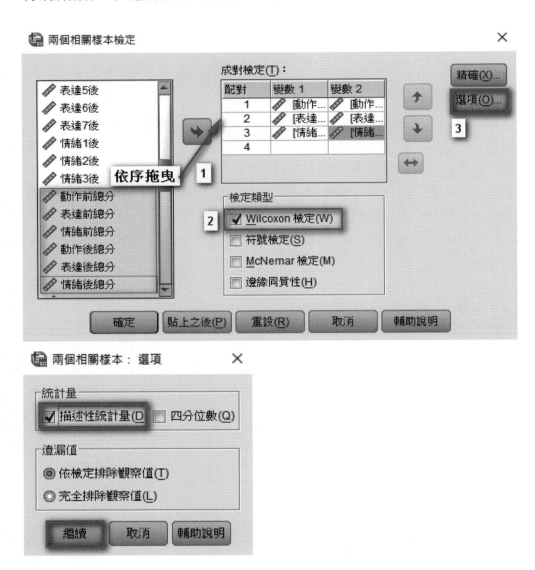

回到二個相關樣本主畫面按下**確定**。可以跑出報表描述性統計量、Wilcoxon 符號等級檢定表及檢定統計量的結果。

描述性統計量

	個數	平均數	標準差	最小值	最大值
動作前總分	15	6.47	3.292	0	12
表達前總分	15	15.87	9.992	0	28
情緒前總分	15	4.67	3.109	0	12
動作後總分	15	7.93	3.011	1	12
表達後總分	15	16.53	7.530	1	28
情緒後總分	15	7.53	3.833	1	12

等級

		個數	等級平均數	等級總和
動作後總分 - 動作前總分	負等級	2[a]	3.00	6.00
	正等級	11[b]	7.73	85.00
	等值結	2[c]		
	總和	15		
表達後總分 - 表達前總分	負等級	5[d]	7.20	36.00
	正等級	7[e]	6.00	42.00
	等值結	3[f]		
	總和	15		
情緒後總分 - 情緒前總分	負等級	0[g]	.00	.00
	正等級	11[h]	6.00	66.00
	等值結	4[i]		
	總和	15		

a. 動作後總分 < 動作前總分

b. 動作後總分 > 動作前總分

c. 動作後總分 = 動作前總分

d. 表達後總分 < 表達前總分

e. 表達後總分 > 表達前總分

f. 表達後總分 = 表達前總分

g. 情緒後總分 < 情緒前總分

h. 情緒後總分 > 情緒前總分

i. 情緒後總分 = 情緒前總分

動作前、後總分配對；表達前、後總分配對及情緒前、後總分配對之檢定結果，可以看漸進顯著性（雙尾）的值，即 p 值，其中在動作前、後總分及情緒前、後總分的 p 值分別為 .005 及 .003，皆小於 0.05，達到顯著水準。此時另可觀察 Wilcoxon 符號等級檢定表達顯著水準之「等級總和」，以「動作後總分 - 動作前總分」來看「等級總和」，正等級表示動作後總分大於動作前總分，亦即動作有改善；負等級表示動作後總分小於動作前總分，亦即動作並無改善。但正等級 85.0 大於負等級 6.00，顯示整個動作後總分大於動作前總分；同理，另一個情緒後總分也顯著高於情緒前總分。因此論述結果可以撰寫如下：「研究顯示 2016 年失智老人 15 人，經過 6 週寵物療法後，動作及情緒分數都有顯著改善。」

檢定統計量ª

	動作後總分 - 動作前總分	表達後總分 - 表達前總分	情緒後總分 - 情緒前總分
Z 檢定	-2.808	-.237	-2.940
漸近顯著性 (雙尾)	.005	.812	.003

a. Wilcoxon 符號等級檢定 ，b.以負等級為基礎。 達顯著水準

3. Kruskal-Wallis test（克-瓦二氏檢定）

對應於「單因子變異數分析」的無母數方法，非常態分配、樣本總數少於 30 或每族群人數少於 10 人，可以考慮此無母數統計方法。

本例將檢定〈柴頭港溪水岸社區營造及休閒參與之研究〉中，柴頭港溪水岸社區不同居住類型居民對「休閒參與量表」層面的差異情況。其中居民居住類型有五種，分別為「父母」、「夫妻與旁系親人」、「子女」、「安養機構」及「獨居」，本例檢定不同共同居住類型對於「社區休閒參與量表」之差異是否顯著。

由於 SPSS 18 版前，Kruskal-Wallis 分析並沒有提供多重比較，因此本例以 SPSS 19 的操作過程跟讀者說明，如何進行多重比較之檢定。要分成兩個步驟：

第一步：檢定是否有達到顯著水準，亦即有沒有顯著差異。

按選 分析 → 無母數檢定 → 歷史對話記錄 → K 個獨立樣本 。

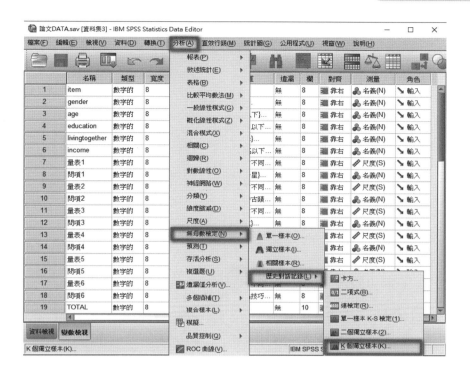

將休閒參與量表 TOTAL 拖曳到**檢定變數清單**；居住類型 livingtogether 拖曳到**分組變數**，按下**定義範圍**最小值 1，最大值 5，按**繼續**，並點擊**選項**勾選**描述性統計量**，後再勾選 Kruskal-Wallis H **檢定**。

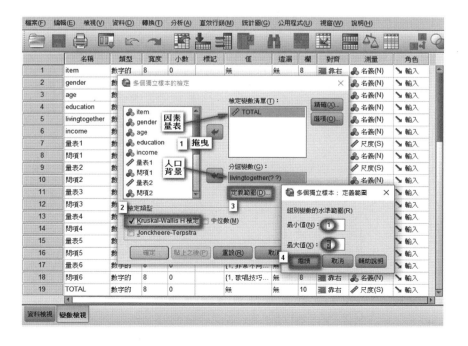

回到多個獨立樣本的檢定主畫面，按確定，可以跑出報表**描述性統計量**、Kruskal-Wallis **檢定表**及**檢定統計量**的結果。

描述性統計量

	個數	平均數	標準差	最小值	最大值
TOTAL	201	23.20	1.861	13	24
livingtogether	201	2.58	1.164	1	5

Kruskal-Wallis 檢定

等級

livingtogether		個數	等級平均數
TOTAL	父母	27	107.37
	夫妻與旁系親人	91	107.88
	子女	47	102.66
	安養機構	12	58.17
	獨居	24	85.92
	總和	201	

檢定統計量[a]

	TOTAL
卡方	17.747
自由度	4
漸近顯著性	.001

達顯著水準

a. Kruskal Wallis 檢定；b.分組變數：livingtogether

檢定統計量之卡方值 17.747 之漸近顯著性（p 值 =.001）達到統計上的顯著水準，則拒絕虛無假設，表示至少有一對組別的平均等級不相等，至於是哪幾對間有差異，則要進行以下第二步之多重比較。

附註：若未達到顯著水準（p 值 > 0.05），則可以省略以下第二步驟。

第二步：Dunn 多重比較檢定，找出兩兩比較之顯著差異對。

按選 分析 → 無母數檢定 → 獨立樣本 。

選擇點選 目標 → 自訂分析 。

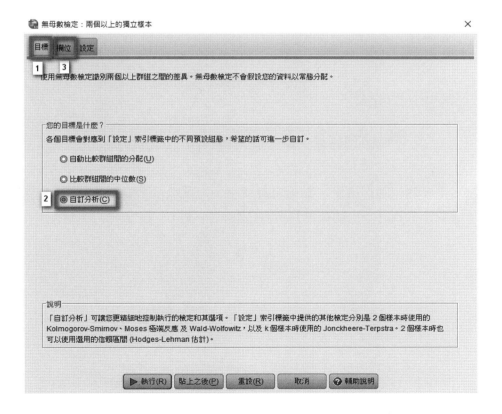

在**欄位**中,將依變項休閒參與量表 TOTAL 拖曳到**檢定欄位**,將自變項居住類型 livingtogether 拖曳到**群組**。

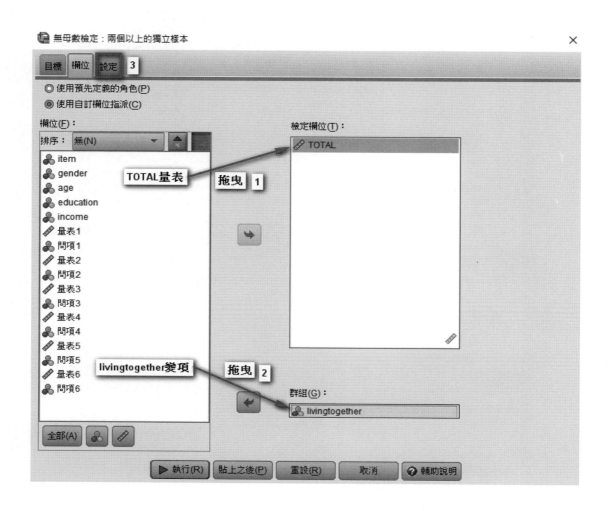

在**設定**中,選取**選擇檢定**,點選自訂檢定→勾選 Kruskal-Wallis 單因子變異數分析(K 個樣本),並將多重比較選到所有成對,接著按下執行。

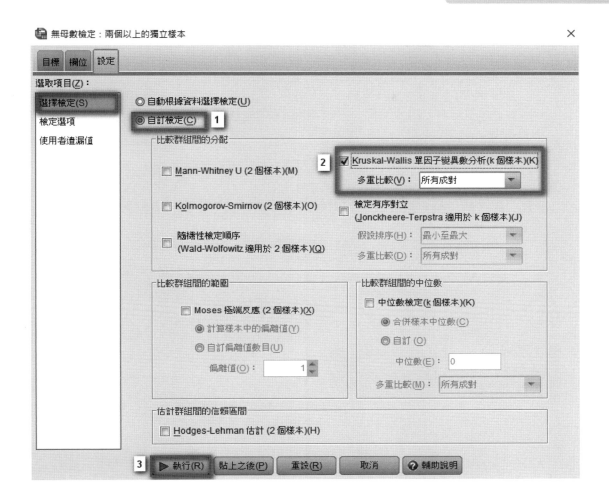

　　按下**執行**後，可以跑出報表**假設檢定摘要**的結果，顯著性之 p 值 .001 顯示達到統計上之顯著水準，有顯著差異。

假設檢定摘要

	無效假設	檢定	顯著性	決策
1	在 livingtogether 的類別上，TOTAL 的分配相同。	獨立樣本 Kruskal-Wallis 檢定	.001	拒絕無效假設。

顯示漸近顯著性。顯著水準為 .05。

滑鼠左鍵在**假設檢定摘要**表上連續按兩下，會在右視窗顯示完整報表，如下。

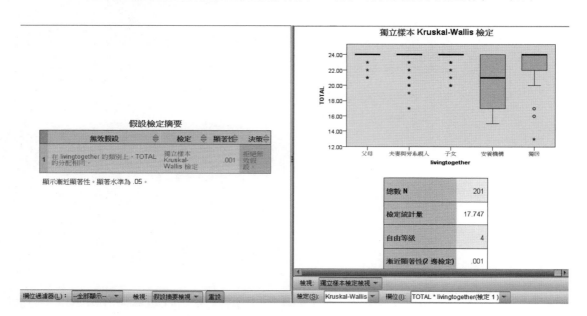

　　檢視選框包含獨立樣本檢定檢視、類別欄位資訊、連續欄位資訊、兩兩比較四個選項，分別說明如下：

(1) 獨立樣本檢定檢視：圖表顯示了檢定統計量為 17.747，p 值 .001 達到顯著水準。

獨立樣本 Kruskal-Wallis 檢定

總數 N	201
檢定統計量	17.747
自由等級	4
漸近顯著性（2 邊檢定）	.001

1. 針對同分值調整檢定統計量。

(2) 類別欄位資訊：以條形圖顯示五類居住類型居民的休閒參與次數。

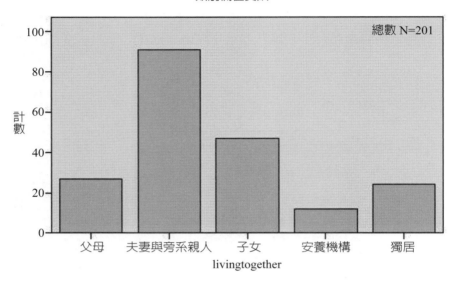

類別欄位資訊

(3) 連續欄位資訊：顯示所有問卷對象之次數分配。

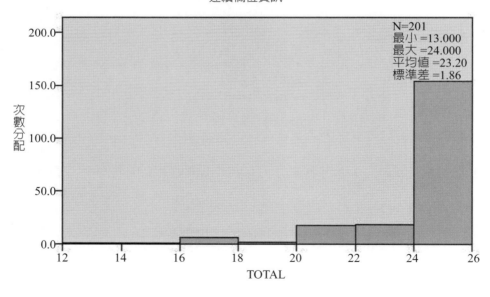

連續欄位資訊

(4) 兩兩比較：可看到多重比較的結果，兩組的比較結果若達到顯著水準，則線條的顏色為淡色，如果兩組的比較結果未達顯著，則線條的顏色為深色，表中可查看調整後顯著性之 p 值，包括「安養機構—夫妻與旁系親人」、「安

養機構─子女」及「安養機構─父母」都小於 0.05，達到顯著水準，如圖中顯示相對應之三條直線所示，此時再去查看等級平均數，即可比較出大小。

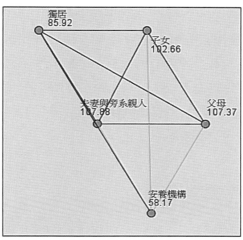

livingtogether 的兩兩比較

各個節點顯示 livingtogether 的樣本平均等級。

Sample1-Sample2	檢定統計量	標準錯誤	標準檢定統計量	顯著性	調整後顯著性
安養機構-獨居	-27.750	15.248	-1.820	.069	.688
安養機構-子女	44.493	13.949	3.190	.001	.014
安養機構-父母	49.204	14.963	3.288	.001	.010
安養機構-夫妻與旁系親人	49.712	13.245	3.753	.000	.002
獨居-子女	16.743	10.820	1.547	.122	1.000
獨居-父母	21.454	12.099	1.773	.076	.762
獨居-夫妻與旁系親人	21.962	9.896	2.219	.026	.265
子女-父母	4.711	10.414	.452	.651	1.000
子女-夫妻與旁系親人	5.220	7.747	.674	.500	1.000
父母-夫妻與旁系親人	-.509	9.451	-.054	.957	1.000

各個資料列都會檢定樣本 1 及樣本 2 分配相同的無效假設。
顯示漸近顯著性 (2 邊檢定)。顯著水準為 .05。

論述結果可以撰寫如下：「居住類型為『父母』、『夫妻與旁系親人』及『子女』的共同居住居民，在休閒參與量表之表現均顯著高於居住類型為『安養機構』的共同居住居民，有較好的休閒品質生活。」

4. The Spearman's rank test（斯皮爾曼等級相關檢定）

對應於「**皮爾森積差相關分析**」的無母數方法，非常態分配、樣本總數少於 30 或每族群人數少於 10 人，可以考慮使用此無母數統計方法。

本例將研究 2016 年失智老人 15 人，動作後總分量表、情緒後總分量表及表達後總分量表三者兩兩之線性相關是否有顯著相關。

按選 分析 → 相關 → 雙變數。

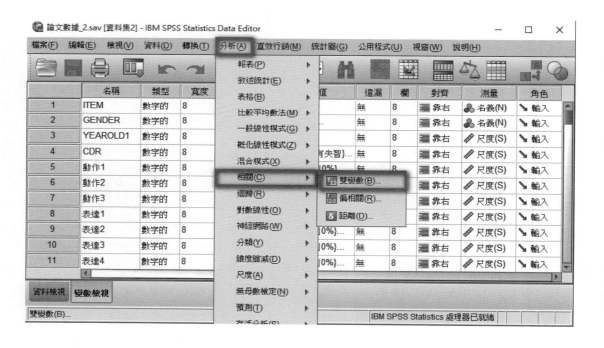

將動作後總分、表達後總分、情緒後總分拖曳到**變數**框，並勾選 Spearman 相關係數，將原始勾選**相關係數**處取消後→按確定。

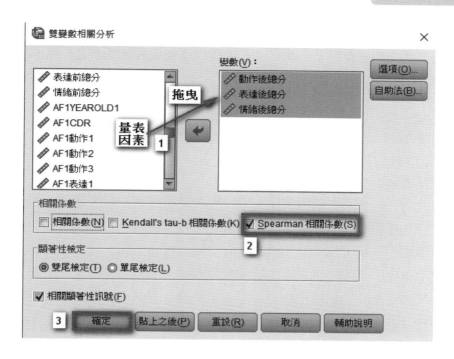

按下**確定**後，可以跑出報表**無母數相關**報表的結果，兩兩間之 p 值皆達到顯著水準，顯示有顯著相關。其中「動作後總分量表」與「表達後總分量表」之相關係數0.875 為顯著正相關（** 表示達到顯著水準且 p 值小於 0.01）。

相關

			動作後總分	表達後總分	情緒後總分
Spearman's rho 係數	動作後總分	相關係數	1.000	.875**	.590*
		顯著性（雙尾）	.	.000	.021
		個數	15	15	15
	表達後總分	相關係數	.875**	1.000	.571*
		顯著性（雙尾）	.000	.	.026
		個數	15	15	15
	情緒後總分	相關係數	.590*	.571*	1.000
		顯著性（雙尾）	.021	.026	.
		個數	15	15	15

** 相關的顯著水準為 0.01（雙尾）。

* 相關的顯著水準為 0.05（雙尾）。

論述結果可以撰寫如下：「研究結果發現，2016 年護理之家失智老人之動作、表達、情緒三者間均呈現顯著正相關，其中動作量表與表達量表之相關係數甚至達到 0.875 的高度相關。」

4.3　撰寫摘要、結論與建議及參考文獻

整本博碩士論文最耀眼的地方就是摘要，其次才是結論與建議。

不論論文寫得好與否，若摘要給人第一印象是不錯的，甚至會令人想盡辦法借到這本論文大作，那辛苦寫這篇論文，就值得了！

筆者指導的很多研究生，學位論文常常在五年後才公開，只有「摘要」就沒辦法了，因此論文寫完，花下心思最多的應該就是摘要，摘要要潤飾並且簡要，一般是不分段，而且不要分項；而結論與建議，則要分項寫，不能太長。以下將分別說明撰寫學位論文時應注意之細節。

1. 摘要

論文摘要包含中文摘要與英文摘要，中文摘要確定完稿才寫英文摘要，英文摘要最好請英文能力好的翻譯，線上翻譯出來的摘要，還是不盡通順喔。摘要的寫法要包含以下幾個重要內容：

(1) 研究背景：把研究此篇論文的時空背景或時代趨勢、潮流，點出來。這樣就可以呈現這篇是很重要、有需要的研究。例如：「臺灣是個地震、颱風等天然災害頻傳的海島，如何防範於未然，將天然災害降至最低，是每位國民應具備的知識……」。

(2) 研究目的：研究目的就是這篇論文所要解決的研究問題，一般需要加以探討或了解論文中所提出來的研究問題。例如：「本研究結合結構方程模式的分析方法，建構一個包含教師人格特質、休閒活動參與及農業體驗活動認知等變項，影響其運用農業體驗活動於校外教學行為意向的理論模型，並進一步分析討論影響其行為意向因素間的關聯」。

(3) 研究方法：簡要說明研究對象，使用的研究工具及資料分析方法等。例如：「本研究使用問卷調查方法針對嘉義縣 390 位國小教師，採用分層配額抽樣方法進行發放問卷，使用防災素養、情緒管理及防災教育教學效能量表進行量測，並以 SPSS 軟體進行敘述統計及推論統計資料分析」。

(4) 研究結果及建議：擷取在論文第五章結論與建議之重要理論、方法、結果與發現。一般學位論文常將量表分數的表現，以及差異性檢定、交叉分析等顯著性的結果加以呈現，若結果與其他論文有差異，也可斟酌凸顯其發現。例如：「研究發現，有研習經驗教師的防災教育教學效能，顯著高於無研習經驗的教師，同時有協助救災經驗教師的防災素養，也顯著高於無協助救災經驗的教師」；又如「分析結果顯示臺南市男性國小教師，運用農業體驗活動於校外教學的行為意向明顯超過女性教師，任教於農村地區之教師其行為意向，亦顯著高於其他地區之教師」。

(5) 關鍵詞：在摘要最後列舉出，3～5 個關鍵詞，這些關鍵詞，在摘要都要能找得到。關鍵詞跟研究架構的量表或研究變數，有非常密切的關係，摘要的內容也不脫離這些研究變數之間的探討關係。最後以楊英莉論文：〈影響國小教師運用農業體驗活動於校外教學行為意向之研究〉的摘要來參考，論文簡潔扼要，分成了三段，但也可以調整為一段完成。

摘　要

近年來國內農業結合牧區、農場、學校體驗的教育學習計畫不斷蓬勃發展，提供了體驗農業生產、農家生活及農村文化的學習機會，其中利用農業、自然、生態、文化資源等來設計教學活動，在當前環境惡化及重視生態保育之際尤為重要。本研究結合結構方程模式的分析方法，建構一個包含教師人格特質、休閒活動參與及農業體驗活動認知等變項影響，其運用農業體驗活動於校外教學行為意向的理論模型，並進一步分析討論影響其行為意向因素間的關聯。

本研究使用問卷調查法，採分層比例抽樣，共抽取臺南市國小教師 489 份有效樣本。分析結果顯示，臺南市男性國小教師運用農業體驗活動，於校外教學的行為意向超過女性教師，任教於農村地區之教師，其行為意向亦高於其他地區之教師。使用交叉分析發現，男性教師任教於農村地區的比例接近 46%，顯著高於女性教師的 28%，女性教師接近 41% 任教於都會區；而兼任行政工作之男性教師占約 44%，顯著高於女性教師的 17%。結構方程模式中，路徑分析結果發現農業體驗活動認知對校外教學行為意向具有高度的直接影響力，人格特質與休閒活動參與透過中介變數農業體驗活動，認知對行為意向的間接效果顯著大於直接效果。

基於男女教師人格特質及工作分布上的差異，如何結合農業永續經營的命脈、保護生態環境，並在國小農業體驗教學之課程設計、學校單位的校外教學計畫、主管機關之行政作為及未來研究方向，仍有極大努力的空間。

＊關鍵字：人格特質、休閒活動參與、農業體驗活動、路徑分析、結構方程模式。

2. 結論與建議

　　將所有第四章的重要結果與討論，經研究者吸收分項整理到結論與建議，分項整理時，盡可能不要太長，也不要再去引用文獻，或是探討原因，這裡完全是研究的重要結果、發現，它也是此篇論文研究有何貢獻的地方，記得抓住重點，且要精簡扼要，一般結論與建議，分別最多 1～2 頁即可。寫得太多，反而無法抓到重點，論文的價值也就隨之遞減。

　　以下是黃秀娟論文：〈嘉義縣國小教師情緒管理、防災素養對防災教育教學效能關係之研究〉的結論及建議的例子。

第五章　　結論與建議
第一節　　結論

綜合本研究之分析與討論，歸納結論如下：

一、嘉義縣國小教師具有中上的整體防災素養能力，其中防災態度的得分最高，防災知識的得分最低。由樣本資料分析得知，本研究統計分析嘉義縣國小教師的防災知識、防災技能方面大多具備良好能力，具正向防災知覺態度，顯示教師在防災素養方面良好、扎實。情緒管理及防災教育教學效能亦具備正向態度，表示受訪者在情緒管理及防災教育教學效能方面，皆持肯定且認同的態度。嘉義縣國小教師並抱持著較高信心，認同防災教學的必要性且具備高度熱忱的觀念。

二、在複選題交叉分析結果方面，本研究發現不管在性別、教育程度、服務年資、現任職務方面，嘉義縣國小教師獲取防災知識的管道比例前三項皆是電視、電腦、研習，最常透過防災教育影片觀看方式進行防災教育宣導，最常經歷的災害前三項依序皆是颱風、地震、淹水。

三、嘉義縣國小教師在情緒管理、防災素養與防災教育教學效能之間，呈現中度顯著相關，變項間以情緒管理與防災教育教學效能的關係強度最強。可知教師在防災教育的實施上，情緒管理正向能力愈高的教師，愈可以提升防災教育教學效能的成效。

四、將國小教師防災教育教學效能的得分結果分為高、中、低三組，研究各群體對情緒管理、防災素養的關係，得知防災教育教學效能能力高的教師，其在情緒管理及防災素養的表現上也顯著優異，就其意涵而言，教師在進行防災教育教學過程中，防災素養及情緒管理能力愈高的教師，愈會影響其防災教育教學的成效。

五、情緒管理、防災素養對防災教育教學效能之迴歸分析方面顯示情緒運用、防
　　災態度、情緒覺察、情緒表達等知覺程度，會影響教師的防災教育教學效能。

第二節　建議

一、加強教師防災素養之能力

　　本研究顯示，受訪者在職務及年資部分以：「級任」及「十一年以上」階層
較多，表示在防災教育方面，級任教師所擔負的責任較重，且大多擁有教學經驗
豐富的資歷，自然防災教育成效不低，若能再加強防災方面知識，相信能提升我
國學童防災教育之能力。

二、重視教師情緒管理之感受

　　一般人常以為教書是一份輕鬆又高薪的工作，實際上老師每天除了教書以
外，還需面對許多行政工作、解決學生層出不窮的問題，並與家長建立良好的關
係，常忙得焦頭爛額，情緒、壓力有增無減，建議有關單位應重視並強化教師的
情緒管理能力，提供長期且持續的情緒管理課程，教導教師正向思考方法，使教
師能有抒發心情的管道，把情緒阻力轉為助力，讓教師享受工作、樂在其中。

三、舉辦防災、情緒紓解等多元之專業成長課程

　　防災態度及情緒是影響防災教育教學成效的重要因素之一，有關單位可多舉
辦此方面的教師專業成長課程，使教師得以獲得身心靈方面的情緒紓壓與放鬆，
紓解平日教學時所積壓的情緒與壓力，帶著愉悅的心情回到工作職場，進而提升
防災教育或教學方面的工作績效。

四、對未來研究的建議

　　本研究只針對嘉義縣各公立國民小學教師為對象，建議未來研究可以擴大研
究範圍不同縣市的教師，進行調查比較，由文獻得知，防災教育教學成效不只侷
限於防災素養、情緒管理、防災教育政策、教師防災信念、防災課程內容都是影
響教師防災教育教學成效的重要因素，值得進一步研究探討。本研究採問卷調查
法，若能輔以教師深度訪談等質性研究方法，彌補量化研究之不足，更具研究價
值。

五、對問卷設計上的建議

　　在防災知識及防災技能上題數略顯不足，使得研究數據不夠周全，爾後問卷
設計上可加以斟酌修改。

3. 參考文獻

　　有關參考文獻之引用，包含論文本文內之引用，以及第五章結束，最後列出「參考文獻」，雖無章節之名稱，只以「參考文獻」標示，但其寫作方式，就讀系所若無規範，則建議以 APA 格式撰寫。APA 格式是一個廣爲接受的研究論文撰寫格式，特別針對社會科學領域的研究，規範學術文獻的引用和參考文獻的撰寫方法，以及表格、圖表、註腳和附錄的編排方式（維基百科）。論文內文有引用的，在「參考文獻」內一定要找得到，同樣道理；在「參考文獻」有的，一定也要在論文內文找得到。以下範例請參考：（註：APA 格式並無中文的規範，原則上還是要用中文的標點符號。）

參考文獻

中華民國體育學會（2000）。《休閒運動活動專書》。臺北：中華民國體育學會。

文崇一（1990）。《臺灣居民的休閒活動》。臺北：東大。

朱俶儀（2003）。〈國民中學教師其生活型態與休閒參與之關係研究——以臺北市爲例〉（未出版之碩士論文）。國立東華大學觀光暨遊憩管理研究所，花蓮。

行政院農業委員會（2009）。《精緻農業健康卓越方案》。臺北：行政院農業委員會。

吳忠宏、蘇珮玲（2005）。〈職前教師參與生態旅遊活動之行爲意圖研究〉。《臺中教育大學學報》，19(2)，73-97。

吳明隆，（2010）。《結構方程模式——AMOS 的操作與應用》（第二版）。臺北：五南。

吳英偉、陳慧玲（譯）（1996）。《休閒社會學》。臺北：五南。

吳清山（2003）。《知識經濟與教育發展》。師大書苑，315 頁。

呂建政（1997）。〈從週休二日談休閒教育的課程與實施〉。《北縣教育》，19，44-47。

宋瑞、薛怡珍（2004）。《生態旅遊的理論與實務——永續發展的旅遊》。新北：新文京開發。

李文題（2001）。〈國中教師的代間流動及影響其休閒參與之研究〉（未出版之碩士論文）。朝陽科技大學休閒事業管理研究所，臺中。

李能慧（2008）。〈金門觀光客行爲傾向模式之建構與實證〉（未出版之博士論文）。國立雲林科技大學管理研究所，雲林。

李晶、林儷蓉（2001）。〈休閒農場提供國小校外教學資源之研究〉。《教育與科學研究》，2，155-180。

李錫津（2001）。〈生活體驗學習方案的課程期望〉。《課程與教學通訊》，8，1-4。

周金蘭（2011）。高雄市國小級任教師人格特質、生活壓力與身心健康之關係研究（未出版之碩士論文）。國立臺南大學諮商與輔導研究所，臺南。

周惠莉（2003）。五大人格特質、性別角色與轉換型領導關聯性之研究（未出版之碩士論文）。中原大學企業管理研究所，中壢市。

4.4　口試注意事項

論文口試前，依照各校的規定除了畢業資格外，其他則大同小異，一般國內大學博碩士生須修畢 30～36 學分數，另外也包含畢業論文。其他在口試前後，依序每一步驟須完成的注意事項，分別列舉如下：

1. 口試前注意事項：需要完成事項

(1) 論文計畫書書面審查：通過之後始有資格提出學位考試申請，學位考試（即口試）的申請時段，一般上學期在 11 月底；下學期在 4 月底。

(2) 學術倫理修習合格證明：上網研讀必修課程並通過測驗，取得修課證明，即通過課程。網址：https://ethics.moe.edu.tw/

(3) 修畢畢業之專業必、選修課程，剩餘約 6 學分之畢業論文，留在口試當學期修。

(4) 確認口試時間，並禮貌性給口試委員自己的聯絡電話。若有兩位以上研究生口試時，盡量集中安排，避免口試委員來回奔波。

(5) 口試 2 週前，應將口試論文初稿親自送達（電話預約時間）或郵寄至口試委員手上，而且要給書面論文，勿用電子檔。口試當天也要自備一份論文初稿，以應對口試委員針對書面論文的質疑等。

(6) 口試時間約 1 小時以上，製作約 20～30 分鐘簡報 PPT 檔案即可。簡報內容包含前言的動機與目的、簡單介紹論文中關鍵的參考文獻兩～三篇、研究方法可以介

紹說明研究架構圖、最後呈現論文結果、貢獻或發現等。

(7) 口試當天，可密切連繫委員，迎接口試委員到來，校外人士（可請學弟妹或親友到校門口迎接，並事先告知口試委員）。

(8) 口試場地，須注意通風及整潔，可以準備茶水或點心。

2. 口試中注意事項

口試的過程令人又驚又喜，短短約 1 個半小時左右即可結束，也有口試 3 個小時的，可能是論文出了大問題，但無論如何，既然審查通過參加了口試這種嚴謹的場合，再接再厲，態度要謙卑，成功與否與情緒智商（EQ）有絕對的關係，最後要看指導教授跟校內外委員的討論結果了。

(1) 現場準備學位考試委員審定書（1 份），學位考試論文評分表（視口試委員人數約 3 份以上），指導教授推薦書（1 份）。

(2) 回答問題，若不知道答案時，應據實以答，畢竟口試委員若要故意「考倒」研究生是輕而易舉之事。太多的問題不要假裝知道，也不要說謊，盡力而為就對了。

(3) 注意手機要關機（包括旁聽的學弟妹們），全程可錄音。

(4) 簡報完後，隨即口試委員會提問，備好論文初稿及紙筆，隨時注意記錄下問題與重點。

3. 口試後注意事項

口試完成，心情應該很有把握會通過，而這時正是等候佳音的時刻……。

(1) 暫時退席：不宜離門口太遠或亂跑，退席後要隨手將錄音裝置關閉帶走。

(2) 若題目有所更改，須與指導教授確認。

(3) 根據委員意見修改論文並請指導教授審查確認，必要時，將所修改的內容呈現給委員認可，注意完稿繳交期限。

(4) 論文各送繳指定單位，一般系所、註冊組及圖書館各一本精裝，另圖書館需再繳交一份轉成 PDF 檔之論文光碟片。

(5) 博碩士班畢業生於辦理離校前，應自行將論文電子檔轉成 PDF 格式並連線學校指定系統，作線上登入，輸入論文摘要及相關資訊、決定授權範圍，並將論文全文電子 PDF 檔上傳國家圖書館。同時由圖書館審核確認畢業生輸入之論文摘要，及相關資訊之完整性及全文電子檔案格式。

(6) 審核無誤，由圖書館發電子郵件告知畢業生。畢業生至圖書館辦理離校時，

由圖書館列印「博碩士論文全文電子檔案上網授權書」，經畢業生簽署授權書及繳交精裝本乙冊後，辦理離校。

4.5　論文結構檢視、簡報製作與口試答辯

前述 4.4 節中，有關研究生口試當中應注意的事項，相信讀者已有大略的認識。本節將特別在論文口試前，對整本論文的結構做一次以上的完整檢視，並以實際參加口試研究生的範例說明簡報製作技巧，最後談談論文口試中的答辯原則與技巧，共分以下三小節來說明，使讀者掌握自己論文全貌，不致慌亂陣腳，能更有效率的完成口試答辯前的準備工作，應對最後來自口試委員的提問。

4.5.1 論文結構檢視要點

當研究者修畢所有研究所規定的應必修學分或通過博士候選人的資格考後，便可以遞交博碩士論文計畫書，論文計畫書基本上有三章，交付學位論文審查委員會審查，經過委員會所提意見修正通過後，隨後依學校規定提出學位考試申請。若一切符合學校院所的規定，便可進入學位論文的資料蒐集階段，這是一段艱辛歲月的開始，內雜有各種酸甜苦辣的感受，此時研究者可利用研究工具蒐集所需要的各種調查資訊後，資料經由電腦分析詮釋得出研究結果，併入已撰寫完成的論文計畫書前三章，即「前言」、「文獻探討」及「研究方法」，只要還沒交出論文到國家圖書館前，隨時都有必要更新補足文獻理論以及適當的修潤論文內容，至於論文的其他兩章是論文重中之重的研究成果，包括「結果與討論」及「結論與建議」，依序將分析的敘述統計、推論統計的研究結果一一呈現在論文中，這兩章所花費時間，有快至數月到 1 年後大功告成的，也有經 5～7 年磨練後結出畢業果實的。總之，學位是否能順利取得是指導教授與研究生密切配合完成的事業，但最根本的原因還是研究生個人是否積極掌握了論文的進度。

論文辛苦的撰寫完成後，首先要遠離所有人事物的攪擾，找一間清靜明亮的房間，靜下心來重新瀏覽這本學位論文大作，好好審視整本論文結構是不是完整，還缺漏了哪些？研究者可以想像這本論文就是在講一個精采絕倫的論文「故事」，「故事」有開頭，也有美好的結局。若研究者能感受陶醉在自己所寫的這本「故事」情節中，這本論文的「故事」就算是不錯了，但常常不會如此，筆者建議整本論文要至少

細心讀完一遍，以下是檢視整本論文結構後，筆者提出誠心的建議事項：

1. 第一章「前言」結構檢視要點

就像在寫一篇「故事」的序言，你會說明這篇「故事」寫作的動機是因為它啟發了人性的本善、或是讀完可以讓自己信心十足，勇往直前。學位論文這一章包含以下四個組成的要點，建議研究者都應納入。

(1)研究動機：要引起讀者的興趣，論文的第一章就要很清楚的告訴讀者，為什麼要做這一篇的研究，直接簡單的描述出來，不須寫得很冗長，也不要拐彎抹角，平鋪直敘就可以了，例如：「今年剛調到新學校，時常看到學童每一節下課會跑至操場去踢足球，聊天的話題也是有關足球，研究者好奇足球對學童生活學習到底有何魅力，家長是否支持等，故擬對本縣國小足球社團內的足球學童運動參與動機、社會支持及自我效能關係進行研究探討」，又如「幼兒教育為孩子的啟蒙教育，幼兒園教師工作繁忙又有家庭的負擔，最近托嬰單位常發生虐嬰事件，給幼兒園教師帶來更沉重的壓力，幼兒園教師的身心狀況也會間接影響幼兒的學習，因此研究者針對臺南市公立幼兒園教師以問卷調查法探討教師休閒參與、休閒需求及生活滿意度的實際現況及相關性進行探討」，以上兩個範例顯示─通常都會先敘述研究的背景、現況或需求，再簡單引出研究主題內容的動機。因此只要研究者能凸顯出進行這一篇研究的重要性，或是社會現象的異常需要探討與防範，亟需做這樣的研究，又或是它很稀罕，鮮有人探討碰觸過，這些都是研究動機的寫法。

(2)研究目的：這一本論文「故事」在傳達什麼訊息？有什麼意義？事實上，研究目主要在探討研究的方向，為達到此一目的，研究者會說明想要去探討的東西、想要去了解的事物、或想要去建立一套理論架構，或者能提供相關有助社會訊息的協助，例如：「探討臺南市不同人口背景變項的教保服務人員在職場疲勞與生活品質之差異情況」，又例如：「了解目前雲林縣國小教師的休閒運動參與類型、休閒運動參與程度、休閒運動滿意度和節能減碳行為意向之現況」及「建立並驗證休閒運動參與程度、休閒運動滿意度對節能減碳行為意向之影響模式」，以上皆呈現研究者研究的方向，同時也呈現出研究變數的內容。

(3)研究問題：一本論文「故事」中，其中到底發生哪些問題？哪些事情會阻礙了研究的進程？有更具體的問題說明嗎？一位小說家會在寫「故事」之前，預先構思解決方案，在故事結尾圓滿交代，但在廣告宣傳中，如「一位患有罕見疾病的科學家，為了治療自己疾病，在實驗過程中，利用蝙蝠的血液治療，而從此卻得靠吸

血為生」，又例如：「性情古怪、特立獨行但醫術精湛的醫生，擁有可以和動物說話的特異技能，但卻過著與世隔絕的生活」，小說或電影的宣傳手法，故事當中顯然驚奇的「插曲」才是令讀者好奇與懷疑的地方，這個「插曲」就是論文中出現的「研究問題」。論文中研究問題本身就扮演了整本論文的研究重心，研究問題能夠解決，論文也就完成了。研究問題是針對研究目的所列出來更為具體的問題，例如：「個人背景變項在休閒運動參與程度、休閒運動滿意度和節能減碳行為意向是否存在著差異？」，又如「休閒運動滿意度和節能減碳行為意向有什麼樣的關聯性？」及「自行車騎乘經驗與休閒運動參與程度有什麼樣的影響？」，這些問題要等到分析資料後才有明確的解答，此一部分留待「研究方法」再來談。

(4)名詞解釋：檢視名詞解釋須注意的是有兩部分，一是**概念性定義**，另一則是**操作性定義**。每一位研究生所進行的研究，因著個人的認知與需要，常有與其他人不同的定義範圍，例如：要研究臺中市教師休閒運動參與情況，研究者所要探討的是針對教師的休閒運動參與程度的三項指標，這是概念性定義，因此研究者寫成「休閒運動參與程度：本研究所指之休閒運動參與程度，為受試者在過去休閒運動參與的經驗，包括參與頻率、持續時間、平均強 」，另外也有量表分數計分方法的操作性定義，例如：「職場疲勞量表：本研究使用李克特氏五點量表來計算，依據正向之等級，分別給予 1～5 分，在職場疲勞量表的得分愈高者表示職場疲勞程度愈高；換言之，職場疲勞量表得分愈高者，其工作職場感受的疲勞程度愈高」。

2.第二章「文獻探討」結構檢視要點

就像一篇「故事」中的主角，作者會把主角生平的過去經歷的活動及事蹟一一描述，讓讀者對主角有更為完整之認識，也會對主角未來有所期待。這跟寫一本論文有相似的內涵，「故事」主角的過去經歷相當於寫論文要去查看文獻的歷史軌跡，也就是「文獻探討」的理論基礎，此外對主角的期待，也可看成研讀文獻資料後，將來期待的結局如何，也就是論文的「研究假設」為何？事實上「研究假設」在學術論文，就是預先結果的假設。例如：「臺南市不同背景變項的教保服務人員與生活品質有顯著差異」，又如「彰化縣國中教師休閒運動滿意度和節能減碳行為意向之間有顯著的相關性」，以上這些都是研究假設的寫法，需要使用推論統計的分析方法來得到檢定的結果，檢定的結果不是「顯著」支持研究假設；就是「不顯著」而不支持研究假設。

文獻探討可以依據論文的研究架構內所列出的所有變數，包含人口背景變數及研究變數，去找出相關的文獻引用，注意到要引用的文獻內容不外是其「理論」、

「方法」、「結果」與「發現」。檢視「文獻探討」的章節順序，可以依據論文的幾個研究變數來編排，若論文主題的研究較為稀少，也可以另外提供相關此一論文的基本背景資料介紹給讀者，使讀者對主題的認識有更清楚的認知，建議此一基本背景認知部分可放在文獻探討的較前面。例如：一篇論文題目為「臺中市國小學童低碳生活實踐、資源回收行為與綠色消費態度相關之研究」，則文獻探討的章節可以編排為三節：一、低碳生活實踐，二、資源回收行為，三、綠色消費態度；又例如：論文題目為「雲林縣國小教師休閒運動參與程度、休閒運動滿意度及節能減碳行為意向之研究」，同樣可以從題目中的研究變數擷取出來，但「行為意向」涉及到計畫行為理論之使用，因此另闢一節介紹，因此文獻探討可以編排為四節：一、休閒運動參與程度，二、休閒運動滿意度，三、計畫行為理論，四、節能減碳。

　　以上所介紹檢視文獻探討之範例之章節編排方式，讀者可參考之，另外在各章節末，可以寫出需要檢定的研究假設，事實上，研究假設、研究問題與研究目彼此環環相扣有極其密切的關係。

3. 第三章「研究方法」結構檢視要點

　　一篇「故事」中的主角，作者常會編寫一個很艱難險阻的任務需要主角去完成，例如：故事情節之初，會揭露任務需要找到關鍵的鑰匙來開啓山洞的密室，來完成這個任務，這就好比寫論文的研究方法需要選定有效的方法及步驟，並且說明要如何蒐集資料以及分析資料，以下所列共有五項章節結構需要檢視，研究者可視需要，選擇章節使用，其要點說明如下。

　　(1)研究流程：顯示研究者在進行此項研究的步驟及程序，一般常使用簡圖說明，但每一位研究者個人，研究主題內容皆不盡相同，因此建議在研究流程中加入所欲探討「研究變數」的名稱並註解在圖內，這就跟以下要談的「研究架構」相同，都可以凸顯研究者研究的獨一性。

　　(2)抽樣設計：包含研究對象、抽樣方法、樣本大小等，例如：「對雲林縣國小教師進行調查，包括有斗六區、斗南區、西螺區、北港區、臺西區與虎尾區等六個輔導區，研究者採分層比例抽樣方式，以學校規模（班級數）為分層單位，共分為小型學校（12 班以下）、中型學校（13-24 班）、大型學校（25 班以上）共三層，並按各學校規模之教師總數比例，從各學校規模隨機抽取約三分之一比例之學校數，再均分六個輔導區進行隨機抽樣調查。依上述原則估算，正式問卷施測時，依小型學校抽取教師樣本數為 3～6 人，中型學校為 7～10 人，大型學校為 13～25 人，來加

以分配不同學校所要研究的樣本數，總計抽取 55 所學校，發出 430 份正試問卷」。以上所舉範例是很典型的分層比例抽樣的隨機抽樣方法，若能以表格呈現，將更爲清楚分明，如下表所示。

表 4-12　雲林縣國小教師數量分布與抽樣樣本分配

學校規模	學校數（所）	教師數	所占全縣教師比例	教師抽樣數	每校抽樣數	抽樣學校數
小型學校	113	1219	38.1	152	3-6	38
中型學校	30	781	24.3	70	7-10	10
大型學校	21	1206	37.6	188	13-25	7
合計	164	3206	100%	430	–	55

　　(3)研究工具：社會科學研究所常使用的調查研究，一般都以問卷調查來獲取所要的研究結果，問卷內包含了人口背景調查、量表、測驗卷等項目，這些都需要依據參考文獻資料來設計適當的問卷題項，也就是我們研究所需要的「研究工具」。在論文中，研究者需要說明問卷調查的出處來源或自編的量表或測驗卷名稱及其填寫方法；若是自然科學的實驗，則須提供儀器規格、器材名稱及實驗操作的條件等。

　　(4)研究架構：本書第 3 章有極多研究架構之範例，常使用圖示的方法呈現，讀者可回頭仔細研讀。檢視研究架構圖，圖中應包含各量表及其因素構面、個人背景變項，以及表示變數間關係之單箭頭或雙箭頭，至於圖上是否需要標註統計的檢定方法，可以視個人需要而定，但原則是清楚明確，不要過於複雜。

　　(5)資料處理：問卷調查需要使用統計軟體分析調查的資料，本書以學術界常用的 SPSS 軟體分析，版本建議使用 SPSS 18～28 版或更新的版本皆可，愈新的版本，功能愈完備。檢視資料處理，需要列出之統計分析包含：信、效度分析、一般敘述性統計之資料分析、推論統計可視研究分析的需要，分別列出，例如：獨立或相依的 t 檢定、單因子變異數分析、相關分析、卡方檢定、線性迴歸分析等；若是 30 個以下小樣本的研究，推論統計也可列出使用之無母數分析方法名稱，此一部分在本書 4.2 節有詳細的介紹，讀者可參考使用。

4. 第四章「結果與討論」結構檢視要點

　　一篇「故事」的鋪陳，在結局以先，有不少的插曲，劇情峰迴路轉，讓觀眾心

情也跟著起起伏伏,第四章結果與討論正是研究者資料處理後所欲收成之成果,有些結果是早有預期的,也有些結果出乎意料之外,但無論研究結果有無新的「發現」或「貢獻」,在社會科學研究上,其實它還是一種研究結果,並不能說它毫無貢獻。檢視結果與討論,需要把論文第一章所提的「研究問題」,也就是故事裡的「插曲」,在這一章一一呈現其結果,因此檢視「結果與討論」的內容,章節的編排研究者可以考慮從統計分析的敘述統計及推論統計的順序,依序來編排選用,放入論文中。

(1)人口背景資料分析:在問卷調查中,基本上都有個人資料的調查,如性別、職業、年齡、婚姻狀況、最高學歷、居住地、興趣喜好、各種曾有的經驗等,此一部分之統計在分析人口背景各選項所占的比例及人數,因此常用「次數分配表」來分析,再人工做成「基本資料分析表」,論文內敘述時,可針對重要或特殊之人口背景變項來敘述即可,不需要每一個人口背景變項都詳細描述,以免論文冗長雜亂,因為在研究者所展列的「基本資料分析表」內都有詳盡的數據資料提供參考,有關以上之實際範例解說,可參閱本書4.1.5節。有些研究者會使用長條圖或圓餅圖來呈現結果,但因為圖形實在很占篇幅,還不如使用一張表格,呈現得更為清楚而明確;若研究者調查的人口背景變項實在很少,只有三、四項時,才予以考慮。

(2)敘述統計分析:研究者在調查中使用的量表或測驗表,需要統計得分的情況,這時就需要敘述統計分析的技術,研究者分析後,可分別製作各量表及其分量表的分數表現,並予以描述說明,除了列出「平均數」,為了更容易解釋問卷填答者的量表填答情形,也務必附上「題項平均數」,有關此一部分之實際範例解說,可參閱本書4.1.6節。

(3)複選題分析:在人口背景資料分析中,若單一題項允許問卷填答者可勾選兩個選項以上時,這就是複選題問題,統計分析時可使用 SPSS 得到次數分配表與交叉分析表,使用時很簡單,類似於人口背景資料分析,但也同時可以額外獲得每一位問卷填答者平均勾選的選項個數,有關上述之實際範例解說,可參閱本書4.1.7節。

(4)推論統計分析:在第二章文獻探討各節之末,研究者彙整蒐集之資料,針對當中待解決的「研究問題」提出了「研究假設」,這也是未來資料分析時需要驗證的部分。因為論文中的「研究假設」,其實也是統計學上常用「對立假設」來驗證判定檢定結果的同義詞。檢定的推論統計理論,在本書第2章有非常精簡濃縮的整個複習,對於曾經修過統計學的人來說,是再次喚醒學習統計學記憶的最佳實用手冊,且第2章深入淺出的完整介紹,讀者若想徹底了解「檢定」的各種疑難問題,很值得詳讀之。而本書4.2節有各種實務檢定的範例解說,這當中若使用於論文之章節編排,

則建議使用「差異性分析」、「相關分析」、「交叉分析」及「線性迴歸分析」等章節呈現。而各章節所探討的檢定種類，讀者可依研究需要，依序如下再分小節探討。

「差異性分析」：兩母體之獨立 t 檢定、相依 t 檢定；多母體之單因子變異數分析、雙因子變異數分析等。

「相關分析」：兩量表間之皮爾森相關分析。

「交叉分析」：人口背景資料間之卡方適合度檢定、卡方獨立性檢定、卡方同質性檢定。

「線性迴歸分析」：兩量表或分量表間之簡單線性迴歸分析、多元線性迴歸分析。

綜合以上之檢視要點，典型第四章「結果與討論」的章節編排，參考如下：

4.1 人口背景描述性統計

4.2 各量表統計分析

4.3 差異性分析

4.4 相關分析

4.5 交叉分析

4.6 線性迴歸分析

若以上述列舉之章節編排論文為例，在進行有「檢定」之章節，如以上 4.3 節後，建議各章節末列出「研究假設」的驗證檢定結果是否成立，如下表即為 4.3 節差異性分析末所顯示之表格範例。

表 4-13　人口背景變項對休閒運動滿意度研究假設驗證摘要表

研究假設	檢定結果	是否成立
H2-1 性別不同，其休閒運動滿意度有顯著差異。	t = 3.161**	成立
H2-2 年齡不同，其休閒運動滿意度有顯著差異。	F = 1.083	不成立
H2-3 婚姻狀況不同，其休閒運動滿意度有顯著差異。	t = -1.074	不成立

*P < 0.05，**P < 0.01

5. 第五章「結論與建議」結構檢視要點

一篇「故事」的結局，常常會以觀眾所期待的結局落幕；但是學位論文的結局，事實上，要綜合整個第四章「結果與討論」，篩選重要的結果及發現，放到第五章

「結論與建議」中。檢視「結論與建議」，章節編排可以「結論」與「建議」分開來總結研究的成果。但結論與建議的寫法，不再像是論文前面四章有分析數據、結果、論述或引用文獻等方式去呼應其他相關作者或文章的內容，而是改以簡潔扼要的重點敘述，因此研究成果大都是以條列式來撰寫，結果如果是「一個」就寫「一個」，不再添加第二個的臆測或進行額外的討論，有關上述之實際範例解說，可參閱本書 4.3 節。

4.5.2 論文口試之簡報製作

新出爐剛完成的論文，在進行上一節結構檢視的工作後，研究者應該很滿意自己的修整功力，會自誇的說：好棒的一篇論文喔！但還是要面對必須上台的報告，這時內心會雀躍嗎？還是令人緊張得發顫，吃不下飯？甚至是腦筋一片空白。也許一股腦子所想到的就是要怎麼做簡報啊！要報告的簡報在哪裡？有沒有口試簡報的格式或範例呀？

一篇好的論文，需要使用張張都是「言簡意賅」的簡報資料來襯托，讓台下的委員一邊審查論文資料，一邊又要抬頭聆聽研究生的報告時，而不覺得「無趣」，這或許就是成功的祕訣；因此口試時做簡報，研究生必須充滿自信，讓遠道而來的委員不虛此行才是，而這份自信就是源自於對自己論文的肯定與充分準備！

口試簡報內容，依據筆者的經驗，一場約 20〜30 分鐘的研究生簡報，已成為現在的趨勢，因此口試簡報在短短時間內要把整本論文完全講得清楚透徹，有其實際的困難，但更難熬的是口試委員開始提問的那一刻起，此一部分我們暫且留到下一節再說。其實整本論文也早在一星期甚至一個月前就送到口試委員的手中，口試委員自然會全文瀏覽一遍，找出不清楚的地方，在口試當天向研究生提問，因此給口試委員的論文版本，口試當天也要自備一本來應答口試委員的提問。

研究生當天要報告論文的內容就如同論文結構的五大章一樣，至於參考文獻要不要列出放在簡報中，則可依研究者需要為之。需注意的是第二章文獻探討可以濃縮報告關鍵的幾篇參考文獻即可，而在第三章的研究方法，則需要花一點時間說明研究架構圖與第二章文獻探討之關聯。

一般而言，第四章結果與討論開始報告後至結束，簡報時間要占整個口試簡報過程一半以上。因為整本論文最重要的是研究者所做的研究成果，多少可以凸顯研究者的發現或貢獻。論文口試之簡報製作，可從以下論文結構的幾個層面順序來說明製作簡報的重點。

1. 首頁製作重點

　　委員尚未到現場時，可以播放 PPT 的首頁，首頁包含學校研究所名稱、論文題目、研究生姓名即可，其他如指導教授及口試委員姓名、考試場地等，都可省略。如以下兩例之簡報截圖，原則上文字大小足夠清楚顯示學校研究所名稱、論文題目、研究生姓名即可，背景不需太過複雜。

○○大學運動休閒與餐飲管理研究所
博士論文

台灣山地原住民對山野狩獵飲食文化、
休閒運動風險管理與環境議題關心模式
之研究

報 告 者：○○○

○○大學休閒資源暨綠色產業學系
碩士論文

○○縣國小教師休閒運動參與程度、休閒
運動滿意度及節能減碳行為意向之研究

林○怡
中華民國10○年5月28日

2. 報告大綱重點

　　口試要簡報的內容大綱，可以使用一張 PPT 投影片，研究生只需花簡短半分鐘左右介紹，如以下兩例之簡報截圖，其中第二例之簡報大綱，雖在最後第陸部分列出參考文獻供參考，但簡單秀出即可，不須再多做解說。

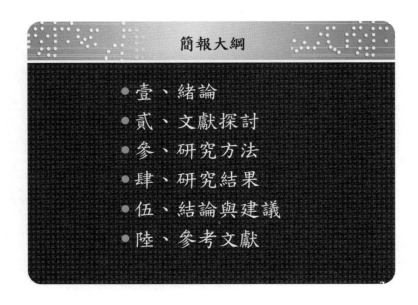

3.「前言」重點

　　前言有四個部分，即「研究動機」、「研究目的」、「研究問題」與「名詞解釋」，在簡報中可以將重點擺在前面兩個「研究動機」及「研究目的」，其他兩個可視口試時間的分配，自行斟酌，例如：「研究問題」，事實上，從「研究目的」就隱約已經知道問題之所在，因此在簡報中可省略以節省時間。如以下四張投影片之簡報截圖，列出了「研究動機」、「研究目的」及「名詞解釋」之範例。

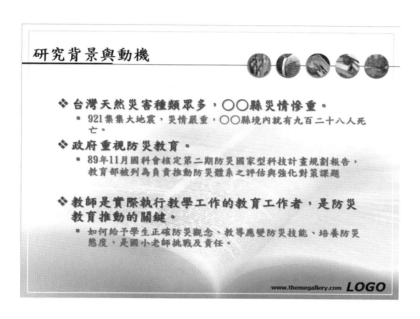

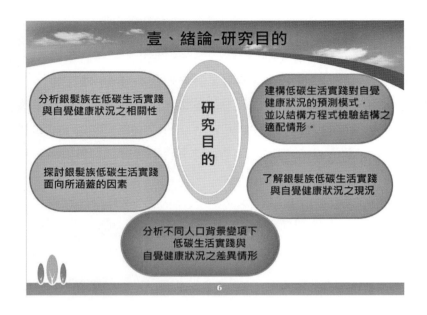

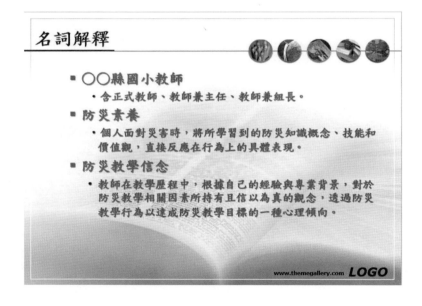

4.「文獻探討」重點

　　文獻探討可依據論文中所探討的幾個重要「研究變數」來編排，一般與論文題目有極其密切之關係，也可以對應第三章的研究架構圖相互對照。在口試時，如此短的簡報時間，只能列舉與論文有極度關鍵的幾篇文獻內容簡要敘述即可。有些研究生會另外將文獻探討的簡報大綱列出，再分別介紹，這些大綱也就是研究者的研究變數，

也順帶出第二章的章節編排內容，如以下投影片截圖所示。

貳、文獻探討

一、環境教育之探討
二、環境覺知之探討
三、環境議題之探討
四、環境教育教學自我效能之探討

若因報告之重點，大部分集中在結果與討論，口試的論文本已有詳細之探討，有些參加口試的研究生會將文獻探討的主要「研究變數」內容只秀出來，未再多加細說，雖節省了一些時間，但要有十足的把握，不擔心口試委員的提問，如以下投影片截圖所示。

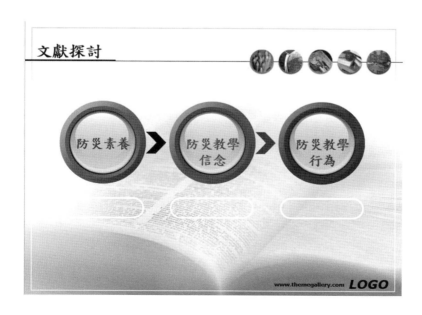

　　以下三張投影片則分別將文獻回顧的所需探討的各別「研究變數」的文獻，使用一張投影片顯示引用文獻來源出處，讀者可看出前兩張投影片是使用圖說的方式，最後一張投影片則使用文字敘述，原則上只要清楚明確呈現研究者的訴求都可，如以下截圖所示。

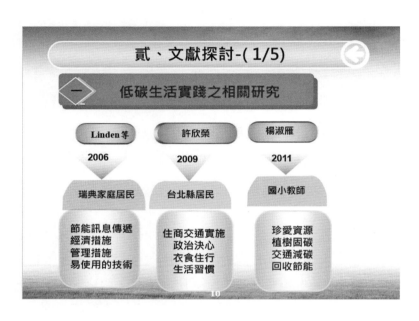

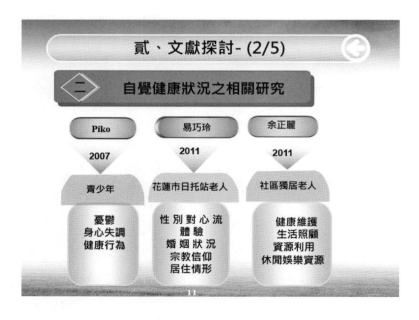

二、文獻回顧-環境知識的內容

Marcinkowski（1988）認為環境知識的範圍主要包括下列四類：

◈ 一般的環境知識

　　▨ 例如自然環境史與生態、社會史與人類生態。

◈ 自然的環境知識

　　▨ 例如棲息地、溼地保育等。

◈ 環境問題的知識

　　▨ 例如能源危機肇因、含鉛汽油對空氣的污染等。

◈ 環境行動策略及技能的知識

　　▨ 例如如何進行資源回收、節約能源等。

5.「研究方法」重點

　　論文中研究方法這一章節共有五大部分，即「研究流程」、「抽樣設計」、「研究工具」、「研究架構」及「資料處理」。其中「研究架構」需要在簡報中多花點時間說明，其他部分則可以簡單帶過即可。

　　(1)研究流程：列出研究者實際參與進行研究歷程的每一步驟製成流程圖，若加上研究變數更好，一般呈現在一張投影片為主，如以下截圖所示。

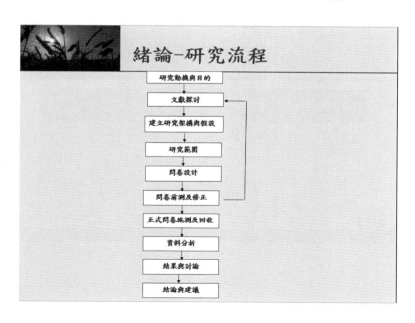

(2)抽樣設計：論文中包含研究對象、抽樣方法、抽樣大小等，一般投影片製作以表格呈現為主，如以下兩投影片之截圖皆使用表格呈現研究對象、抽樣方法及抽樣大小。

(3)研究工具：問卷調查方法包含了調查人口背景、量表、測驗卷等項目，量表或測驗卷是研究者欲找出各種變數影響下之量測值，它也是「研究變數」之一，在簡報中「研究工具」使用一張投影片簡單敘述即可，如以下兩張投影片之截圖所示，第一張投影片使用文字框的方式顯示，第二張投影片則使用圖形來呈現研究工具的三個量表。

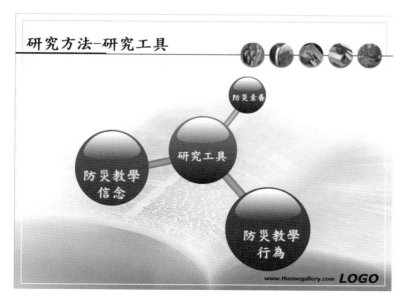

　(4)研究架構：學位論文中占有舉足輕重的研究架構圖，包含各量表及其因素構面、個人背景變項，以及分析關係指向之單箭頭或雙箭頭，常使用一張投影片即可，簡報者必須花一、兩分鐘時間說明變數有哪些、變數之間的關係是如何，筆者將舉出三個研究架構實例說明，以下第一張投影片包含三個量表，各量表下並完整地呈現分量表內容，如以下截圖所示。

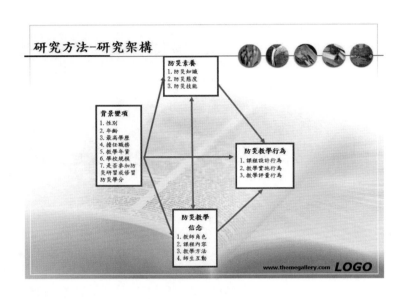

　　另外，第二張投影片則因使用結構方程模式分析，因此只顯示量表名稱，而未呈現分量表內容，較特別的是研究者在箭頭間標註了統計的檢定方法，使讀者能快速明確地分辨出變數之間所使用的統計分析方法。

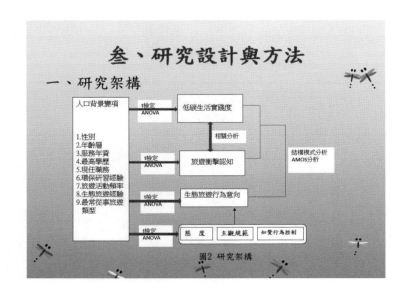

　　最後第三張投影片則與第一張投影片的呈現方式極為類似，但部分雙箭頭的關係是使用**線段**連接來表示。

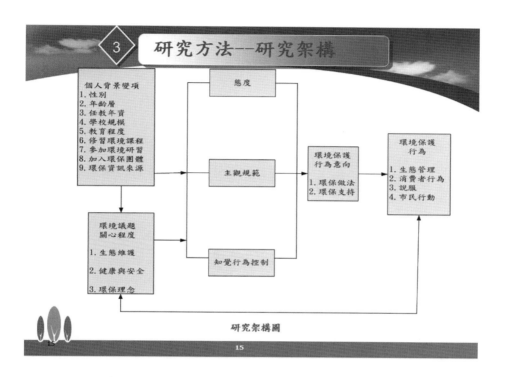

研究架構圖

　　(5)資料處理：使用統計軟體 SPSS 18 版本以後皆可，愈新的版本功能愈完備，其實各大學院校幾乎都有購置此套軟體，研究生可以查詢學校購置的 SPSS 版本加以利用。資料處理在問卷調查中，一般都以統計分析軟體來處理所有數據的資料，原則上以一張投影片顯示即可，這些統計分析方法包含：「信、效度分析」、「次數分配表」、描述性統計的「敘述統計」、推論統計的「獨立 t 檢定」、「相依 t 檢定」、「單因子變異數分析」、「相關分析」、「卡方檢定」、「線性迴歸分析」等，研究者可依實際研究需要，列出論文中實際使用的統計分析方法。以下是研究者資料處理所需要使用的統計分析方法，以文字簡單敘述即可。

3.6 資料處理與分析

LOGO

❖描述性統計：
次數分配表
描述性統計量

❖推論性統計：
t 檢定
單因子變異數分析
積差相關分析
迴歸分析

23

6.「結果與討論」重點

「結果與討論」的內容，依據論文紙本章節的編排，包含以下「人口背景資料分析」、「敘述統計分析」、「複選題分析」及「推論統計分析」。

而口試簡報所呈現的「結果與討論」各章節，原則都以單張投影片以表或圖的方式來呈現為原則，除非要同時比較或對照時，可以斟酌單張投影片含兩張圖或表。分析所呈現的結果，簡報時可依序做出以下投影片，包含：「信、效度分析」、「基本資料分析」、「量表資料分析」、推論統計的「獨立t檢定」、「相依t檢定」、「單因子變異數分析」、「相關分析」、「卡方檢定」、「線性迴歸分析」等，研究者最好都以表格來呈現，才會較完整。問卷預試的信、效度的分析，要首先秀出，以下投影片只用一張表格即可完整呈現，研究者在簡報中，同時也秀出了正式問卷的信、效度的分析結果，以做為比較參考。

叁、研究設計與方法

四、問卷信度與效度

預試問卷及正式問卷之信度與效度良好。

表2　預試問卷及正式問卷之信度與效度分析

量表	預試問卷		正式問卷	
	Cronbach's α係數	KMO值	Cronbach's α係數	KMO值
低碳生活實踐度	0.912	0.788	0.919	0.927
旅遊環境衝擊認知	0.925	0.860	0.934	0.930
生態旅遊行為意向	0.891	0.765	0.890	0.774
整體量表	0.906	0.664	0.935	0.909

　　其次要展示的投影片是人口背景變項中所統計分析的基本資料，「基本資料分析」所呈現的是統計各人口背景變項的次數及百分比。

肆、基本資料分析

變　項		人數	百分比（%）
性別	(1) 男性	141	32.6
	(2) 女性	292	67.4
年齡層	(1) 30歲以下	59	13.6
	(2) 31-40歲	209	48.3
	(3) 41-50歲	135	31.2
	(4) 50歲以上	30	6.9
服務年資	(1) 5年以下	53	13.6
	(2) 6-10年	209	48.3
	(3) 11-20年	135	31.2
	(4) 21年以上	30	6.9
最高學歷	(1) 一般大學畢業	84	19.4
	(2) 師範院校(含師專、師大和師院)	209	48.3
	(3) 研究所（含以上）	140	32.3
現任職務	(1) 校長或主任	41	9.5
	(2) 科任教師	64	14.8
	(3) 科任教師兼組長	37	8.5
	(4) 級任教師	210	48.5
	(5) 級任教師兼組長	81	18.7
研習經驗	(1) 有	306	70.7
	(2) 否	127	29.3
生態旅遊經驗	(1) 有	276	63.7
	(2) 否	157	36.3

　　量表及其各分量表的分數統計，可參考以下投影片，表格內包含平均數、標準差及題項平均數。

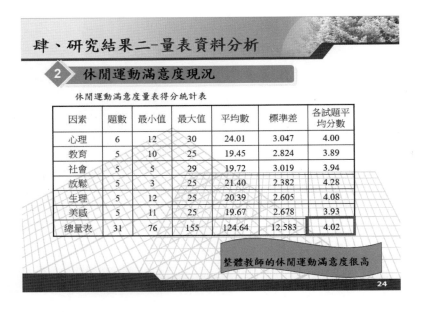

肆、研究結果二-量表資料分析

2 休閒運動滿意度現況

休閒運動滿意度量表得分統計表

因素	題數	最小值	最大值	平均數	標準差	各試題平均分數
心理	6	12	30	24.01	3.047	4.00
教育	5	10	25	19.45	2.824	3.89
社會	5	5	29	19.72	3.019	3.94
放鬆	5	3	25	21.40	2.382	4.28
生理	5	12	25	20.39	2.605	4.08
美感	5	11	25	19.67	2.678	3.93
總量表	31	76	155	124.64	12.583	4.02

整體教師的休閒運動滿意度很高

24

以下投影片則是高、低休閒運動參與度之兩群組在休閒運動滿意度之差異性檢定結果，統計方法使用獨立 t 檢定來分析之，p 值小於 0.01 而呈現顯著差異。

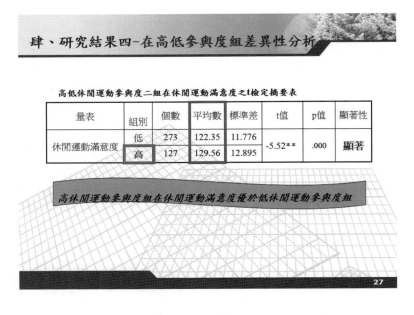

肆、研究結果四-在高低參與度組差異性分析

高低休閒運動參與度二組在休閒運動滿意度之t檢定摘要表

量表	組別	個數	平均數	標準差	t值	p值	顯著性
休閒運動滿意度	低	273	122.35	11.776	-5.52**	.000	顯著
	高	127	129.56	12.895			

高休閒運動參與度組在休閒運動滿意度優於低休閒運動參與度組

27

至於量表之間的相關性檢定，如以下投影片所示，統計方法使用了相關分析，p 值皆小於 0.01 呈現顯著之線性相關結果。

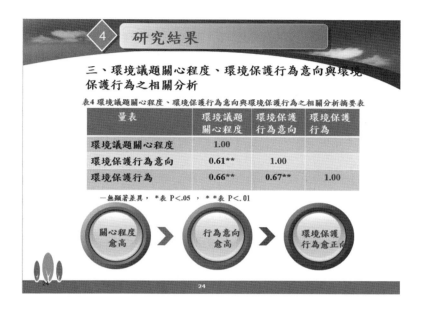

另一個相關性檢定，如以下之投影片所示，也呈現顯著之線性相關結果，研究者並在投影片上加工，加上了圖解的詮釋與說明。

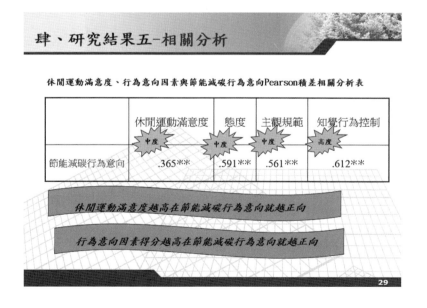

下面投影片顯示，在製作列聯表或交叉分析表所使用的卡方檢定，檢定結果呈現卡方值與 p 值，交叉表格中有兩個人口背景變項，即環保團體經驗與修習環境課程經驗之交叉分析，結果顯示 p 值小於 0.01 有顯著之關聯。

環保團體與修習環境課程經驗之交叉分析表

		環境課程經驗		
		是	否	總和
環保團體經驗	是	38	9	47
		81%	19%	10%
	否	215	207	422
		51%	49%	90%
	總和	253	216	469
		54%	46%	100%
卡方檢定統計量：15.221**			p值<0.01	

　　以下投影片為在口試簡報中，研究者欲簡要清楚的一次解說，因此以一張表格同時顯示差異性分析的獨立 t 檢定及單因子變異數分析的結果，但是在論文中，仍需詳細單獨的呈現並列出單因子變異數分析的完整數據表格，詳細情形可參考本書 4.2.2 節之範例說明。

4.3 差異性分析

人口背景變項和三個量表差異分析摘要表　LOGO

		性別	家庭社經地位	環保資訊接觸經驗	環保活動參與經驗
低碳生活	顯著性	.838	.001**	.001** 有>無	.000** 有>無
	事後分析		中、高>低		
資源回收	顯著性	.019** 女>男	.000**	.001** 有>無	.001** 有>無
	事後分析		中、高>低		
綠色消費	顯著性	.335	.034**	.163	.006** 有>無
	事後分析				

顯著標示意義　*p<0.05；**p<0.01

YOUR SITE HERE

有關多元線性迴歸分析的檢定，如以下投影片所示，表格清楚呈現了顯著之線性相關結果，投影片中也呈現各因子的係數值大小，並加上圖解說明。

肆、研究結果四多元線性迴歸分析

低碳生活實踐各面向對自覺健康狀況之線性迴歸分析

投入變項	多元相關係數R	決定係數R²	調整後R²	F檢定	顯著性	標準化係數Beta	t值	顯著性
飲食文化						0.147	2.128	0.034*
節能回收						0.292	3.748	0.000**
健康生活	0.944	0.988	0.988	5032.094	0.000	0.157	2.609	0.010**
生態旅遊						0.426	6.414	0.000**
減碳再利用						0.026	0.663	0.508

對自覺健康狀況98.8%的預測力，「生態旅遊」是最重要的因子

7. 「結論與建議」重點

依據 4.5.1 節論文結構檢視之「結論與建議」說明，可知論文中常編排「結論」與「建議」兩個章節分別盤點說明研究成果及重要建議。口試簡報中，此兩部分亦不可漏掉，一般以文字條列式列出，但文字不宜太多，研究者不妨強調有特殊研究結果或研究發現的內容，通常列出四、五項以上即可！其他無重大發現的研究結果只是點綴，可斟酌擺上。以下口試簡報當中所舉各兩例之結論與建議，非常簡潔扼要，值得讚賞！研究者針對自己的論文簡報，可斟酌修潤簡報的字數，可以參考本範例為基準，避免在簡報即將結束之際，使結論及建議長篇大論抓不到重點，而致使整個簡報努力大打折扣喔。首先來看以下結論的兩張投影片，簡報內容簡潔扼要，不多言，也不引經據典。

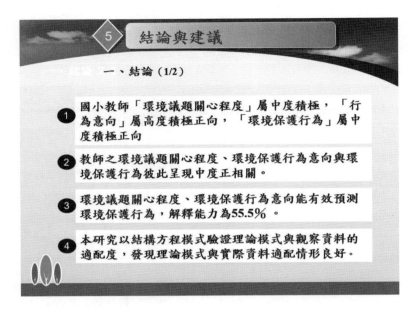

　　以下兩張投影片則為建議之簡報內容，建議的事項要具體，以研究者論文結束後所發現需要改進或未來期許的研究等，都可以具體提出。

第五章 結論與建議　建議一

研究顯示年齡31~40歲的遊客最多，且教育程度、工作及收入穩定，願意將所得花費在旅行上，且常利用網路搜尋旅遊資訊，建議業者可透過舉辦旅遊座談會，邀請海外自助旅遊達人分享經驗；更可以協助代訂機票、酒店、租車，讓有意願參與自駕旅遊的遊客更能輕鬆規劃行程。

本研究的變項為「旅遊動機」、「滿意度」、「休閒阻礙」，建議後續研究者可以增加「旅遊意象」、「體驗價值」、「風險知覺」等變項共同進行探討，以便瞭解遊客的想法及瞭解各變項之間互相影響關係。

第五章 結論與建議　建議二

本研究屬於量化研究，採問卷調查法瞭解台灣遊客對於冰島自駕的「旅遊動機」、「滿意度」及「休閒阻礙」，但統計數據無法瞭解進一步遊客內心的想法，建議後續研究者可增加質性的研究，透過深度訪談等方法進行研究，以瞭解遊客個別化的思想與感受，再進一步與本文做對照是否一致，將可使研究結果更臻完善。

8. 其他

　　「參考文獻」在論文中為非常重要的理論依據，研究者可以依照 APA 格式放在正式論文的最後，在口試簡報時是否要列出，反而不是很重要，因為學位論文中就已經列出所有中英文參考文獻可供查證，研究者若要在簡報中秀出，並非不可，以下所顯示的投影片，只展示一部分參考文獻之投影片範例。

6 參考文獻

❖ Ajzen，I.，（1985），From intentions to actions:A theory of planned behavior In J.Kuhl, & J. Beckmann（Eds），Action Control: From Cognition to Behavior（11-39）.New York:Springer Verlag.

❖ Ajzen, I., & Fishbein, M. (1980). Understanding attitudes and predicting social behavior. Englewood Cliffs, N.J.: Prentice-Hall

❖ .Hungerford，H.R.& Peyton，R.B.，（1976），Teaching Environmental Education，Portland，Maine，J.Weston Walch.

❖ 王　鑫（2007）。臺灣地理學習百科。臺北市：遠足出版社。

❖ 王朝永（2011）。高職生對環境議題關心程度與資源回收行為意向之研究。康寧大學休閒資源暨綠色產業學系碩士論文，臺南市。

❖ 林璟嫻（2008）。不同地區國小教師環境素養的差異研究-以澎湖縣和高雄市為例。臺南大學材料科學系自然科學教育碩士論文。

❖ 江俊忠（2007）。南投縣國小教師能源使用態度及行為之研究。朝陽科技大學環境工程與管理系碩士論文。

❖ 許雅貞（2011）。雲林縣國小教師之環境覺知與環境議題關心度對環境教育教學自我效能之影響研究。康寧大學休閒資源暨綠色產業學系研究所碩士論文。

❖ 邱瓊嬅（2007）。國小教師對爭論性環境議題之抉擇傾向。國立高雄師範大學環境教育研究所碩士論文。

❖ 鄭綉如（2010）。依據計畫行為理論探討學童節能減碳行為意向的影響因素。立德大學休閒資源暨綠色產業研究所碩士論文。

最後提醒讀者，簡報之製作，以文字顯示時字數要簡短，能清楚辨認，畢竟每張投影片都有「提詞」的功能，只要充分準備，口試時都不需擔心；至於投影片中使用圖與表可使口試委員有最好的印象與理解，研究者除了研究架構花一點時間解說外，結果與討論之後的簡報才是口試的重點，務要善加利用這至少一半的簡報時間，盡情展現你的自信。

4.5.3 論文口試之答辯

當研究生在口試簡報結束後，隨即口試委員的召集人便介紹所欲參加口試的研究生姓名及論文題目，並宣告口試委員提問的順序或規則，此時研究生手邊必須有一本與交給口試委員的書面論文相同的論文版本，以便委員指出書面論文中不清楚的地方時，能夠立馬找到相對映書面論文的頁碼位置回答委員。參加的每一位委員原則都會提問，一般只針對不清楚的地方詢問，並不會漫無目標的「攻擊」，指導教授一般是站在所指導研究生這邊的，在口試的最後，指導教授也可以為指導的研究生解答辯護之，但口試過程的順利與否，最重要的關鍵在這本論文是不是有一定的水準，至於水準的認定，又跟指導教授的認知有極大之關係，因為研究生若可以申請學位考試，是

指導教授在把關吧！指導教授說「可以」時，想必應該達到指導教授要求的標準了！

　　言歸正傳，研究生在準備口試簡報後，隨即而來的便是口試委員的連番提問，首先研究生要去除心中的恐懼與憂慮，面對挑戰。適度讓自己有點壓力並非不好，尤其對參加學位論文考試的研究生，先肯定自己！因為可以申請參加學位考試，就表示你的論文寫得還不錯，指導教授既然點頭讓你參加口試，你就可以放手一搏囉！以筆者過去曾參加各種考試的經驗，只要準備充分，考完後心裡又感到滿意的，幾乎無往不利，但願與參加學位考試的研究生一起共勉之。以下筆者整理了這幾年指導研究生的經驗，列出研究者答辯所需注意準備的下列事項，依序說明如下。

1. 整本論文至少細心讀完一遍

　　在前述 4.5.2 節之開頭，筆者苦口婆心的鼓勵參加口試的研究生要重新瀏覽閱讀自己親手所寫的論文大作至少一遍，就像讀者在讀一本精彩的「故事」一樣。每一個論文結構都可以拿出來讀幾遍，例如：「前言」讀兩遍後，再讀「文獻探討」兩遍，依此類推。讀得愈順暢時，你的心裡就有數了；讀得有點「卡卡的」或覺得漏掉什麼東西時，就是該做一些調整的時候了。調整的方式，在前述 4.5.2 章節中，對於檢視整本論文結構，筆者所提出的建議事項，可再回頭檢閱一遍，論文結構各部分若讀一遍沒解決問題，就再讀一遍！幾遍後，一定要有耐心的去修訂到感覺不錯的時候，就可以完工了！

2. 答辯像講述「故事」般的精采且合乎邏輯，同時簡潔扼要

　　口試委員在閱讀瀏覽你的論文時，頭腦中已經刻有一個「故事」架構的意象在他們的記憶當中，因此在簡報中，要確保聽「故事」的委員也能聽懂你現場簡報的「故事」，特別要強調的是，你的「故事」只有 20～30 分鐘的講述，是一篇濃縮版的「故事」，切記仍然要五臟俱全，起承轉合處務須合乎邏輯的推演，不可無中生有，太繁雜的資料和解釋不清的內容都可直接省略，使簡報資料一氣呵成，簡潔扼要絕不拖泥帶水，以免自找麻煩。

3. 一個製作完美的PPT簡報加深「故事」被感動的程度

　　說到口試簡報，讀者可以從 4.5.2 節之簡報製作中對於「故事」每一個環節的描述，應有清楚的認識，例如：PPT 簡報要製作「敘述統計分析」的資料，研究者就會聯想到在 PPT 上要呈現「量表資料分析」，而論文結構其他各部分的 PPT 也都不能

漏掉，但要注意的是，PPT 呈現的「只要精，不用多」！簡報時，每一張投影片平均花費約半分鐘至 1 分鐘的時間，準備 30～40 張投影片，一般是足夠的，因此研究者需要細心規劃製作簡報內容，讓口試委員無可挑剔，提問或許就會輕鬆一些，而且口試打的分數也會更好看。

製作 PPT 有以下幾項原則，把握住了，就會感動口試委員。

(1)PPT 每一頁都是提詞機，除了如「結論與建議」的文字敘述外，其他各頁最好都以「圖」或「表」呈現，並且在旁加註簡單的說明或提詞。

(2)盡量把原是一大段的敘述段落濃縮成一句話或一個觀點，這樣至少可讓你一看這些關鍵的文字就能提詞。

(3)每一頁文字原則不超過 100 字，區分為主標題、副標題，能使心情緊張的簡報者隨時可清楚辨認簡報的進度，以便控制簡報時間。

(4)整個 PPT 的剪報時間，需調配給「結果與討論」後至少一半時間，因此整場簡報要事先預演，控制在約 20 分鐘內說完，然後再依照口試召集人提示的簡報時間長短去調配簡報時間，這樣就不致驚慌而手忙腳亂。

(5)簡報時，如果內容有說錯的，就承認口誤，不清晰的就進一步解釋，謙卑的接受指教，並立即更正是最佳的策略。

(6)找時間請你的指導教授彩排外，也可找要參加口試的同儕或是曾經畢業的學長姊，做一、兩次的彩排，若可以的話，先找同儕，再找學長姊，最後找指導教授，彩排時盡量多練習與模擬考試的情景，可以互相指出不清楚或矛盾之處以練習應對。

(7)提問後，不要搶話，也不要急著答話，稍加思索停頓幾秒後，從容不迫的回答。如果研究者已熟悉口試委員的個人風格，應懂得察言觀色，見機行事；若不熟，就務要謙卑的用基礎知識回答之，切記要緊貼自己最熟悉的，邏輯要暢通、避免偏離主題即可，平常口才一流的，此時就可以一展長才。

(8)論文中除了研究結果是重點外，「研究變數」、「研究架構」與「研究方法」的理論是如何來的，口試的你，要有非常清楚的認識與了解。若委員提問「你用○○方法會不會更好？」或「論文怎麼沒有包含○○內容？」這類問題時，其實口試委員早就對答案心裡有數，也許跟口試委員的專業領域直接相關，答辯的你並不需要驚慌，只要回答思路正確，答案沒有絕對的對與錯。

4. 萬全的準備是成功的基石

聖經上有句勸勉的金句說：「不要為明天憂慮，因為明天自有明天的憂慮，一天

的難處一天當就夠了」。當擺在你面前所有論文準備的工作，都已經駕輕就熟了，包含整本論文的閱讀消化、簡報 PPT 的製作以及口試委員提問與答辯的模擬演練，剩下的就是讓自己心裡平靜下來，因為該憂慮都憂慮過了，該準備的都已經準備就緒，這時應當一無掛慮，只等待盼望「明天勝利」的到來，你若已有宗教信仰的生活，可以好好禱告祈求神能賜下平安與祝福。筆者也祝福所有參加口試的研究生，盡量放鬆自己心情，口試當天的穿著端莊舒適，且要充滿自信，口試前一日好好睡一覺，翌日將是值得慶賀的一天！

國家圖書館出版品預行編目資料

學位論文撰寫與問卷調查統計分析／胡子陵
著. -- 三版. -- 臺北市：五南圖書出版股份
有限公司, 2022.09
　面；　公分
ISBN 978-626-343-249-9（平裝）

1.CST: 論文寫作法　2.CST: 統計分析

811.4　　　　　　　　　　　111013216

1H2G

學位論文撰寫
與問卷調查統計分析

作　　　者 ― 胡子陵

發 行 人 ― 楊榮川

總 經 理 ― 楊士清

總 編 輯 ― 楊秀麗

主　　　編 ― 侯家嵐

責任編輯 ― 吳瑀芳

文字校對 ― 許宸瑞

封面設計 ― 姚孝慈

出 版 者 ― 五南圖書出版股份有限公司

地　　　址：106臺北市大安區和平東路二段339號4樓

電　　　話：(02)2705-5066　　傳　　　真：(02)2706-6100

網　　　址：https://www.wunan.com.tw

電子郵件：wunan@wunan.com.tw

劃撥帳號：01068953

戶　　　名：五南圖書出版股份有限公司

法律顧問　林勝安律師事務所　林勝安律師

出版日期　2019年7月初版一刷
　　　　　2021年1月二版一刷
　　　　　2022年9月三版一刷

定　　　價　新臺幣400元

經典永恆・名著常在

五十週年的獻禮——經典名著文庫

五南，五十年了，半個世紀，人生旅程的一大半，走過來了。

思索著，邁向百年的未來歷程，能為知識界、文化學術界作些什麼？

在速食文化的生態下，有什麼值得讓人雋永品味的？

歷代經典・當今名著，經過時間的洗禮，千錘百鍊，流傳至今，光芒耀人；

不僅使我們能領悟前人的智慧，同時也增深加廣我們思考的深度與視野。

我們決心投入巨資，有計畫的系統梳選，成立「經典名著文庫」，

希望收入古今中外思想性的、充滿睿智與獨見的經典、名著。

這是一項理想性的、永續性的巨大出版工程。

不在意讀者的眾寡，只考慮它的學術價值，力求完整展現先哲思想的軌跡；

為知識界開啟一片智慧之窗，營造一座百花綻放的世界文明公園，

任君遨遊、取菁吸蜜、嘉惠學子！